Essay Essays

散文随笔卷

克拉玛依建市 60 周年文学作品丛书

李显坤　申广志　主编

中国文联出版社

图书在版编目（CIP）数据

克拉玛依建市六十周年文学作品丛书 . 散文随笔卷 /
李显坤，申广志主编 . -- 北京：中国文联出版社，2023.12
ISBN 978-7-5190-5131-0

Ⅰ . ①克… Ⅱ . ①李… ②申… Ⅲ . ①中国文学－当
代文学－作品综合集－克拉玛依②散文集－中国－当代
Ⅳ . ① I218.453 ② I267

中国版本图书馆 CIP 数据核字（2024）第 001572 号

克拉玛依建市六十周年文学作品丛书 · 散文随笔卷

主　　编：李显坤　申广志
责任编辑：王　斐
责任校对：胡世勋
装帧设计：鲍忠远

出版发行：中国文联出版社有限公司
社　　址：北京市朝阳区农展馆南里 10 号　　邮编：100125
网　　址：http://www.clapnet.cn
电　　话：010-85923091（总编室）　　010-85923058（编辑部）
　　　　　010-85923025（发行部）
经　　销：全国新华书店等
印　　刷：三河市百福春印刷有限公司

开　　本：710 毫米 ×1000 毫米　　1/16
印　　张：19
字　　数：249 千字
版　　次：2023 年 12 月第 1 版
　　　　　2023 年 12 月第 1 次印刷
书　　号：ISBN 978-7-5190-5131-0
定　　价：68.00 元

目录

刘肖无(1913—2004)，1953年加入中国作家协会。曾先后任新疆文联党组书记、文联副主席、文联主席。曾创作话剧《夜》《我们的乡村》《丰收》等，曾创作电影剧本《远方星火》、歌剧《渭干河》、历史剧《解忧》等作品。1956年带职到克拉玛依油田深入生活，发表了一系列反映油田生活的报告文学。

初访克拉玛依

——克拉玛依散记之一

我的心怎么能平静，当报纸上天天都在传播着振奋人心的克拉玛依的捷报的时候，而我和它仅仅相隔四百多公里，快一点一天就能赶到了。

现在，我就正在这条公路上。车以每小时五十多公里的速度奔驰着，公路漫长而平坦。在我的面前，左边是天山，那终年积雪的天山，又雄伟、又严峻、又深厚。右边是戈壁，是有名的准噶尔盆地，浩浩漫漫，无边无际，多辽阔、多深邃，可又多么神秘啊！谁知道它到底有多大，它的土壤到底有多少生命力，在它那看不见的深处到底蕴藏着些什么呢？我们经过了很多村庄，几座城市，尤其是那整齐的繁茂的生产部队经营的农场一个和一个毗连着。这一切合起来不过仅仅占了准噶尔盆地的一点边沿，假如说它是个巨人的话，这不过是一绺头发而已。然而，生产部队在这儿要修几座水库，还要建立几座大农场，才从河南来的两万多名志愿垦荒队员，充满了信心要在这儿安家立业。用不着说，准噶尔盆地对这一切要求都不会吝啬的。今天，我们最关心的是石油，其实，震惊全国的克拉玛依也不过是这伟大的盆地的一个西北角。有人会问，既然这个西北角上有石油，那么，其他地方呢？问得对，这正是我们年轻的地质工作者所要解决的问题。一路上，在这里，在那里，我们到处都看见有塔一样高高矗立着的井架，这不都在准噶尔盆地的南沿；北边，据说也有几个野外队在活动着。在乌鲁木齐的时候，我听一位地质学家说，今年，无论如何，我们要派一个队进到准噶尔盆地的中心——中央地台区去钻一口井。多么值得歌颂的人，多么值得歌颂的事哟！谁能不预祝他们成功，不盼望他们胜利呢！准噶尔，你浩瀚的海洋，你富饶的海洋，你要给人民产生多少热、多少光、多么大的动力哟！

车过独山子，转向北开，新修的公路像一根钻杆一样插进盆地，上千的人在这儿劳动着，就像钻井台上的工人日以继夜地让钻杆转动，只要它钻进到克拉玛依，那时，黑色的原油就会大量地喷出来，流向需要它的地方。就因为它还没有钻到目的地，我们走了一截路后，就不得不在戈壁滩上自己找路走。戈壁多年来被风侵蚀，又被那些野生植物——梭梭、红柳这儿一块、那儿一块地盘踞着，地弄得凹凸不平，非常难走。

这儿的气候却怪呢！忽阴，忽晴，一天能下几次雨。眼看从阿尔泰山卷来一阵浓云，转眼之间就冲到我们头顶，暴雨像瀑布一样降下来。不大一会，雨又停了，向东一看，浓重的乌云弥漫着天空，密密的雨雾笼罩着大地，一条完整的长虹在这黑色的天幕上画了个半圆形，就像从不远的土地里长出来的一样，颜色分外鲜艳，气派又是多大啊！不到这儿来，人怎么能看到这样绮丽的景色？

太阳落山的时候，我扪看到了横亘在面前的成吉思汗山，也隐隐约约看到了一两座矗立着的井架，我们日夜渴望着的克拉玛依这不快到了吗？可到底还是天黑了，车从一个陡坡冲下来，嗬！这哪儿还是戈壁呀！灯火这么辉煌，汽车这么拥挤，人声这么嘈杂，在这小小的洼地里，难道这不是一座城市吗？

从报纸上看到克拉玛依的名字，至多有一个月，想象是一片光秃秃的，一群勇敢的人们在向困难作斗争。谁想得到有这么快呀！这儿已经有了发电厂，已经有了纵横交叉的汽车路，而且还有各种各样的房子。我们住的是一间木头房子。后来，我知道，这样的房子在这儿并不十分受欢迎，中午，天气热，木板晒透，房子里边像蒸笼，而工人们是一天三班制，中午总有一班要休息，这样的房子会影响他们恢复精神的。因此，人们又赶着盖起一批地窝子，把地挖下去，木板钉成墙，架起个屋顶，在房顶或房檐下开窗户，并不影响室内的光线。地窝子盖得再快，也赶不上需要，只好又架起一些帆布帐篷，搭上蒙古包。就这样，还是不够住。的确，这儿的发展是飞跃的，交通运输条件赶不上人口的增加，盖房子在议事日程上占了重要的地位，生产建设兵团派来了一支建筑工程大队，但木料运不来，木匠也只好打土块。他们准备在入冬以前盖好 70 幢房子。说起盖房子，这里也有一个曲折的过程，在矿上有个原则，房子不能盖在油田的地表上，这是不难理解的，可是这儿的油田，到底哪儿是它的边儿呢？

在克拉玛依转一转，人就不能不惊讶，这不到了北京中山公园了吗？中山公园里，有个地方叫五色土，红领巾们爱到那儿去，国际友人爱到那儿去，四四方方一座高台，是五种颜色的土堆砌起来的。父老相传，这土是古代皇帝费了很多力气从全中国四面八方边远的地方找来的。来到克拉玛依，原来这儿就有五色土，可能还不止五色，好看呢，一面坡上几种颜色交错着，就像画家的画布一样。

来到克拉玛依，必须看看黑油山，好像这已经成了定例。其实，“克拉玛依”这几个字，翻译过来就是黑油，不过是一个小小的孤山，从山的缝隙里，到处可以看见黑色的油一滴一滴往外流。前几年，有几个解放军战士住在这里，在山脚挖了些小坑，让油流进去，然后，再把它装到桶里，一天，可以获得两桶油。上山，就像走在柏油马路上一样，颜色、形状，尤其是那被太阳一晒蒸发出来的气息都一点也不差，不同的就是没有轧平。这是一座天然的沥青山啊！

就是这座沥青山，地质学家们不知付出多少夜晚的时间，进行研究，进行争论，有油呢，还是没油？有的说，沥青露头，就证明构造被破坏，油已经跑了，储量不会多，没有开采价值；但也有的坚持要钻探，当然他们的坚持是对的，他们的理论是从苏联俄罗斯地台的经验总结出来的。这里的地质和俄罗斯地台很相像，俄罗斯地台有油，为什么这里没油呢？有一天夜里，我和主任地质师——才从北京全国先进生产者代表大会归来的张恺同志住在一起。他是一个健谈而和蔼的人。他告诉我说，这儿的油都储藏于侏罗纪地层，但油并不是在这儿产生的，它产生于天山脚下，在地质学上那儿叫山前洼地。石油这种矿物形成之后是很难固定地停留在一个地方的，它要流动，而流动的趋向又是从低处向高处发展，这儿是地台，要比山前洼地高得多，这是适合于发展的趋势的。所以，有的专家断定这儿有油。现在，事实已经证明了这种论断。我们的任务就是要探边，也就是说，石油在这儿安下了家，到底它的堂屋在哪儿，天井在哪儿，围墙又在哪儿？在它迁移的时候，是集体来的呢，还是分散来的呢？它的主体在哪儿，支脉又在哪儿？必须探明这一切，才能出开采的规划。这当然不是一件容易事。

这儿是个新探区，一切都得从头开始，平地起家呀！谁都知道，化验室工作是个细致的工作，设备必须齐全。可李淑廉同志说，她才来的时候，连瓶子都没有，药水往哪儿装呢？没有药水拿什么化验呢？她到处去找，找来些酒瓶子、罐头筒子。还是不行呀！只有一张桌子，几个人挤着办公，往哪儿放这些瓶瓶罐罐呢？她又找了块木板钉在墙上。李淑廉缺乏的还不只是瓶瓶罐罐，化验仪器也没有啊！固井要用水泥，化验水泥的仪器没有，李淑廉自己做；做蒸馏水，也没有设备，李淑廉还是自己做。也许，你会以为这没什么，任何一个过过苦日子的家庭主妇都能想得出来。可是，你要知道，李淑廉所想的是个什么样的问题吗？第一汽车制造厂要出汽车，拖拉机制造厂要出拖拉机，眼看我们的祖国就要到处飞奔着自己的汽车，每一个农业生产合作社都能够使上拖拉机。可这些汽车、这些拖拉机又用什么来开动呢？要不，为什么当克拉玛依发现油田的消息传到全国，全国人民都为它欢呼，为它兴奋鼓舞呢！在一个晚上，先进生产者颁奖大会上，我认识了李淑廉，这个稍微带点羞怯神情接过自己应得的奖品的姑娘，多么使人尊敬呀！

值得尊敬的当然不止她一个人，颁奖大会上，工会主席手里拿着那么长的一个名单，念出了四个队、九个班、85 个先进工作者的名字。任荣堂井队是克拉玛依的一盏灯，是他们在这新探区首先展开了快速钻进运动，创造了日进尺 393 公尺的纪录。在克拉玛依，没有一个人不喜爱他们，工人们喜爱他们，因为从他们那里可以学到新经验。领导上爱他们，因为他们操作安全，不出事故，而且每月都能超额完成任务。专家们也喜爱他们，因为他们工作的质量好，差不多的井队都怕取岩芯，而岩芯却是专家所最需要的，他们队取岩芯的收获率是百分之七十四，他们的井钻进到 1300 公尺的时候，井斜还是零度。因此，专家们在会议上不止一次提到他们的名字。李士顺又是另外一个样子的人，我喜爱这个由学生出身而又在专家领导下由钻工锻炼出来的技师，尽管领导上给他布置工作的时候，他会皱着眉头说很多困难，可是一下去，他又会饭也不吃，觉也不睡，三天三夜不离开钻台。这个队在克拉玛依两个月打了两口出油最好的井，而第二口仅仅用了 14 天的时间。井钻进得这么快，井钻得又是这么多，安装井架的工作也得赶得上才行啊。维吾尔工人乌受尔领导的一个班，接受了专家的建议，采取了整体搬家的办法，井架是那么高，钢铁是那么重，而他们，把它分成几块，用九架拖拉机拉上它，搬到另外一个地方去。他们把一口井架的安装时间从十三天缩短到三天半，你想，那些钻井工人怎能不用感激的心情称赞他们呢！

先进人物和先进事迹，多得很，说是说不完的。也许，人们还想知道一些他们的生活吧。在这儿，这么多人吃饭不是一件容易事，什么都得从远处运来，物价自然要贵些。党和工会得关心工人的福利啊。一次，在全体干部会上，我就听见党委书记只金耀同志说，过油肉五月初是六毛钱一盘，中旬落到五毛，月底变成四毛了。有个同志奇怪地问我，党应该管过油肉吗？其实，党不但管了过油肉，而且管得比这还多呢。春天，党和行政领导见到工人需要蔬菜，早就和生产建设兵团小拐农场商量，要他们大量地种菜种瓜，不然，今天我们在这儿又怎么能吃得上青菜呢？

这儿已经有了贸易公司，而且也有书店、邮局和银行，当然都是局促的。邮局设在仅能放下两张床的一间地窝子里，但那到底是邮局，从那儿，你可以得到来自全国各地的信件；从那儿，你也可以把节余的工资寄回家里去。银行来了，再也找不到地方，挤一挤，暂且和邮局住在一起吧。

这儿，也有文化生活。有一天我听说要演电影，《平原游击队》这部片子我看过，可我又去了。天刮起了风，工人们说，刮风也不怕，一定看下去。忽然，李向阳的脸拉长了，忽然，李向阳的胳膊变成了翅膀，但工人们一个也没走。一到星期六的晚上，篮球场就变成了跳舞场，当然，一边跳，一边还不免要踢出两块石头去。女同志太少了，那么，小伙子自己跳吧。

早晨，克拉玛依的早晨是美丽的。太阳烧红了东方的云霞，所有的起重机、拖拉机、电测车、放炮车都出动了，轰隆轰隆的声音震醒了克拉玛依的大地。人们从自己住的地方走出来，伸个懒腰，拿起洗脸盆，走到蓄水池旁。水不是从这儿生出来的，是汽车从远处运来又倒进去的，看样子就像陇东高原上的水窖。当你正在这儿洗脸的时候，你会听见天空荡漾着清脆而好听的声音，她是多么亲切地向工人们致问早安，她说她是克拉玛依广播站，要广播什么呢？原来是一封信，一个红领巾写来的信，听她说得多可爱呀！她说：

克拉玛依工人叔叔们，你们好！你们在克拉玛依辛辛苦苦地工作，你们为祖国生产石油，要提前和超额完成五年计划。

我们在学校里学习，也有个小五年计划。你们的计划是多出石油，我们的计划是多拾废铁，栽小树。只要你们能完成计划，我们也一定能完成计划。我们还要好好地学习，将来做你们的接班人，开飞机呀！开轮船呀！开火车呀！开汽车呀！出石油呀！……

唱歌一样的声音震响了克拉玛依的每一个角落，到处都发出了爽朗的笑声。听啊！孩子都在鼓舞着我们呢！

走吧！送工人上班的汽车已经排列在停车场。你是哪个井上的？上吧！车队出发了！一天的工作开始了！

刘肖无(1913—2004)，1953 年加入中国作家协会。曾先后任新疆文联党组书记、文联副主席、文联主席。曾创作话剧《夜》《我们的乡村》《丰收》等，曾创作电影剧本《远方星火》、歌剧《渭干河》、历史剧《解忧》等作品。1956 年带职到克拉玛依油田深入生活，发表了一系列反映油田生活的报告文学。

漫步在克拉玛依的星群下

——克拉玛依散记之七

自从定居在克拉玛依，我生活上养成了一种习惯：傍晚的时候，天再冷，也不愿坐在屋子里，宁愿一个人在空旷的原野上徘徊，眼望着西边天外，等待着美妙的晚霞。我爱这里的晚霞，克拉玛依所特有的晚霞。

当然喽，晚霞任何地方都有，但那又算得了什么呢？几片薄云飘来飘去，给太阳的余光染一染，再漂亮也是轻飘飘的，风一吹，刹那的工夫就消失得无影无踪。克拉玛依的晚霞就不是这样。看吧，大地，要多远有多远，远处，隐隐约约横亘着一条苍苍的山脉，那就是有名的成吉思汗山；就在山岭的上空，和山一样长，和地一样远，一片霞光，那颜色简直就像鲜艳的葡萄酒，要多浓，有多浓。

这不是一刹那，而是很长很长的时间，一直到大地完全沉入黑暗，天空迸出微弱的星光。那儿，我们的成吉思汗老人才像喝醉了酒，带着红艳艳的喜色沉入了梦乡。

这时，天上的星星一会比一会多，夜色真像嵌着无数颗宝石一样的帷幕向下垂，天和地就像连成了一片。近在你的身边就有星星眨着眼……啊！那不是星星呀！那是钻塔上的灯光，可是它多高呀，看，星星还在它下面，这是克拉玛依的星群。记得我才来的时候——这不过是六个月以前的事，我就爱上了星群，是它把全中国多少人的心都照亮了啊！可是那时候，这样还小呢，方圆几公里，上井子有时可以徒步走着去。而今呢？往西，四十多公里，往东比这还要远得多，在这广阔的空间，钻塔一座和一座连接着，灯光一片又一片闪耀着，草原啊，简直成了一道银河！

如今，这儿的人一天比一天增加，山南的、海北的，别看地方很偏僻，可生长在繁华城市的人，生活在锦绣山河的人，都愿到这儿来，年轻人的信如雪片一样往这儿飞，怀着一颗颗火辣辣的心，倾诉着多少恳切的话。我这样说一点不夸张，信多得回信都写不过来啦！矿务局领导上不得不考虑是否应该增加个干部专门写回信。信来自各个不同的地方，流露着各种不同的心情，但有一点是相同的，不来的都安慰着我们："你们工作在艰苦的地方。"来的人异口同声地表示着自己的勇气："我们决不怕苦！"克拉玛依在遥远的人们的印象里，似乎是和这个"苦"字分不开的，使我想起了夏天远从北京来的一位记者，有天晚上，我们谈得兴起，无拘无束，忽然他说了一句话，却引起了一场哗笑。原来他的行囊里，带了几十种药，而且还有个特制的面罩，据说是防蚊子的。他说，当他离开北京时，朋友们送行，就像送一位战士出征似的，其实，这又哪里用得着呢！初冬，又来了一位客人，在乌鲁木齐上汽车，最难办的事情是他的行李没处放，太大了，因为他想，生活在戈壁滩，住在帐篷里，不，就连帐篷也是难得的，不多带点御寒的行李怎能行？当然，这又没用上！的确，夏天这儿曾经是一片荒凉的戈壁，几顶帐篷，几幢地窝子而已。但是，现实发展得多么令人难以置信啊！当人们动起手来之后，今天，七万多平方公尺，一百多幢新房子建成了，入住一万多人，晚上，灯火辉煌，谁能说这不是一座新兴的城市，人们征服了荒凉，也征服了艰苦。

这儿的天空多开朗，这儿的房屋多敞亮，这儿的街道比哪儿都宽阔。聪明的建筑工人用这儿的红土粉刷了每一幢房屋，我的克拉玛依城是座红色的城。明年，只要大街两旁栽上树，一旦绿叶成荫，得多美！也许你会有疑问，从前的那些地窝子呢？有啊！可已经快变成古迹啦。我们说："好好保存我们的古迹，叫后代子孙都看看，这现代化的工业城市，当初是怎样开始的。"

现在我们修建的其实也不过仅仅是整个修建计划的一小部分，从蓝图上看，也不过仅仅是这个城市的一个角；明年，将要修建的就等于今年的三倍。

但问题就来了。人这么多，生产任务这么大，房子要盖这么多，处处都得用水，水可还在一百里地以外的玛纳斯河里呢，汽车运回来，水比油还贵。还是在住宅区内打井吧。第一口井出了水，可是第二口井——谁想得到，出来的不是水，而是原油，黑色的原油！于是赶紧把井口关住，可是办不到，原油像螃蟹喷的泡沫似的，流到附近池子里，太阳一照，闪着彩色的光辉。克拉玛依大地，你多富呀！

可是这正是未来的城市中心。按道理，城市是不能放在油田上的，但在克拉玛依，你到哪儿能找到没原油的地方呢！难呀！

水的困难还是没解决。

领导决定把玛纳斯河水引到基地来。这工程要把四万二千公尺的无缝钢管埋在地下两公尺多深，人造的一条地下河流，这可不是一个简单的活儿。我听负责这项工作的一位工程师说，在新疆，这还是头一次。但我们的人是从来都不怕第一次的工作的，哪一项经验不是劳动实践创造出来的呢！要把克拉玛依变成大油田，这是史无前例的；要把戈壁滩变成繁荣的城市，这又是史无前例的。人们相信着自己，相信着这一切都必定能实现，站在克拉玛依土地上的都是勇敢的人，都是有决心为祖国创造奇迹的人。

是这些勇敢的劳动者叫输水管前进了二十多公里。12月18日决定放水。星夜，我们赶到进水口，我们亲眼看见发动机转动吼声震动着天地；我们亲眼看见抽水泵把水吸进来，送进输水管，然后，我们连饭都顾不上吃，顺着水管线路跑。水呀，一秒钟，流进一公尺，我们跑得比它还要快，过了一个排气口，听一听，空气在钢管里边“咝咝”响，我们的心跳得够多厉害呀！当我们跑到出水口，水也冲到了出水口。当水从钢管里喷射出来的时候，所有的人都欢呼雀跃：“水来了！”水来了，这是我们又一次，对大自然斗争的胜利！

我们的胜利还有呢。

克拉玛依的北面是阿尔泰山，南面是天山，读过地理课本的人都知道这两座山象征着冰雪，象征着严寒，就在这冰雪严寒的天地间，我们要战斗。战斗又怕什么呢，我们的人在零下40度作过战的难道还少吗?! 可是机器呢，要是机器不能战胜严寒，要是机器冻住了，那还不等于在战场上拉不开枪栓吗？自从秋风吹到准噶尔，自从路旁的梭梭草发了黄，不管是干部，还是工人，每一个人脑子里思考的就都是这问题：怎样才能坚持冬季生产？怎样才能在零下40度的严寒里叫水不结冰，叫风吹不到40公尺高的钻塔上来？怎样才能叫机器不停地吼叫，人不断地唱歌，胜利的消息一个接着一个向全国传送？群众发动起来了，解决问题看来也简单：玛纳斯河畔有的是芦苇，秋天人们割下了芦苇，打成了苇箔，把整个钻台上上下下，把所有的泵房，泥浆池四面八方，全都围起来；就凭这些芦苇，就凭人们的智慧和劳动，我们向严寒挑了战。今年，我们一定要征服它！今年，我们一定要创造另一次奇迹！

住在这儿的人也许真的司空见惯了；其实，奇迹似的事情天天有。昨天，吃饭的时候，试采处的处长告诉我说，又打开了一个新的油层。看他那谦逊的微笑，似乎这不过是一件平平常常的事。这是奇迹呀，克拉玛依发现一个新油层，它将会给国家增加多少财富！

像这样的事情在这儿是层出不穷的。要不，为什么克拉玛依这听起来都有些拗口的名字，人们说得那么顺口、那么亲切，它给人带来了多少愉快、多少幸福！前天，我接到一封信，是从安徽寄来的，那儿有个屯溪中学，一群青年学生想了个好主意，他们要举行一次象征性的长跑，目标是哪里呢？他们说，“我们要跑向心爱的克拉玛依”。不用说，我们也能感觉到他们的心在飞驰。他们多么向往克拉玛依呀！让我们祝福吧！让我们等待，让我们盼望，让我们真的在克拉玛依欢迎他们、庆祝他们，庆祝他们全体没一个落伍的，没一个迟到的，祝福他们每一个人都成长为生产建设战线上的战士！

王连芳，1935年生，河北省吴桥县人。长时间在石油企业从事生产行政工作，业余致力于新疆石油工业史和克拉玛依城市史资料的收集、整理和研究，出版有:《当代新疆石油工业发展简史》《旧中国新疆石油史料辑要》《新疆石油史话》等。

刘肖无的克拉玛依情结

油海新营瀚海城

1955年10月29日克拉玛依第一口油井出油后，新疆各族人民欢欣鼓舞。1956年展开大规模勘探，5月4日中共新疆维吾尔自治区委员会发出通知，要求各级党委、政府和各族人民，大力支援克拉玛依油田建设。同年7月，著名作家刘肖无来克拉玛依油田体验生活。

刘肖无（1913—2004），北京人，1938年到延安，长期在部队从事文艺工作。新中国成立后曾在新疆维吾尔自治区党委宣传部文艺处和自治区文联任领导职务。主要作品有电影剧本《远方星火》、歌剧《渭干河》、历史话剧《解忧》等。1956—1957年在克拉玛依体验生活期间，写有多篇文学作品，结集为《克拉玛依散记》出版。

十年动乱结束以后，刘肖无以古稀之年，从1982年开始，数次来克拉玛依，深入基层采访，写有多篇报告文学作品，大部分收入1990年出版的《油龙鳞爪记》。这期间还写了一批有关克拉玛依的诗词作品，仅收入《刘肖无诗词集》的就有60余首。

1982年，经过“十年浩劫”的刘肖无来到阔别24年的克拉玛依。当年老友仍在，油田已今非昔比，心潮澎湃，感慨万千，写下《克拉玛依即事》诗三首：

一
二十四年髀肉生，是翁矍铄又登程。
层楼远健蜃楼影，油海新营瀚海城。
我有当年虓将勇，喜看后起甲兵精。
泛舟我幸随诸老，谁信沙漠破浪行?
二
风雨交加兴更酣，重寻踪迹想联翩。
蜂房历历采油树，楼馆巍巍白碱滩。
捷报打开新构造，挥师再战大油田。
请缨我欲贾余勇，踊跃风云戎马间。
三
奇城奇景驻奇人，觅宝寻油探井深。
塔影雷鸣风做伴，星疏月朗鬼为邻。
千钧磅礴云霄美，百丈游翔石炭津。
最是三中全会后，居然地下焕青春。

第一首写重到油城感受。是时诗人年已古稀，仍和几位当年老友乘舟游油田调节水库和黑油山公园的拓湖。

第二首写参观油田的观感。诗人顶风冒雨，兴致勃勃，看到星罗棋布整齐洁净的井房，有如养蜂人的“蜂房”；昔日荒凉不毛的白碱滩已成为有数万居民的克拉玛依卫星城，楼厦栉比；发现和开发新油田的捷报不断传来，使诗人深受鼓舞，也想贾其余勇，再为油田发展贡献力量。

第三首写的“奇城”即克拉玛依市乌尔禾魔鬼城。1981 年 12 月 21 日，位于魔鬼城内的风 3 井出油，发现风城油田。诗中“石炭”指石炭系地层，是克拉玛依油田储油地层之一，后来确认风城油田出油的是石炭系之上的下二叠系地层。

天山南北战油田

在近半个世纪中，刘肖无与几代新疆石油人患难与共，结下了深厚友情。

在他有关石油的诗词作品中，近半数是赠人诗，因人而作，真情洋溢。

油田初创时期，诗人与石油职工共同经历了当年的艰难岁月，与当时油田领导人、技术专家相知甚深，结下了深厚的友谊，在写给这些人的赠诗中，洋溢着赞扬和钦佩之情。如写给20世纪50年代初大学毕业后即投身新疆石油工业，曾任新疆石油管理局总工程师、局长、党委书记和新疆维吾尔自治区政协副主席，至今仍定居克拉玛依颐养天年的张毅赠诗：

劲旅雄师代有传，天山南北战油田。
胸中兵甲尖刀手，何惧黄泉不涌泉。

又如写给20世纪50年代任新疆石油管理局总工程师，后参加大庆石油会战和海洋石油事业的著名石油工程专家史久光的赠诗：

老马前驱不失途，黑油山下运良筹。
玉门叱咤锋初露，大庆风云志更舒。
难忘识荆私立雪，重逢话旧且游湖。
胸中一部石油史，欲问从心所欲乎。

“识荆”典出李白《与韩荆州书》：“生不用封万户侯，但愿一识韩荆州。”

“立雪”即成语“程门立雪”，表示曾受到教益。

刘肖无与克拉玛依的许多普通职工也多有交往，如给钻井公司青年职工宋春仑、萧惜云夫妇的赠诗：

瀚海传佳话，天涯并蒂莲。
昆仑琢玉珏，伉俪战油田。
声振花园市，歌飞白碱滩。
新芽添笑语，陋巷聚群贤。

对于为克拉玛依油田做出贡献，已经离退休的老同志，刘肖无也充满亲情，关心备至。如所写《克拉玛依离退休职工演出观后感》：

弦管声催老态消，氍毹粉墨乐如涛。
油情多少青春梦，何惧苍霜染鬓毛。

油田高级地质师王仲侯，自幼双耳失聪，读完大学后，在油田工作40年，退休后返上海定居。刘肖无写诗为其送行：

西出阳关数十秋，浑身胆壮为神州。
夕风夜雪栖沙漠，寸缕分雕刻地球。
众志昂昂齐铸鼎，奇聪窃窃善听油。
送君归去莫言老，继续耕耘笔不休。

刘肖无的赠石油人诗几乎每首都有“油”字，有的极富诙谐和情趣。如20世纪80年代写给主管产品销售工作的新疆石油管理局副局长宋世权的诗：

难忘英雄一九三，沉潜喷薄复年年。

问君多少囊中物，莞尔石油卖不完。

诗中“一九三”指采油二厂193井，是1958年9月钻出的克拉玛依油田第一口日产超百吨的油井，当时井场曾有对联“英雄一九三，美名天下传”，至今仍在出油。

克拉玛依油田初期的主要领导人之一秦峰，1998年以83岁高龄在北京去世。2002年，已90岁高龄的刘肖无写诗哀悼，并书成条幅送给秦峰同志亲属。这可能是刘肖无有关克拉玛依的最后一首诗作：

湖湾求索黑山苏，喷薄雷风倾盖初。
处处帡幪寻石炭，天天捷报益林株。
铙歌准海成油海，苦战千夫又万夫。
吾侪今朝肠断日，神州谁绘宝藏图。

“湖湾”是克拉玛依古地理区域名，“石炭”是地质年代和地层名称。“准海”指准噶尔盆地。

我犹克拉玛依人

由于亲自参与了克拉玛依油田勘探开发初期的艰难创业，作家、诗人刘肖无对克拉玛依情有独钟，几乎每到克拉玛依一次都写下若干首情意深沉的诗词，歌唱石油工业的发展，歌唱油城的建设，歌唱石油战线的新人新事。1984年刘肖无到克拉玛依参观访问，写下《重归》一诗：

重归油市入油门，扑面春风景色新。
忆昔火山初叱咤，祇今石炭献殷勤。

知交个个招财使，断裂层层聚宝盆。
漫道明年双庆日，稳将十亿献雄心。

诗中“火山”指火成岩，“石炭”指石炭系含油地层，“断裂”为地质构造形态之一，“双庆”指1985年新疆维吾尔自治区成立30周年和克拉玛依油田勘探开发30周年，“十亿”指当时提出的油田储量目标达到10亿吨。

刘肖无非常关心克拉玛依和新疆石油工业的发展，每有所闻，辄赋诗祝贺。1988年准东和南疆石油勘探有重要收获，1989年元旦，刘肖无写《寄克拉玛依并祝新年》：

石油工人大手笔，挥毫泼墨砚新磨。
将军戈壁鸣钲鼓，又报轮台奏凯歌。

“将军戈壁”是准噶尔盆地东部地名，“轮台”即南疆轮台县，用以指塔里木盆地。

1994年8月，新疆石油管理局在准噶尔盆地腹部钻石002井，获高产油气流。

刘肖无从报纸上看到此消息后，喜难入寐，作五律一首：

油城传捷报，翘首望星云。
风雪人踪渺，苍茫大漠深。
碛中奇迹出，汗雨壮图伸。
喷薄冠群秀，石〇〇二军。

20世纪80年代初，克拉玛依油田发现埋藏较浅、分布面积很广的丰富稠油资源，用注蒸气热采成功，打开克拉玛依原油开采的一个新领域。刘肖无作《九区看重油》诗三首：

一

平沙无际晓苍茫，折戟天骄作战场。

四十年来重破阵，风云捷报送油香。

二

万物天工各有才，不须油汽亦良材。

莫嫌痴重浑无赖，热浪源源换取来。

三

圣诞千株碛里栽，纵横经纬巧安排。

擒龙一百万吨手，飒爽风流弱冠才。

第三首中“圣诞”指采油井口，旧称圣诞树。克拉玛依油田北侧低山曾被称为成吉思汗山，故云“折戟天骄”。稠油又称重质原油，密度大（0.92克／立方厘米以上）、黏度高（油层条件下50毫帕·秒以上），开采和输送极为困难。诗中称其“痴重”“无赖”，只能用注蒸气加热法开采和输送。开采矿场地面有注蒸气和输送原油两套管网，纵横交错，银光闪闪，颇为壮观。

刘肖无对石油事业和石油职工情真意切，自视为石油队伍中的一员。在他《闻克拉玛依举办美展喜赋长句》一诗中以“我犹克拉玛依人”作为结句，表达了诗人对克拉玛依的不解情结：

蜃楼海市幻奇真，栩栩夺油百战军。

看我擎天大手笔，笑他如椽小巫颦。

须臾戈壁开生面，瞬息临池盖有神。

冯妇有心贾余勇，我犹克拉玛依人。

“冯妇”典出《孟子·尽心下》：“是为冯妇也。”成语“再作冯妇”指有心重操旧业的人。

刘亮程 1962 年生，新疆沙湾县人。著名作家，中国作家协会会员，现任新疆作家协会副主席。出版有散文集《一个人的村庄》《风中的院门》及长篇小说《虚土》《凿空》等六部。

我看到了整个的古尔班通古特沙漠

我在古尔班通古特沙漠边的一个小村庄长大成人。我还是少年时，喜欢坐在草垛上，向北看几眼沙漠，又朝南望一阵天山。我夹在这两者中间，有种被困住的感觉。玛纳斯河从我居住的地方，挨着沙漠向西北方蜿蜒流去，最终消失在沙漠中。它是沙漠和绿洲的分界河，早年树木葱郁的河岸平原，都变成了棉花田。我没有到达这条河的末端，我长大以后，这条河已经不似从前了，在它的中上游，拦河而建的几座水库，把河截断。著名的玛纳斯河如今只留下一条宽河道，做泄洪之用。

古尔班通古特沙漠留给我的印象是一望无际的敞亮，我对它太熟悉了，几乎没办法说出它。我十几岁时，经常在半夜赶车进沙漠拉梭梭柴。牛车穿过黑黑的雪野，村子离沙漠有七八里路，夜晚连成一片的沙丘在雪野尽头隆起，感觉像走向一堵墙，到了跟前沙丘一座座错开，让开路，就像走进自己的村子。

进沙漠再走几十里，就可以停车装梭梭柴了。那时沙漠的植被还没有被完全毁坏，原始梭梭林长满沙沟沙梁，车都过不去。我们进沙漠主要拉梭梭柴，红柳都看不上眼。半路经过一个红柳沟，原始红柳层层叠叠把沙包覆盖住，看不见沙子。还经过一条胡杨沟，沟里胡杨死树活树纵横交错，各种草木丛生其间，早先拉柴的人用火烧开一条路，车才过去。

装车前先要点一堆火，把自己烤热。壶里的水冻成冰了，馍馍也冻成冰疙瘩。我们用的铁水壶，直接扔到火里，水烧烫了提出来，馍馍用梭梭条插着，伸到火里烤，外表烧煳了，里面还是冰疙瘩，就边烤边吃，烤热一层啃一层。牛也在一旁吃草料，嚼草的声音很大。天就在火光里慢慢亮了。开始装柴火，装好柴已经到半中午，牛车慢慢悠悠往回赶。回去一路上坡，沙漠在准噶尔盆地腹部，尽管坡不大，但牛能感觉到。一般出了沙漠天就黄昏了，人和牛也都没劲儿了，更缓慢地往村子挪，短短几里路，把天磨黑，村庄的房子模糊成一堆一堆，跟沙丘似的。

古尔班通古特沙漠是西北风的杰作，是无形的风在大地上的显形。由西向东，一场和沙漠等宽等长的西风，横躺在盆地。我曾沿217国道从奎屯向乌尔禾、和布克赛尔走过许多次，其间穿过的克拉玛依大戈壁，应该是古尔班通古特沙漠的起始地，漫长的西北风从这里开始吹沙堆丘。一座大沙漠的开头远没有想象的壮观，一望无际的戈壁上，看不见高大沙丘，只有零星的小沙堆，像一些孤兽，头朝东，刮风时感觉它们在奔走，风停下来还在原地。可能在原地的已不是以前的沙丘，它早跑远了。漫天满地的沙，就在这样的奔跑中，在不远处，堆成巨大无比的古尔班通古特沙漠。

而在西风刮到头的奇台县境内，风减弱沙子落下，这一片的沙丘比别处高大，与将军戈壁的丘陵相接，植被也繁茂，梭梭、红柳、沙米、骆驼刺、胡杨混生其上。沙米的种子人可食用，听说灾年有人靠沙米活命。几年前，我和画家张永和，奇台作家潘生栋、魏大林、马振国一行，从奇台桥子乡出发，沿当年成吉思汗大军走过的沙漠古道进入古尔班通古特沙漠。我们在桥子听一个哈萨克牧羊人说，在沙漠里发现一片房屋废墟，地上满是瓦片。我们好奇，便在村子里雇了一辆骡车，备了铁锨和水，进沙漠了。成吉思汗大道的轮廓在沙漠中清晰可辨，几十万铁骑走过的地方，沙丘踩平，沙沟踏宽。路上我们不时看见陶瓷片，多是陶瓷碗碎片，可见这条路上走过多少吃饭的人。听说有个牧羊人发现一个大坛子，口封着，很沉，以为一坛金子，坛子打烂后却是一个人的完整骨骼，蜷缩在里面。

我们走到半下午，人困骡子乏。路平的地方我们坐车，遇到沙包就下来帮骡子推车。赶车人爱惜牲口，一直走着。不时遇到回村的牲口群，牧人骑驴或马跟在后面。成吉思汗大道现今已变成一条牲口道，牧人由此将牲口赶到沙漠深处放牧，这片沙漠中的骆驼刺、沙米、芦苇都是牲口的好食物。我们走得没耐心了，便在路边一片废墟上停住，拿铁锨挖掘了一阵，一无所获。

西北风刮到将军戈壁，被中蒙边境的北塔山挡住，转头向南，西风变北风，朝哈密方向吹，沙漠也由此向东南蔓延。这场刮过乌尔禾魔鬼城的风，转向后刮过新疆另一个著名的魔鬼城——龙城，进入罗布泊。

从克拉玛依大戈壁，到奇台将军戈壁，我看到一座大沙漠的头和尾，看到一场西北风的起始和尽头。而我居住的沙湾县那一片，是古尔班通古特沙漠中部最成熟的一段，沙丘丰满均匀，而且稳定。常年的西北风使沙丘走势一律由西北向东南。这是很重要的沙漠知识，如果你在古尔班通古特沙漠迷了路，依靠沙漠的走向即可辨出南北东西。记住，沙漠由西北往东南走，沙丘头向东南，尾向西北，站在一个大沙丘上就可辨清楚。在我们村西边的龙口，玛纳斯河拐了一个弯，抛下一滩野水，水以沙丘为岸，水边数万亩野生红柳林浩浩荡荡，红柳开花季节，从水边到天边，一片火红。这一片是著名的古北山驿，是清代从迪化（乌鲁木齐）至阿勒泰的重要驿站和渡口。如今沙漠禁伐禁牧，植被逐渐恢复，黄羊、野驴、狼、野猪等动物成群出现，常来此饮水。湖西是哈萨克人居住的龙口村。前几年，石油勘探队在沙漠腹地留下一条东西贯穿的沙漠路，一般越野车即可通行。这条路不像我们小时候拉柴火走的牛车路，绕着沙丘走。那些巨型卡车从不把沙丘放在眼里，横冲直撞，小沙丘一翻而过，太大的沙丘直接推一个豁口。所以，那条路看上去给古尔班通古特沙漠腹部开了一个重创的刀口，浑然一体的沙漠不再完整了，虽然它可以让探险者很轻易地穿过整个沙漠。

牧野(1909—1991)，原名厉歌天，笔名厉国瑞，河南通许人。著有《牧野文存》，专著《怎样学飞》，小说《两种脚印》。1941年任中华全国文艺界抗敌协会成都分会理事，与叶圣陶联合主编《笔阵》。1950年后历任北京电影制片厂科教片编剧、西安电影制片厂编剧。

克拉玛依颂

克拉玛依这个名字

克拉玛依，克拉玛依，克拉玛依！这个振奋过多少人心的名字，看起来漂亮，叫起来响亮，听起来又美丽！说它美丽像朵花，只有我们社会主义的肥沃土地，才能培育出这么美的花！说它俊得像个少女，只有党的总路线的光辉照耀，才会长成这样俊的少女。

克拉玛依，是维吾尔语的译音。克拉是黑，玛依是油。不过，自从叫响这个名字，人们都拿它当作地名来呼唤的。

原是黄羊故乡

20年前，有个这样的故事。

在准噶尔盆地西北部的戈壁滩上，飞奔着一群山鹿一样的黄羊，后面跟着一个维吾尔族的猎手赛龙巴依。他并不和黄羊赛跑，他懂得黄羊的脾气：跑一阵要回头看看，不见动静，就在骆驼刺上找叶子吃。赛龙巴依像阵地上匍匐前进的战士，一步步爬到猎枪射程以内，终于一枪打中了两只！赛龙巴依捆起黄羊，就躺在戈壁滩上休息。忽然，微风吹来一股子奇怪气味，他抬头看看，身旁的小土山是蓝靛颜色的。他踏着蓝土登上山顶，发现山顶上有一口黑泉，黏糊糊的黑水向上冒着泡沫、翻黑花。赛龙巴依掏出卷莫合烟的纸撕下一片，蘸了些黑水，划火一点就“呼”地着了！从此，赛龙巴依每年在行猎“旱季”时候，就带着家具，望着成吉思汗山寻找到这里，舀些黑油，卖给人家膏马车轴、照亮、取暖。

解放后，赛龙巴依也分得了牛羊和田。

是前几年一个偶然机会，赛龙巴依老爷子打这里路过。他突然望见井架，又听到机器声响。老爷子一口气跑来，看看成群的汽车装运的原油，摸摸井架和钢管，老爷子的眼睛湿润了。他激动地握住石油工人们的手说：“只有共产党、毛主席，才能把戈壁滩变成天堂！”

路是走出来的

20 年前，赛龙巴依老爷子打黄羊来过此地；解放后，在党的领导下，苏联专家们和中国的地质、勘探技术工作人员们，曾经冒着阿尔泰山吹下来的寒风，来来回回地把脚印留在小黑油山前。

小黑油山一带究竟有油还是没油？苏联地质专家们和中国地质工作者经过了多少个日日夜夜，研究、分析、讨论，认定地下有油。党决定向小黑油山进军！

1955 年夏天，独山子矿务局党委派乌受尔安装队“远征”。这个维吾尔族乌受尔队长，率领起他全队人员，从戈壁滩上踏下了第一条道路，来到成吉思汗山前，小黑油山旁，矗立起第一座井架。

党又选拔了 35 个小伙子，组成一支青年钻井队，要他们“孤军远征”！

这 35 个小伙子，包括八个民族和很多省份——从广东到东北的同志。全队里很少人念过中学，就连队长陆铭宝，1952 年才刚走出上海中华职业学校，到独山子井台上跟苏联技师们学习三年。

小伙子们接到任务，虽说又喜又惧，但是想得又美又天真。

“哪里艰苦就到哪里去！”

“不会是‘孤军远征’！”

青年们带着勇敢而又纯洁的心出发了。他们找到了乌受尔队安装的井架。

多别致！辽阔的戈壁滩上，一座井架矗立着。极目远望，望到天边无际处，还是戈壁滩！

“安营下寨！”宁元兴、谢达楼、阿沙、李世顺、沙都等忙成一团：平地后，搭帐篷、砍柴禾、起锅灶。荆义田想得更快：他连行李都没打开，就号召几个人跟司机到百里之外的玛纳斯河去拉钻井用水和吃喝水。

7月6日，柴油机发动了！钻机旋转了！天车工作了！

在这辽阔的戈壁滩上，不知寂寞了多少个世纪，现在轰轰隆隆、叮叮当当地演奏起来。多么美的音乐啊！小伙子们听着，感到自己工作的意义，愉快和自豪的心情从眼神里闪烁出来。

但是，这里终归是荒无人烟的戈壁滩！太阳毒得晒裂石头，一片云就会变成一阵暴雨。有一天夜里刮一场暴风，第二天衣服、脸盆、漱口缸都找不见了。更使人诅咒的是：野蚊子、野苍蝇、牛虻等不分昼夜地向他们“袭击”！

工作和生活条件是艰苦的。可是，在这些艰苦日子里，党经常捎信来问有什么困难，需要什么帮助，并且还一再派领导同志前来看望。小伙子们感到党的温暖，意志更加坚决，于是提出了响亮口号：

“安下心，扎下根，不出油，不死心！”

经过一百多个日日夜夜的战斗，到了10月29日下午，全队人都知道这口探井钻到了该见“分晓”时候了。是失败？是成功？悬在人人的心上。因此，下班的人不走，不该上班的人跑来围着井台，有守在防喷器旁边的，也有趴在泥浆池上找油花、闻油味儿的。

喷油了！压藏在地底下多少亿万年的黑油，得见天日了！多么漂亮的颜色呀！黑里发蓝，蓝里闪光。

石油工人，还有什么比“远征”打探井打出油来更喜悦的呢？跳呀，唱呀，拥抱呀，还有像“泼水节”一样蘸起原油来往对方脸上、身上涂抹呀……狂欢一直沸腾到深夜。

家在哪里

上帝创造世界是神话，我们劳动创造世界是现实。克拉玛依的发展简直像神话，从打开第一口井到现在，仅仅只有四年多，而今，在这一片戈壁上，已经建立起拥有数万人口的城市了。真是“从无到有”，而且“有”得这么快！

四年前，这里只来了一位燕大夫，他经常提着药包去“行医”。工人找他来看病，地窝子里三张床，有两张是另外两个单位人员办公兼睡觉用的，燕大夫这张兼作诊断、处方和病床用。而今，准噶尔路的医院大楼，三层上下设着九个科，病床设了三百多张。

新华书店，当初就装在小朱的麻袋里，在饭堂门口、井架前摆流动书摊。现在，总店和分店，单是去年就售出五十多万册书。

当初，小马的挎包儿就装着邮电局。送信是听口音、看面孔、询问；收信是卖邮票、信封、信纸，兼代封信口、贴邮票，甚至还代写书信。而今，邮电人员增到一百多还忙不过来，长途电话和电报通到全国各大城市。听三年半以前从上海调来的顾局长说：“今年要盖邮电大楼，将安装四千门自动电话，还要装设传真。”

各类商店的总店、分店分设在市区的各条街；十字路口，人民警察指挥着过往车辆和行人；天山路的中苏友谊馆，白天晚上没断过出出进进的工人；电影院、男女浴室、理发馆、饭馆等，都像大城市里的一样，生意兴隆。总之一句话：从“开天辟地”仅仅只有四年半的历史，这种神话，只有我们社会主义国家才会实现。

振奋人心的大油田

克拉玛依的探井，像石油战线上的触角，大踏步向四外伸展着。

打探井的工人们，几乎打一口井向党委报一次喜！克拉玛依的生产井的井架，在这一带热闹的戈壁滩上，逐渐地成林成行了。

井架，完成了钻井任务，一座一座地向前进展——工人们创造了“整体搬家”。几十米高的钢塔，用十几辆拖拉机整体地拉着，真称得起“大将军八面威风”！

每口井钻完后，就安装起采油树。钻多少井，就安多少采油树。从采油树上接出来的输油管子，像蜘蛛网一样，纵横交错地密布在戈壁滩地下。采油计量站，一座一座地建立起来。采油工人们，驯服着地下的油海，让它有计划地、昼夜不停地从地心里涌上来。然后，再把这黑金液压送到需要它的地方。

克拉玛依，就这样从第一口井开始，打到现在，成批成批的油井打了出来。

这些井有没有失败的呢？一直在克拉玛依矿务局担任局长的秦峰同志很风趣地说：“这里打的井差不多都喷油。也有很少井，打了半天放个屁。可是没关系！等化学工业赶上来的时候，一井屁（瓦斯）也是一井宝呐！只有钻出个干眼眼，那算失败了。不过这种井百不抽一。”

克拉玛依大油田的储藏量，究竟有多大？直到现在，还正在进行探摸它的边缘呢！

英雄们的事迹

去年国庆后，克拉玛依有五位英雄——胡宝珊、张云清、卡一霞、孙玉亭、赵仁杰，代表全矿职工到北京出席全国群英会。

钻井队长队张云清，这个贫农的儿子，到部队里才学了点文化，转业1954年到玉门第一次看见钻井用的泥浆，三年前被调到了克拉玛依。

1958年春天，张云清向全队人提出个问题：钻井有进尺，难道只能月钻五百米上下吗？大伙出个主意，一月钻它一千，一年钻它一万！

“月上千、年上万！”从张云清一提出来，立刻遭到保守思想者的反对。是的，钻井是硬碰硬的事儿，用钢钻头在岩石上钻。况且，那时，在全国还没有听见谁说过一月能钻一公里。因此，保守的“学者”就讽刺他“妄想”；对于张云清井队提出的技术革新，说是“走独木桥，是汽车不要刹把”。

张云清没有被冷水泼倒，他听到了党的声音：“干吧，党支持你们！”

3 月初提出，3 月底就实现了。

多少人都为这全国第一个“月上千”的胜利欢欣鼓舞，而保守者却不甘心伤害个人的自尊，于是又说“这是偶然”。

张云清再也不理这类阻碍，他一心想着人民的利益和与玉门老朋友王进喜井队的友谊竞赛。

从 4 月到 11 月的 7 个月中，不但月月上千，而且逐渐地月上两千、三千、四千，一跃达到月钻 4301 米！

真是“难能可贵”啊！工人们由于敢想、敢说、敢干，就给国家创造了无法计算的财富！

“学张云清、赶张云清、超张云清！”克拉玛依掀起了这个运动，1958 年全矿有 240 个队次达到月上千。转业军人、钻井队长孙玉亭，这个辽宁阜新的青年更是猛冲猛打，1959 年他们井队居然钻了两万米！

向石油工人致敬

黄昏，当千家万户点起灯火的时候，当人们乘坐着汽车或飞机、轮船的时候，当开动了柴油机带动着机器生产或开着拖拉机耕地的时候，当人们走在下雨不泥泞、刮风不起土的柏油马路上的时候，都会联想到石油。因为汽油、煤油、柴油、沥青等都是石油炼制的。

可是，当我来到克拉玛依看到钻井工人、采油工人的时候——他们和她们的身上、手上甚至面孔上，都带着石油的油渍和泥浆点子。多美啊！还有什么色彩比带着满身劳动的标志更美？我从他们身上闻到一阵阵石油香味，我真想跑上前去拥抱他们。

男女石油工人们，日日夜夜地战斗在戈壁滩上，烈日晒着，刮风下雨，他们都不停钻、不停采。戈壁滩上遍地铺着白雪，近几天来经常是零下四十多摄氏度，阿尔泰山上的寒风又常常袭来，就在这样天寒地冻的戈壁滩上，可敬的石油工人们，不退缩、不畏惧，仍然是不停地钻、不停地采！因为，石油工人们深深地理解：工农业生产需要石油，国防建设需要石油，人民生活需要石油！

最近，当火车开到哈密的消息传来的时候，石油工人们的干劲更是热火朝天了：为了迎接不久的将来火车通到克拉玛依！工人们说得好："过去，只有几百辆汽车来运咱们的原油，火车很快就要通到克拉玛依了，到时候，咱们一定要叫它天天都满车满车地开出去！"

多么豪迈的英雄气概啊！

啊，克拉玛依！四年多以前，你还是一片荒无人烟的戈壁滩，而今，你已经是拥有数万人的城市。在你身边，每天每夜都有几万男女英雄和大自然斗争着，他们从地心里取出宝来，要输送到全国各地。这怎不叫我向你歌颂、向你致敬：

你这可爱的克拉玛依石油城！

你这可敬的克拉玛依英雄城！

蒋子龙，1941 年生，河北沧县人。著名作家。中国作家协会原副主席、天津作家协会主席、天津文联副主席。

魔鬼城边百口泉

到新疆不可以不看魔鬼城。

顾名思义，这是个富有“魔鬼魅力”的地方，而魔鬼的魅力是无法抵抗的。尽管魔鬼是人创造的，它对人的诱惑却是永久的，永远地刺激着人的好奇心，激起人们对恐怖的渴望。

魔鬼城坐落在新疆北部的古尔班通古特沙漠之中，距克拉玛依市百里左右。

森森戈壁，千里大漠，已经够神秘莫测的了，最易让人浮想联翩。突兀又冒出一座魔鬼城，造物主真会吊人的胃口。

在一场大雨过后我们到达克拉玛依市。有人说新疆之所以有那么多沙漠，就因为缺水。倘若雨水充足，戈壁滩将胜似江南。克拉玛依用一场大雨来迎接我们，实在是一种最珍贵最盛大的欢迎。

克拉玛依出乎意外的漂亮整洁，街道宽阔，横平竖直。城区规则，看不见一座破旧的建筑物，每个角落都打扫得干干净净，带着新兴城市的蓬勃生气，每座城市建筑物都设计得富有一定的文化品位。初次相见，我便喜欢了这个城市，像是很投缘，心里响起一种旋律……

这是天意，还是克拉玛依人的刻意追求？在去魔鬼城之前先叫你尽可能地领略一座人间现代新城的风光，让人间鬼域形成巨大的反差。

漂亮的城市边缘围着一个阔大而幽静的公园，湖光山色，野趣天成。油田展览馆浓缩了中国的石油工业发展史，克拉玛依是中国石油工业的摇篮。

第二天云散天开，戈壁滩恢复了惯有的好天气。天极高极蓝，太阳悬空，带着一股骄横，送出阵阵燥热。路边、旷野，看不出一丝刚下过大雨的痕迹，雨停地就干。在戈壁沙漠上，无论下多大的雨也难以存下一汪水。

我们驱车前往魔鬼城，一出克拉玛依市便见到了这个城市之所以兴旺的根脉：略带起伏的戈壁大漠上布满“采油树”。把它叫作“树”，再贴切不过了。在这个没有树的戈壁滩上，这些钢铁做成的支架，像一片稀疏的森林，成了重要景观。也有人把它叫作“鞠躬机”，它像一个巨人，有节奏地向大地鞠躬，仿佛在虔诚地感激大地的赐予。每鞠一个躬就提出一注石油，“采油树”不停地鞠躬，石油便源源不断地流出来，通过地下蛛网般的管道，汇聚到这片采油树的中心——百口泉采油厂。

在魔鬼城的边儿上，怎么会有一个这么美的地方？

百口泉——一个最容易激发人们想象力的名字：这里有一百口甜泉？有一百口神泉？有一百口温泉？有一百口矿泉？或许是指有一百口油泉？这里的油井又岂止百口！不论是哪一种泉，都将使百口泉成为缺水干旱的戈壁滩上的风水宝地。

它也确实成了一块风水宝地。

采油厂使百口泉成为北疆沙漠中的一块绿洲，人烟鼎盛，花繁树茂。

为什么越接近魔鬼城风光越好？是不是真的有一个魔鬼城？历史莫非只留下这么一个怪名字以捉弄游人？

耳闻是虚，眼见为实，岂可避实就虚，舍近求远？为了不留遗憾，我们在百口泉停了下来，先看看这个神奇的地方，不知是百口泉使采油厂出名了，还是采油厂使百口泉更神奇了？

一位年轻挺秀的姑娘接待了我们，她上身穿一件白色文化衫，胸前赫然印着六个大字：“别惹我，烦着哪！”她的态度却既热情又大方，大概她自己已经忘记了印在胸前的“宣言”。我却格外赔着小心，尽量不去看那几个字，按理说我们这几个不速之客，已经算“惹”了人家，也实在够烦人的。这件文化衫却让我一下子感觉到了百口泉采油厂的文化气氛。这种文化衫在北京、广州的新潮青年中也才刚刚兴起，说明百口泉并不因其所处的地理位置而闭塞，而落后。在文化上它并不因离魔鬼城近，就离现代远，离北京远。一个女干部能大大方方地穿着这样的文化衫上班，也说明这里的文化环境相当宽松、开放、活跃。

见到厂长后，更加印证了我的上述感觉。厂长叫丁玉甫，看上去他只有 30 多岁，沉稳自信，智慧外射，是他所从事行业的专家。熟悉百口泉，熟悉石油，也熟悉自己所面对的这个世界，并根据整个世界来思考自己的事情，思想开阔，议论风生，让我增长了不少有关石油的知识。即使见不到魔鬼城也不枉此行了。

他说，石油曾给人类带来光明、繁荣和进步，同时也带来灾难和战争。没完没了的中东战争，速战速决的海湾战争，20 世纪地球上的许多战争都起因于石油，随之而来的是贫穷、饥饿、灾荒、暴力，更多的人流离失所。也许是大自然要通过石油这种神秘的物质捉弄人类，让人们为了争夺石油相互厮杀。我们曾得益于石油，如不抓住机会调整更新自己，仍死抱住石油不放，将来会变为最穷的。

一眼油井打多深，就等于用彩色电视机码多高，成本是很高的。我们已经开采的石油和资源相比是 1∶14，科威特是 1∶250，前苏联是 1∶160。现在世界石油价格压得很低，买油比我们开采自己的石油还便宜，所以我们就该不开采或少开采，保护自己的资源，买外国油，等油价提上来再采自己的油。

采油厂的厂长竟主张停止采油。他经营的是国家企业，我相信只要国家下了决心，他自己有办法能让自己的企业继续生存下去。

思想最容易被思想吸引，人的故事永远迷人，丁玉甫的魅力使我对石油和石油人发生了兴趣。等到离开了百口泉，才记起没有来得及问他此地为什么叫百口泉。

关于这个名字的种种传说已经不重要了。百口泉这个地方我是不会忘记的。

相比之下，魔鬼城要逊色多了，既无魔鬼，又不恐怖。不过是千年风沙，把一片高低不等的沙山雕琢得奇形怪状，或峥嵘，或奇诡，沙质硬化，似土非土，似石非石，似楼非楼，似一片城廓，有街衢死巷。偌大的一座魔鬼城里只有我们几个人在转悠，极为安静。阳光灼灼，刺激着皮肤。阳光下没有新鲜事，连想都懒得去想关于活见鬼的事儿……

陪同我们的人说，只有到夜里，或者漆黑一团，或者月色如水，这里才会显得阴森诡异，魔气迷漫，鬼影幢幢。倘若赶上大风，沙砾呼啸，鬼哭狼嚎，这个地方就是一座地道的魔鬼城了，群魔出动，厉鬼横行……人们可随意衍绎出许多神仙鬼怪的故事，谁心里有一座魔鬼城，就可以释放出各种各样的魔鬼。

倘若世上真有魔鬼，也会对人敬畏三分。因为它们是人创造出来的。

我们没有时间也没有耐性等到夜晚了，只好等以后在什么地方遇到大风了，便闭上眼睛在心里造出一座魔鬼城。

我很庆幸在去魔鬼城的路上采访了百口泉采油厂。

魔鬼让我失望，还是人更让我敬重。

陈皋鸣（1938—2013），四川温江县人。新疆作家协会会员。克拉玛依市文联、克拉玛依石油文联首任主席。1957年开始发表文学作品。著有诗集《天隅一方》，散文集《天山走笔》，报告文学集《石油师人——在新疆油田纪实》（与人合作）。

雨落乔尔玛

天山公路深处有一个地方叫乔尔玛。因为它具有典型的新疆风光：冰山、雪线、塔松、柳丛、草原、绿甸、河流，加上路边有兵站、养路道班、牧民的蒙古包和一座筑路烈士纪念碑，实在是度假旅游、缅怀英烈、陶冶情操的好去处。每年一到夏天，车嚣、人欢、马嘶、羊叫，把几公里长的幽静山谷吵得沸沸扬扬。

这次我们到乔尔玛后，不巧天下起雨来。雨开始淅淅沥沥，慢慢由霏霏雨帘变成了密密雨墙。对老天真无奈，每人只好偎在潮潮的上下铺上，放开被淋湿的思绪，静静地听雨声。乔尔玛的雨和江南故乡的雨是多么的不同。它不是点点滴滴，雨打芭蕉，也不是沙沙嚓嚓，春蚕噬叶；而是滂滂沱沱落进松林，随风在烈士纪念碑顶翻卷，那哗哗啦啦雨声和着松涛声，像当年天山筑路人在开山劈岭时吼出的阵阵号子。那横空落下的雨珠，像是他们一滴滴汗珠串成。雨，下得好壮烈啊！莫非这是筑路牺牲了的128位英烈们的湿漓漓的灵魂在呼唤？

外面的雨更大了，风更狂了。憩坐的小屋也滴滴答答漏起了雨。雨点滴在我的发上脸上，冰凌凌的。我抹着脸上雨珠，不经意地闻闻舔舔，居然嗅到了尝到了雨的味道。此时天山雨又是女性雨。雨气中有雪山的凛冽味，有树林的松香味，有草原的薄荷味，有河滩的泥土味，还有从羊圈中带来的特有的清膻味……嗅嗅雨味，我虽然没有扑进乔尔玛的怀里，但山中雨用温馨的气息，使人得到了抚慰。

正想着从雨中受到的启悟，我们被领到路边的一个饭店去吃饭。饭店内水气蒙蒙，只有两张板皮钉的桌子，却取了个吓人的名字“天山饭店”。饭店的最大好处是建在山坡高地上，对面是天山，脚下是小河，两侧是公路要道，连地方的一个检查站也设在这里。

要是在晴天，这里一定是观赏乔尔玛最理想的地方。眼前雨虽小了些，仍在飘飘地下。我突然想起“门前风景雨来佳”的诗句来，透过雨丝，谁能说清天山隐秘了多少神奇：雪，白得虚虚幻幻；树，绿得迷迷郁郁；水，雾得缭缭绕绕；花，媚得朦朦胧胧……好一幅从远天挂出的水墨画，浓浓地，只见轮廓，不见真颜，让人平添了一对想象的翅膀。

带有四川风味的几碟菜肴被端了上来。我们一边饮酒，一边观雨，倒也觉得心旷神怡。这时老板挨了过来说：下边又有好戏看了，我们不得其解。他答：检查站不让道班的车去接工人，工人回去搬兵了。不一会，果然一车人赶到。有人的高喊声从风雨中断续传来：“这条路……是解放军……烈士们……修的，是养路工……养的，……你们凭什么……不让……我们车过……”隐约中有人冲进了站房，两名检查人员抱头冒雨、气喘吁吁地向雨中跑去。

我的脑中顿时一片空白，装下了乔尔玛所有的雨。想起前几天曾经去文化服务过的养路道班，没有电灯，没有电视，没有图书……只有一盏油灯，这怎能点燃养路人的精神激情？难怪调查表上，工人填爱好栏是吹牛、读小说、看电影；难怪一听说放录像，工人们一直看到月牙东升。望着屋外的雨，雨如情丝，为生活尽情地梳理着，为人生袒露地宣泄着，也许还在唠叨着什么……

渐渐地，细雨拉来了湿透的黑夜，酒香使人微醺。我们接过老板递过来的马灯，挑着一闪一闪的亮光，来到了淋了一天风雨、曾经呼唤我们的纪念碑前。英烈们已经在这里长眠10年了，孤寂的心灵怕也长出了绵绵的苔藓。为他们唱支歌吧，“几度风雨几度春秋，风霜雪雨搏激流……”歌声和着雨声在夜空回荡，为他们祈祷吧。我们3名几十岁了的共产党员，竟然一齐“扑通”跪了下来，连磕3个头，放声大哭起来。

乔尔玛的雨水和拜谒人的泪水同时洒落在天山的土地上。

陈皋鸣（1938—2013），四川温江县人。新疆作家协会会员。克拉玛依市文联、克拉玛依石油文联首任主席。1957年开始发表文学作品。著有诗集《天隅一方》，散文集《天山走笔》，报告文学集《石油师人——在新疆油田纪实》（与人合作）。

又见吕远

又见吕远，在北京5月槐花盛开的季节。

尽管西三环路上车辆日夜不停地急驰喧闹，路旁掩映在绿林中的中国剧院，却显得宁静而又幽雅。带着一身槐花淡淡的馨香，来到剧院后台找到吕远，没有想到他是那么平静，好像由文化部、海军政治部联合主办，由克拉玛依市人民政府、新疆石油管理局等10家单位协办的“吕远声乐作品音乐会”，并不是为他举办似的。但当我从他手中接过李鹏总理亲笔题写的请柬及节目单时，才感到他的手好烫好烫。他有点儿语无伦次地对我说：“克拉玛依，好，好，我带你去见见我的朋友。”

化妆室内，是几位既熟悉而又陌生的著名歌唱演员。蒋大为在修饰白色礼服上的黑领结，关牧村在梳理披肩的一头卷发，于淑珍在端着一杯水舒润嗓子，刚进门的杨洪基夹着一个皮包把地板踏得咚咚响，真有点儿唱“滚滚长江东逝水”的气势……吕远对同伴刚介绍到“这是克拉玛依——”，永远年轻的耿莲凤竟跳了起来：“克拉玛依，我愿去！我愿去！”等她弄明白是来了克拉玛依人参加音乐会时，她还辩解：“我知道克拉玛依，我喜欢克拉玛依。”这时吕文科走过来深情地说：“《克拉玛依之歌》我唱了近40年，克拉玛依常在我梦中。”

一阵铃响，紫红色的帷幕徐徐拉开。观众耳熟能详的《走上这高高的兴安岭》《泉水叮咚响》《我们的生活充满阳光》《西沙，可爱的家乡》《一个美丽的传说》《牡丹之歌》……的歌声，在台上悠扬回旋。吕远坐在贵宾席后排，沉醉地闭上了眼睛。他是要用耳朵、用心灵来审视自己从事创作50年来走过的音乐之路。剧场内掌声一阵紧似一阵。他成功了。他谱写的上千首乐曲，形成了个人独特、鲜明的艺术风格，伴随着共和国前进的脚印，在亿万人心中引起共鸣。文化部部长刘忠德称贺吕远作品“弥足珍贵”。歌唱家郭兰英赞扬吕远“是屁股底下冒火，到哪儿都待不住的人”。作曲家唐诃比喻吕远的乐曲为“火把、号角和鲜花”，“像火把能点燃人们的劳动热情，像号角能鼓起人们的革命斗志，像鲜花能美化人们的精神生活”。

这些赞誉一点儿也不过分，因为吕远的乐曲始终为祖国而歌，为人民而歌，为生活而歌。当音乐会结束，各地送来的花篮把舞台装扮得姹紫嫣红，久久不愿离去的观众要求和吕远见面。他走到台前，依然是一脸平静地说：“我是一个普通的音乐工作者，我的神圣职责就是一辈子用歌声为人民服务。后天，我们将在长城上继续举办第二场音乐会。”

吕远的歌曾经在大海上唱过，在军营内唱过，在农田里唱过，在钻塔上唱过，在矿井下唱过……如今要在长城上唱，必然激发起群众沸腾的浪花。5日下午，近万名观众会聚长城，把临时搭成的舞台围得水泄不通。可这天天公不作美，气温骤降，还刮起了大风。吕远望着巍峨的长城，高耸的烽火台，他深知这辉煌一瞬的价值，那永远透着平静的眼睛一亮；当他再转向风中的同伴们时，眼中竟闪动着晶莹的泪花。他看见报幕员于紫菲穿得太单薄，赶忙把自己身上穿的风衣脱下来披在小于身上。紫菲说：“吕老师，蒋大为要上场了，让他暖和一点儿好唱。”他又将他的西装上衣脱下走向唱《牡丹之歌》的伙伴。吕远忘不了，大为听说音乐会要唱这首歌，赶忙从海南岛归来，打的上了八达岭。当吕远要付车钱时，大为说：“不要，不要，吕老师，我们还能见外吗？”

脍炙人口的《牡丹之歌》倾倒了观众。吕远知道，长城上是没有红牡丹的，但长城下阵阵槐花香飘来，诉说着音乐界朋友们友情。为了这次音乐会，于淑珍接完电话就从天津赶到北京，住在儿子六平方米的宿舍已经一个星期了。关牧村从外地飞回北京，找带子、试嗓音忙了一天。使牧村最记忆犹新的一件事，是吕远老师对她的一次唐突所表现的宽容。在施光南逝世告别会上，牧村哭得像个泪人，吕远前去宽慰，悲痛中的牧村不假思索地说道："吕老师，您要是死了，我也会这么哭的！"一句本来表示崇敬的话，却用不吉祥的词语表达了出来。吕远没有生气，平静而沉重地说："小关，你的心情我很理解，让我们用更好的工作来纪念施光南吧！"

真是胸怀坦荡的吕远！难怪这次演唱会，好多演员没有拿一分钱，却十分认真地动情地唱出了自己的风格和水平。马玉涛说："吕远是个耿直诚恳的人，我愿意和他合作到八十岁！"被乐坛称为"二吕现象""二吕效应"的吕文科在海政歌舞团和吕远共事42个春秋，他认为吕远是他的良师益友。今天他要在长城上放歌一曲《克拉玛依之歌》。

"……克拉玛依我要歌唱你，我要跑近你，你是大西北的宝石。啊，克拉玛依，我爱你——"歌声在长城上回响。长城的天空一片圣洁。有人说，在卫星上遥望地球，只能看见一线长城。如今吕远的歌，把克拉玛依的名字传向茫茫宇宙，这真是油城人民的幸运和幸福。他拍着手掌对我说："在长城上唱《克拉玛依之歌》，克拉玛依人一定会听得到的……"

吕远的两场音乐会在社会上引起了巨大的反响。当7日还要在中国剧院举行第三场音乐会演出时，我们却遇到了要票的麻烦。吕远在电话中无可奈何地说："没有一点儿办法了，中央有关部门把票全拿走了，我手上一张也没有，害得我的亲人现在也在埋怨我呢！"不抱什么希望了。没有想到演出前几小时，吕远打来电话："今天协调会上我把克拉玛依的情况说了，发票的领导给了两张。你演出前半小时准时到后台来取。”

下午6点15分，我们提前来到剧院后台。槐花虽然一样芳香，四周气氛却显得严肃。街道旁停满军车，车上坐满军人。后门十来个戴红袖章的军人来回指挥检查。我抻着脖子希望能看见吕远。问了几个从后台出来的工作人员，一个个神情木然地摆手：“没看见，没看见。”我越来越失望了。突然，我看见穿着笔挺的海军白色军装的吕远手中拿着两张票出来了，他从铁栏杆里把票递在我手里。

紫红色的帷幕又拉开了。场内是一队队陆海空军人，只有三四十名不穿军装的老百姓。贵宾席上坐着李鹏、丁关根、李铁映、迟浩田、刘忠德、于永波等领导。晚会在反映改革开放的大合唱《人民海军之歌》《大亚湾——灿烂的阳光》中开始。应邀参加晚会的日本艺术家尽情地演唱了吕远近几年创作的歌曲。日本著名歌唱家福田忍用中日两国语言演唱《世界之爱》：“地球母亲赐予我们爱，爱，爱，万物生长人类繁荣爱，爱，爱；我们要给地球母亲爱，爱，爱，人类幸福才有保障爱，爱，爱……”台上演员在鼓掌唱，台下的领导在鼓掌唱，解放军战士在鼓掌唱，吕远也在点头鼓掌唱……

从1990年8月吕远在北京举办第一次音乐会后，他把艺术的触角伸展到时代与和平的主题上。五年期间，他一次访美、两次访日，为亚运会创作了《下次相逢在广岛》，为国际刑警大会创作了《国际刑警之歌》，为庆祝中日邦交正常化20周年举办了六幕九场歌剧《歌仙小野小町》，为庆祝世界反法西斯战争胜利50周年举办了中日传统艺术友好交流会。吕远的这些努力，得到了社会的广泛关注和认可。孙平化题字：“歌声传友谊”。日本舞蹈家松本尚女、松本尚宽、松本玲子为吕远祈祷：“艺术是世界通用语言。艺成人格方成熟，人格成熟艺方可求全。”

这是外国友人对吕远人生、艺术追求相统一的赞许。吕远的歌已不属于他自己。他跨越国界的歌，他跨越时代的才华，映照着他灿烂的艺术人生。

剧场内迎来了又一次高潮。中国青年歌唱家王静唱：“长江万里浪哟，滔滔连东洋，我的歌儿随风飘落到你身旁。”日本青年歌唱家福田忍唱：“扬子生在两个国家，心儿在一方。一支歌儿两颗心，落在你身旁。”瞬间，三十多名日本来华人士一齐起立同声唱：“擦去昨日的泪水，面对今天的太阳，紧紧地挽起我们的臂膀，大步奔向幸福的前方。”吕远再也按捺不住自己的感情，在台下挥手打拍：“东京湾，扬子江，我们的歌声永远飘扬；扬子江，东京湾，我们的爱情日久天长……”

全场掌声雷动。吕远和着人们鼓掌的节拍走上舞台。李鹏总理的外孙女为他献花。李鹏和他握手并祝愿：“吕远的歌传遍中国大地，传到了海内外。祖国为他骄傲，人民感谢他。希望他为生活的未来，为和平的明天放声高歌。”

演唱会后，吕远整整睡了一天。第二天，他打来电话，满含歉意：“你看你来这么多天了，也没有时间去看你。今天缓过来了，你在西三环 323 公共汽车站西局站等我，我们好好聊一聊。”我连忙回话：“你等一会儿，办事处的车去接你。”“不用了——”电话放下了。

我怅怅然只好等在公共汽车站旁。上午 11 点 40 分，一辆黄色“面的”停下，钻出来吕远和这次音乐会操办人之一的北京国际人才交流会日本代表周莹女士。我望着吕远，他仍然是一副平静的样子，好像几天前他没有举办过令人难忘的音乐会一样。当我们表示让这位享受军级待遇的著名音乐家打的来不好意思时，他连摇双手呵呵地笑出声来：“这有啥，十块钱就到这里了，多方便！”

一阵微风吹来，路旁开得正旺的槐花落了吕远一头一身。我从他灰白的发丝上拣了一朵黄白色的蝶形槐花放在小本子里，带回克拉玛依，好常常忆念那淡淡的槐花香和那张什么时候都永远平静的、平静得让人甚至感到有些过于严肃的脸。

吕远啊，真像他的名字一样：作为一名音乐家，他不是用一张嘴在唱，而是用两张嘴在唱，而他的歌飘过长城内外、五洲四海，飞得好远好远……

吴连增，1958年开始发表作品。1986年加入中国作家协会。新疆作家协会第四届副主席，新疆报告文学研究会会长。

30年前的一次油城笔会

30年前初春的一个天朗气清的日子，20多个中青年作家乘一辆老式的大轿车，从乌鲁木齐出发，到油城克拉玛依去参加由《新疆文学》（现《西部》杂志）编辑部和克拉玛依市文化处、《克拉玛依文艺》编辑部联合举办的一个文学笔会。

那时，从乌鲁木齐到克拉玛依，须经石河子、奎屯，然后北行入独（山子）克（拉玛依）公路。走完全程约400公里，且多是坎坷不平的翻浆路。车子像个醉鬼似的跳着摇摆舞，时而穿过戈壁，时而越过荒原。奔波了整整一天，直到明月出天山，才看到点点星光在远处闪烁，越往前走，那星光便越多越亮，犹如繁星一般，布满戈壁荒滩。

久已向往的克拉玛依近在眼前，车上一片欢腾。参加笔会的作家、诗人被油城璀璨的夜景陶醉，旅途的颠簸之苦被抛到九霄云外，顿时化作了兴奋，化作了欣喜。有人甚至扯着嘶哑的嗓子吼起了《克拉玛依之歌》……

也许有人以为那时的作家是不是太单纯、太情绪化、太表面化了。其实，如果说“单纯”指的是艺术欣赏或艺术修养，未必不好，这正是作家应该具备的品质。至于情绪、思想感情，看怎么理解了，如果一个作家缺乏激情，面对日新月异的现实生活无动于衷，我真的要怀疑他能不能写出首先打动自己、再能打动读者的作品。

的确，文学解冻后的作家不缺少对生活的激情。他们知道，克拉玛依这块神奇的土地，在共和国起飞的时候，曾经为社会主义建设提供了多少宝贵的能源；开发这片土地的人们，历经了多少艰难困苦的岁月，才创造了这举世瞩目的伟业。这些，正是需要作家诗人们去体验、去挖掘的“宝藏”。用当时的话说，就是去接触新的人物，熟悉新的世界，从现实生活中汲取营养，努力创作反映时代精神、塑造新人形象的文学作品。这也是当时处于西部高地的《新疆文学》所竭力倡导的时代新风和为读者所要提供的精神食粮。

我和时任主编的陈柏中同志之所以要在油城举办这次笔会，其主要目的就在这里。我当时是《新疆文学》副主编，我与主持诗歌、小说栏目的郑兴富、都幸福等编辑部同人对克拉玛依一直怀有一种强烈的向往之情，时时关注着那里的发展变化，并与那里的文友们保持着密切的联系。这与我们自治区文联的老领导、老作家刘肖无的“克拉玛依情结”可能有直接关系。早在上世纪五六十年代，刘老曾在油田挂职深入生活，创作了一批颇有影响的散文和报告文学，并结集出版了《克拉玛依散记》。直到历史进入改革开放的新时期，古稀之年的刘老还常去那里住一段时间。

重视文化工作是油田领导一以贯之的老传统，他们对刘肖无及克拉玛依本土涌现的文艺人才关怀备至，从创作到生活都提供了各种有利条件。当时克拉玛依虽然还没有成立文联，却率先在全国石油工业系统创办了文艺刊物。一支可观的文学创作队伍正在崛起。陈皋鸣、傅滦滨、安定一、赵钧海、尹德朝、刘龙平、赵先明、张红军、李娟、刘枫、欧阳秋、吴莉莉、李培智等等，这些耳熟能详的名字，可以列出一长串来，都是我们编辑部当时经常联系的作者。他们在诗歌、小说、散文和报告文学创作方面已经崭露头角、小试锋芒。

这次油城笔会的举办，自然也在他们的期待之中。

那天晚上，我们还没有到达驻地，克拉玛依的文友们，已经在那里等候我们多时了。那是一个畅叙友情的夜晚、一个充满欢乐的夜晚。久闻克拉玛依有很多豪饮之士，是个白酒消费量颇高的城市，果然名不虚传。在那天为与会作家接风的晚餐上，一些所谓的“酒仙”竟在克拉玛依文友面前屡屡败下阵来。觥筹交错，我已记不清当时喝了多少杯酒。酒多话更多，回到驻地，边喝边聊，一直聊到深夜。聊得最多的话题当然是克拉玛依开发史中的那些鲜为人知、惊心动魄的传奇故事。

克拉玛依人与酒结下了不解之缘，绝不是偶然现象，那是寒冷、荒寂、凄苦的自然环境所致，也跟当时缺少女性有很大的关系。然而，克拉玛依人无愧于英雄的称号，他们向恶劣的自然环境和种种困难发起挑战，用双手在亘古荒原上建成了从地质勘探到油田开发、从原油输送到产品炼制的一整套具有相当规模的现代化油田。这是何等的壮举！

“最荒凉的地方，却有最大的能量。”大诗人艾青的诗句，可谓一语千钧、石破天惊。面对沸腾的现代化油田，我们都在摩拳擦掌，真的有点坐不住了。但既然是笔会，总要安排一些时间交流创作经验。正在从事新边塞诗创作的杨牧、章德益等，正在小说创作领域孜孜探索的文乐然、赵光鸣、尚久骖等，还有热衷于报告文学创作的谢刚正、矫健、胡秉中等，原本都准备在笔会上交流创作体会。但是，大家更渴望到大漠深处去倾听石油工人的心声。于是，在刚刚拿到全国诗歌大奖的杨牧介绍了他的获奖作品《我是青年》的创作经验之后，笔会便开始转入参观访问了。

在矿史陈列馆里，在机声隆隆的钻井台上，在奔驰的汽车上，在列车营房的工人宿舍里，作家们且听且看，边走边谈，不肯放过任何一个学习和感受生活的机会。那富有神秘色彩的魔鬼城、闻名遐迩的黑油山、日新月异的白碱滩和百口泉以及开拓奋进中的五彩湾……石油工人所创造的每一个奇迹，无不让来访者受到震撼和激励，创作热情顿时高涨起来。

不过，要真正进入创作，仅靠浮光掠影的采访，显然是不够的。于是，各自又根据自己的意愿选择体验生活的“井点”，去打一口相对比较深的“井”。有的去了魔鬼城的地震队，有的到了沙漠深处的钻井队，有的选了独守“磕头”机的油泵站……总之，都争先恐后地要到火热的第一线去，到条件最差的地方去。他们不想仅靠道听途说去随心所欲地编织故事，进行创作。他们要和石油工人一起摸爬滚打，一起吃住，一起喝酒聊天交朋友，从中捕捉最富人情味的生活细节，感受最丰富的内心世界。（笔者慨叹：时下，这样的笔会已十分罕见了。）

作为笔会的主持人之一，我则一直穿行在机关和知识分子相对集中的地质勘探研究院里，先后访问了石油局党委副书记张毅、副局长任荣堂、副总地质师赵白，记得还有一位直言快语、个性鲜明的区域勘探室副主任，名叫张传绩……

翻开当时的采访本，他们的音容笑貌至今依然清晰地映现在我的眼前。

张毅副书记在笔会一开始，就给我们全面介绍了油田的历史、现状和远景规划。他在石油战线奋战了几十年，谈到克拉玛依的明天，他当时曾铿锵有力又含情脉脉地说了这样一句话：“我们不仅要为国家提供更多的能源，还要为石油工人创造一个良好的生活、工作和学习的环境，把克拉玛依建成人人向往的一个美丽的城市。”如今，他的预言已经变成了现实，今日的石油新城显得更加瑰丽壮观，各民族职工更加幸福安康，这是让我们倍感欣慰的。

记得在走访任副局长时，几经周折才见到他。石油大会战让每一个领导都处在高度紧张的状态，他们日夜操劳，废寝忘食，有时甚至要吃住在现场。我第一次见到他，是乘他开会的间隙，跟他说了几句话。他个头挺高，背微微有点驼，脸庞有些消瘦。他是上世纪五十年代从玉门到克拉玛依的，曾经带领一个钻井队创造过“快速打井法”，成为全国石油战线赫赫有名的“标杆队”。他的实干家的形象常似雕刻一般浮现在我的脑海中。

现在回想起来，深感遗憾的是，当时《新疆文学》刊发的我的报告文学《大漠奇观》，关于他的那些文字、关于记叙克拉玛依创业者的那些文字，实在显得太浅露太苍白了。他们身上的确有着很多传奇的经历、传奇的故事，是值得大书特书的，而走马观花式的采访，则不可避免地被大而化之了。时过境迁，这已是无法弥补的遗憾。

笔会历经短短的两周时间，与会者共写出小说、诗歌、报告文学等各种文体的作品达几十万字。这些作品比较集中地反映了向现代化进军的新时期石油工人的精神风貌。《新疆文学》1983 年第 8 期将笔会的部分作品集成“克拉玛依专号”出版，在油田和社会上产生了强烈的反响，受到广大读者的好评。

没有想到的是，这期“专号”中却有一篇小说受到责难，从而引发了一场争论。这就是青年作家文乐然在笔会期间创作的中篇小说《荒漠与人》。争论的焦点集中在对小说的主人公刘大郁真实性的看法上。小说从始至终是通过一个到油田采风的美女画家对年轻的石油工人刘大郁的认识和感情的变化来表现的。起初，在女画家的眼里，刘大郁是一个粗俗放肆、牢骚满腹，又常因喝酒和对女人示爱而屡遭罚款的“油鬼子”。而后来在向新油田进军的途中，当汽车在沙漠中遭遇风暴的危急关头，刘大郁的沉着果敢、面对死神从容镇定，勇于献身的精神，却征服了女画家，让她动了真情，疯狂地爱上了刘大郁……

应该说，作品的亮点正在于展现新一代石油工人的鲜明形象。他们是有头有脑、有情有义，既单纯又复杂，既放荡不羁又坚忍不拔的那种活生生的、有血有肉的石油工人。也许这就是生活的本来面目。作者显然是被那些在极其艰难困苦之中仍然活得乐观自信、生气勃勃的石油工人感动，才产生了对刘大郁这一类人物形象的创作冲动。作家的这种激情是很宝贵的，而基于这种激情所进行的艺术探索更为难能可贵。所以，作家的探索、创新意识理应受到关注和保护，即使出现某些不足和缺憾。

然而，处在 30 年前的那个乍暖还寒的时节，对于文学作品出现的这类问题，往往容易把它与政治联系起来，甚或上纲上线。小说《荒漠与人》发表以后，就遇到了这种情况。有人认为刘大郁是个目无组织、精神空虚、举止放荡的具有无政府主义倾向和流氓习气的“野人”，这样的人后来居然成了舍己救人的“英雄”，觉得不可思议，无法令人置信，甚至认为这是对石油工人的严重歪曲和丑化。

编辑部收到这篇来稿之后，十分重视，我和评论编辑修仲一立即赶往克拉玛依，召开座谈会，广泛听取读者（包括那位来稿的作者）的意见。文章的作者是一位政工干部，他的观点代表了一部分读者的看法。于是，我们按照“双百”方针，在刊物上发表了两种不同意见的争论文章。最后，著名评论家周政保写了一篇题为《粗犷的男性的北方》的文章，对小说做了全面的有说服力的剖析。他既充分肯定作者对“西部开发者文学”的有益探索，又指出作品有的细节“流于粗俗与缺乏分寸感”，过多的议论造成了“思想大于形象”的弊端。他认为刘大郁“是一个带着时代伤痕与性格缺点向未来跋涉的青年工人形象”，有“把痛苦消融在豁达的乐观中，把悲哀隐藏在粗鲁的玩笑中”的一种特定的时代环境所造成的矛盾性格，而绝非丑化和歪曲。

其实，我们不妨把小说《荒漠与人》看作是作家的一个“急就篇”，它的失误和不足是在探索中产生的。如果放在当今，对这样的作品和诸如此类的问题也许不会产生什么歧义，甚至不会引起那样的争议了。而这个过程也让我们深切地感到社会的发展和文学的进步。我们似乎更清醒地认识到，对一篇作品，只要实事求是、不带任何偏见地进行认真分析，无论对于作者还是读者，都是十分有益的。而对作家本身来说，也应提出更高的要求，在创作中既要始终保持激情和旺盛的青春活力，又要在艺术上千锤百炼、精益求精。

在我的编辑生涯中，办笔会这样的经历不下十多次，但印象最深的却是这次油城笔会。回首往事，思绪万千，30 年前的情景，犹在眼前，依然历历在目。

安定一，1947年生于甘肃秦安县。曾任克拉玛依市文联、克拉玛依石油文联副主席、主席，克拉玛依市作家协会、克拉玛依石油作家协会主席等职。著有诗集《大漠的回声》《是那山谷的风》，剧本集《痴情》《红石榴》，自选集《圣土集》，电影、电视文学剧本《痴情》《太阳草》《这些老外》。系中国作家协会会员，国家二级编剧，中国石油作家协会副主席。

酒祭

这是一片神奇的土地。河川俊逸，关山雄峙，戈壁辽阔，大漠苍凉。古人曾为这片土地留下了多少动人的诗篇，而其中许多诗不知为什么又总是与酒连在一起。从西出阳关开始，便“劝君更尽一杯酒”。君不闻“虏酒千盅不醉人，胡儿十岁能骑马”“葡萄美酒夜光杯，欲饮琵琶马上催。醉卧沙场君莫笑，古来征战几人回”；君不闻“四边伐鼓雪海涌，三军大呼阴山动”“中军置酒饮归客，胡琴琵琶与羌笛”……雄浑的大地孕育了雄浑的诗篇，也孕育了饮酒壮威、英勇杀敌的壮士。

几千年过去了。从公元1989年开始，塞外塔里木盆地的北部和中部又成了鼓角震天的沙场，来自东北、华北、中原、江汉、川蜀等地的精兵强将云集在这里，展开了一场波澜壮阔、艰苦卓绝的石油大会战。壮士多矣！我们且讲一位。

他叫王光荣，中等个头，貌不惊人，一口浓浓的四川话。他是新疆石油管理局钻井公司7015钻井队的一名工人。早在1979年他就在塔里木盆地的巴楚地区打过曲1井。塔里木石油会战打响后，他二上塔里木，打过著名的轮南1井和塔中1井。1989年12月26日逝世，终年44岁。

江泽民总书记视察塔里木石油探区时，高度赞扬了他无私奉献的精神。《人民日报》《工人日报》《中国石油报》《新疆日报》等十几家报刊介绍了他的动人事迹，称他为“继大庆铁人王进喜同志之后我国工业战线上的又一面光辉的旗帜”。中国工人出版社、石油工业出版社、新疆人民出版社分别为他出了书。中央电视台为他拍摄了电视剧。他被授予“铁人式的共产党员”“铁人式的好工人”“新疆维吾尔自治区劳动模范”等光荣称号。全国总工会、中国石油天然气集团公司、新疆维吾尔自治区、克拉玛依市、新疆石油管理局党委先后发出通知，号召全国工人、全国石油战线职工和新疆各族人民向他学习。

这是何等惊天地泣鬼神的壮士？其实，他太平凡太普通了。头发蓬乱，整天穿件溅满泥巴点子的脏兮兮的工作服。队上人称他为“王疯子”，一是说他邋遢，二是说他干活儿像发“疯”，不要命。他平时寡言少语，温和的目光里透出几分憨厚和善良。40多岁，还干着泥浆工。他的事迹，在新疆各个油田已是家喻户晓了。但他多年的一个挚爱，却很少有人提及。让我们讲讲这位壮士与酒的故事。

1946年，王光荣出生在香飘神州、醉倒众仙的酒城——四川泸州。他从小就与酒结下了不解之缘。傍晚放完牛回家，大人们喝酒，他凑坐在他们身旁，有时悄悄端过杯子舔上一小口，然后美滋滋地咂咂嘴。20世纪60年代中期，他入伍，当了一名炮兵。在越南参加抗美援越的战斗中，他负过伤。有酒喝时，他总留个底儿擦伤口。回国后，无仗可打，他当了饲养员，把一口口猪儿喂得体长臀圆。1977年复员，又当了农民。每当秋收过后或逢年过节，他“一举累十觞，十觞亦不醉”。1978年春天，四川石油局泸州气矿招工，乡里推荐了他这位党员。至此，工、农、兵他全轮了一遍。

他被分配在一个钻井队当泥浆工。说起泥浆工，这是井队最脏、最苦、最累的工种，成天与水，与白色的、黄色的、褐色的泥浆打交道。往料池下料时，如刮起了风，满脸满头一阵子白粉末，一阵子又是“咖啡末”，嘴里苦涩苦涩的。有的罐装泥浆配液还有剧毒，刺得人直流眼泪。好在那时井队离他家不远，隔几日，走七八里山路，打道回府，媳妇给烫壶好酒，优哉游哉，那疲劳那嘴里的苦味都变成了醇香而回味悠长了。

1978年年底，为了支援新疆的开发建设，奉石油部的命令，王光荣所在的钻井队与其他一些钻井队离开了巴山蜀水。上火车时，除了行李卷外，王光荣的提包里还塞着几瓶“泸州老窖”。到新疆后，他在准噶尔盆地北部的魔鬼城旁一个叫乌尔禾的地方安了家。那时，他住的地窝子，也没大米吃，到了冬天更缺蔬菜，那几瓶酒，便成了稀世珍品。他太劳累时或来客人，或遇喷油等喜事时才舍得拿出来。他欣赏良久，慢慢地打开盖，笑眯眯地斟上，一点儿一点儿地呷着，那神态可真美得像酒仙。

记得打曲1井时，钻机卡了钻。为了解卡，他白天守在泥浆池旁观察和调整泥浆；晚上徒弟上班，他不放心，又连着上夜班；实在太困了，就裹件老羊皮袄钻进扔在泥浆料场上的一个大木箱里睡一会儿。要知道，那时正值滴水成冰的酷寒季节。他吃在井场，睡在井场，整整七天七夜，直到事故排除。评先进时，大伙儿不约而同地喊道：“评王光荣！”“王疯子！”“王泥巴！”可他连连摆着手：“要不得！要不得！我哪够当啥子个先进，还是评钻台上的同志，他们干的都是力气活儿，那粮食也得多吃几碗！”大伙儿不依，他又说：“队上有规定，上井不让喝酒，我犯了纪律，偷着喝，还喝了两回。”他举起了两个手指。大伙儿笑了起来，他也憨憨地笑着。

1983年以前，他的工资较低，媳妇是家属，还有两个孩子，日子过得紧巴巴的，他很少喝酒。有一次他从乌尔禾到克拉玛依市买东西，看到商店柜台上摆着几瓶“泸州老窖”，他眼睛一亮，像见到久别的亲人一样动情地凝望着。

“老师傅，买酒啊？”售货员连问了两遍。

“哦，不……我看看，看看……”他买不起家乡的酒啊！他慢慢地离开了柜台，又依依不舍地回头看看，然后带着一种既有些遗憾又似乎颇为满足的心情走出了商店。有时，喝点儿便宜的散酒，他总是轻摇着头:“还是我们家乡的酒好，那儿的水好呀，哪像这……”

塔里木石油会战打响后，王光荣所在的队打的轮南 1 井喜获高产油气流，这像声春雷给人们带来无限喜悦和希望。王光荣这时有钱买酒了，他多想举起酒瓶吹个“喇叭”。然而，他不能。会战指挥部严格规定，在井队不得喝酒。再说，自己也是个已有二十多年党龄的人，总该给徒弟们做个样子吧！他只好“哼”上一声:“赶到轮休，回家再放开肚皮喝！”

有一天，泥浆班来了一个新徒弟，王光荣作为师父，在营房里设“宴”欢迎。桌子上一盘花生米、一碟香肠、几听罐头和可乐，还有一瓶“泸州老窖”。酒还未过三巡，来了一位不速之客——平台经理（队长），在座的几个忙站起，让着座儿:“经理，来来来，喝一杯。”

经理满脸冰霜，指着王光荣训道:“好你个王疯子，老毛病又犯了！而且是聚众喝酒，你自己说，这事咋处理？”

王光荣望着经理，憨憨地笑着。几个徒弟也跟着嘿嘿地笑。

一个徒弟端起酒杯，说:“经理，这可是酒中泰斗，你喝一杯就晓得了。”

徒弟们笑得更厉害了。

经理满脸狐疑，接过杯子闻了一下，皱了皱眉，接着慢慢尝了一口。突然，他又“噗”的一声吐在地上。

是水！他自知错怪了王光荣，可嘴里还是说:“亏你王疯子还是泸州酒仙！泸州就出这孬酒？”

王光荣平时很蔫，但听有人说泸州酒的不是，哪里肯依？他直起脖子:“我说经理，骂我不要糟蹋泸州酒嘛！泸州酒好谁人不晓？你们知道不，清代有个诗人叫张问陶，一生爱酒，在漫游四海，喝遍天下美酒之后，写下了‘衔杯还是泸州好’的诗句。泸州酒为啥子好？是窖池好嘛！我们那老窖池已经用了四百多年，随手从窖池里挖块泥，放在太阳下面一晒，你看那泥巴能发出五颜六色的光。”

“真的？”徒弟们惊异地问。

“当师父的啥时候说过谎嘛！”

轮南1井出油后，7015队又像一把尖刀直插“死亡之海”的心脏，在塔克拉玛干大沙漠正中央那海涛般起伏的沙峦中，竖起了举世瞩目的塔中1井的井架。这口设计井深七千多米、投资九千多万元的超深井是一口具有战略意义的探井。由于地下地质构造复杂，被称为钻井“血液”的泥浆配制十分重要。王光荣兢兢业业，日夜操劳，而在这时，不幸的事发生了。他病了，被诊断为食道癌，再好的饭菜也难以下咽。有时喝口稀饭，还得用水冲下去。夜里，喉咙、胸口痛得厉害，他怕咳嗽影响别人的休息，便悄悄走出营房，一个人坐在大沙山上，静静地望着井架上的灯光。这时，他从怀里又掏出了那瓶“泸州老窖”，里面装的仍是水，可他还是津津有味地品尝着，像又喝到了家乡的水，又看到了翠绿的竹林，飘香的桂树……

他的食道癌已到了晚期。他被队上“撵”出了沙漠，住进了医院。几个月后，当他从来看望他的队友那里得知塔中1井已有油气显示，准备进行中途测试时，忙叫妻子给他买一台带耳机的收音机。他兴奋而自信地说：“塔中1井战略意义重大，只要一出油，肯定会广播。”妻子买来收音机后，他在病床上整天戴着耳机在听。这一天终于让他等到了！1989年10月16日，他听到了新疆人民广播电台播音员那激情而浑厚的声音：“经中途测试，日喷原油576立方米，天然气36万立方米。塔中1井的出油，是塔里木盆地石油勘探会战取得的又一重大成果……”王光荣不知从哪儿来的一股力量，猛坐起来，跳下床，大声喊着：“塔中1井出油了！塔中1井出油了！那是我们井队呀！”隔壁值班室的医护人员以为出了什么事，急忙跑了进来，结果虚惊一场。一位小护士回到值班室，笑着说：“怪不得油田上来的人叫他王疯子。"

王光荣被妻子又拖回到病床上，可他仍兴奋不已，眼睛里闪着异样的光。他对妻子说："稻桂，塔中 1 井可能是我打的最后一口井，终于看到了喷油，总该庆贺一下嘛！我说……弄杯……酒吧！喝了我就睡觉！"

妻子回答得很干脆："你莫想！"

王光荣嘟囔道："就是死囚上法场，也还给碗酒喝嘛……"

"你说啥子？"

王光荣不吭声了。

妻子用纱布把西瓜汁滤在碗里，一口一口地喂给丈夫："好喝吗？"

"嗯，甜兮兮的，没得一点儿酒味！"

妻子瞪了他一眼。

他死了。从他被诊断为晚期食道癌到离开人世的一年多的日子里，他从没有"偷"喝过一口酒。他想重返塔里木，重新在他已守了 18 年的泥浆池旁放水，下料，搅拌……

以后每年的清明节，王光荣的妻子都领着两个儿子来扫墓。她献上了供品，流着泪悲怆地哭道："光荣啊，你得病那两年，吃不进，喝不下，有时你想喝酒，我不让你喝，你莫生我的气。现在，你就多喝几口吧……"

她年年把泪水和一瓶丈夫家乡的酒，洒在丈夫的坟前……

赵钧海，1958年出生，河北藁城人，生于新疆惠远。中国作家协会会员，中国石油作家协会副主席、克拉玛依市作家协会主席。出版有散文集《永久的错觉》《准噶尔之书》《隐现的疤痕》，小说集《赵钧海小说选》等，获第六届冰心散文奖、首届丰子恺散文奖、第三届，第四届中华铁人文学奖、首届西部文学奖等奖项。

陪母亲逛街

父亲去世后，母亲就一个人过。虽然小弟与她在一个城市里，但小弟也有自己的家、自己的孩子，关键是小弟得了一种很难治愈的病——股骨头坏死。电视里经常播这种病的恐怖镜头广告，一看到那些大腿扭曲的病痛者，我就会想到小弟。小弟其实连自己都照顾不了，更别说照顾母亲了。

于是74的老母亲就成了我的心病。我时常会琢磨怎么孝敬清寂的母亲。说起来我与母亲相距三千多公里，真想孝敬她老人家，其实只是一句虚伪的空话。我什么忙也帮不上。我这个50多岁的儿子，从小到大就没有真正帮过家里什么忙。从7岁开始住校，一直到高中毕业，下农场接受再教育，被招工，我一直远离着父母，颇像一只离巢的小鸟，自由而散漫。帮父母尽一个长子的义务，对我来说就是天方夜谭。这也是我几十年来自责内疚的根源。

我在西部邈远的准噶尔盆地沙漠地带，而母亲在华北平原的老家。我觉得母亲就像一个踽踽的孤行者，蹒跚而落寞。

前段时间，我得到一个去内地出差的机会，而且就在母亲家附近。我打算把母亲接到我身边尽一个儿子的义务。然而，母亲说什么也不肯跟我走。她说，“我一个70多岁的老太太，还到处跑啥哩。你能回来陪我两天，我就十分满足了”。小弟和弟媳也说，母亲只要说定的事，谁说也没有用，她可有主意了。

争执的结果是，我妥协。当然母亲也很给我面子，她让我陪她逛一趟街。

也好，50 多岁了，我居然没有真正与母亲逛过一次街，至少成人以后是这样。街坊邻居看到我与母亲一起走，就觉得蹊跷，表情狐疑着有点怪。母亲就说："这是我大儿子，从新疆回来看我啦。"母亲边说边快步走着，声音很大，神情很自豪。别人于是就投来羡慕的眼光。

说是逛街，其实就是在市区的街上走走。母亲其实天天都在街上游走，或买菜，或锻炼，几十年如一日，她逛什么呢？说是我陪母亲逛，其实就是母亲陪我逛街。中国县城的街道，大体都一样。小商铺、小门面房，一个挨一个，既显得很繁茂，又显得杂乱无章。我其实也没有心思闲逛的。

我想，还是给母亲买件衣服，几十年了，我居然没有真正给母亲买过衣服，总是妻子操心这事，她甚至知道母亲穿衣的尺码。这次出差，妻子还专门交代，要我给母亲买衣服。

走了几家服装店，几乎是清一色的年轻人服装。那种露胳膊掏洞的奇异服饰，再配上咚咚作响的疯狂音乐，让人心烦。老母亲便拽我出来，说："这里嘛也没有，我什么也不缺，不买！"

于是，就走到了新华书店。我对全国统一标识的新华书店有一种特殊感情。几十年来，只要看到它，我就会毫不犹豫地走进去。于是，我不由自主地走了进去，待进门刚走了两步，蓦地想起了什么，就不好意思地退了出来。我知道，母亲是文盲，不识字，没有上过学。战争时期的农村女孩，不可能上学。虽然解放后，母亲在村里担任过妇女主任，但很快她就嫁给了在新疆当兵的父亲，并跟随父亲在天山北麓的野战部队一待就是二十多年，并生下我们兄弟三人。她是没有机会念书识字的。

我退出的举动被母亲制止了，她把我推进了门。母亲说："进去进去，你从小就爱买书，我今天陪你看看书。"

如今的县城书店还真不小，几层高的大楼，各类书籍应有尽有。人头攒动，热闹非凡。

走进书店，我就再也没有时间概念了。我将老母亲抛到了脑后。

书店书挺多，尤其是十几年前的老书还能偶尔见到，而且那时的书价格便宜。我就翻找阅读起来。老兄长周政保的论著《非虚构叙述形态》，一直没有买到，自从他调入北京，就再也没见过。但他那犀利文笔依旧让我警醒和受益。早几年出版的纳博科夫的《洛丽塔》，一直想买，却总也碰不上，如今也有幸被收入怀抱了。

正集中精力地阅读张承志的新书《聋子的耳朵》，却忽然有人夺我夹在腋下的书籍。回头一看，竟是母亲。母亲说，我给你拿书，你慢慢看。

我不好意思了。母亲居然一直跟着我，她一个不识字的老太太，就这么一言不发地在儿子背后默默地看他翻书，在偌大的店堂里显得奇怪而滑稽。我感动了，说：“妈，你先出去转一转，我一会儿就完。”

母亲说：“不碍事……你买书我来拿。”说着，就拿去了我挑中的书，而且在离开我数米远的地方站下。

拗不过母亲，我只好随她。

从小母亲就支持我读书，记得“文革”期间，书籍很少。我常常会从母亲给我的生活费中挤出一点经费，购买喜爱的书。诸如《海岛女民兵》《虹南作战史》《雁鸣湖畔》等等，都给我留下深刻记忆。有一套橘红色的《十万个为什么》还是母亲陪我买的。当时一套数十本，比较贵，我因挤不出钱来，就只有求助母亲了。母亲很宽厚地说，走，我帮你去买。其实那时家里只有父亲一人挣工资，一家五口，我常年在外上学，吃喝拉撒睡，支出最大，父母还要时常给老家爷爷奶奶姥姥们寄钱，费用很紧张的。

一晃四十年过去了，我的两鬓已夹杂有不少稀疏的白发，而母亲已彻底蜕变为白发苍苍的老太太了。可我们一起逛书店的举止，宛如从前。

我不再顾及母亲。母亲是我的母亲，虽然她不识字，虽然她年纪大，但她乐意在书店里陪我。即便这样想，我心里还是有一股淡淡的酸涩。

我似乎没法再静谧地选书了。读一会儿书，我就会斜着目光看一眼母亲。我发现，母亲站在书架的另一头，双手抱着我选的书籍，满头银发显得孤独无援，也显得异常清瘦苍老，脸上的皱褶浓密而清晰，神情里有一种凄楚的倦怠。

我的眼眶湿润了，浑浊的液体瞬间模糊了视线。

母亲看到我在观察她，就诚惶诚恐地走过来，又要帮我拿书。于是我又交给她两本。难道还有什么比母亲陪自己逛书店更幸福的事吗？

然而，令我惊讶令我激动的一幕发生了。

母亲竟然给我选了一本《王蒙——我的人生笔记》。母亲说，"我看你买过这个人的书，总说写得好，对不对呀？"

它果然是王蒙的一本新书，时代文艺出版社的最新版本。

我愕然地望着母亲，说："妈，你认识这书上的字吗？"

母亲回答："'王'字知道，其他就看照片，这个人照片在你过去买的书里见过，上次回家你就买过他的书。"

哦，这就是我的母亲。她居然默默地观察和铭记着儿子的一切。她甚至记得儿子几年前买书的点点滴滴。她一个大字不识的老太太，她那潜藏在心底的东西一定是深邃的、博大的和意味深长的。平常它可能凸现得并不明显，但它肯定蛰伏在心尖的敏感处，闪着拙朴的光，流着绚丽的彩。

记得上次回家，我确实买过王蒙的《虚掩的土屋小院》。当时我就看到母亲坐在窗边，摩梭着翻阅了很久，可我并没有在意。我想，母亲只是好奇随便翻翻，没想到，她竟然摄像般存储下了那些斑驳的图片。

够了，已经足够了。我为有这样一个母亲而自豪。她让我这个50岁的儿子感受到了幸福。虽然这幸福有点凄婉，有点哀怨。

走出书店，天已经黑透了。母亲怀抱着我购买的新书，显得不堪重负，脊背也变得弯曲了许多，仿佛是书压弯了她羸弱的身躯。

我企图夺过那些书，母亲执意不肯。

暮色深沉，我隐约看见母亲的银发在夜灯下闪着莹莹的光泽。

赵钧海，1958 年出生，河北藁城人，生于新疆惠远。中国作家协会会员、中国石油作家协会副主席、克拉玛依市作家协会主席。出版有散文集《永久的错觉》《准噶尔之书》《隐现的疤痕》，小说集《赵钧海小说选》等，获第六届冰心散文奖、首届丰子恺散文奖，第三届、第四届中华铁人文学奖、首届西部文学奖等奖项。

准噶尔的石油记忆

黑油山旧片

当俄国人费·阿·奥勃鲁契夫在新疆塔尔巴哈台（塔城）东面的黑油山用皮囊装着黑糊糊的原油时，北方的苏海图山有一片棕灰色的云在缓缓地漂移，如果仰面看它，它很像一尊形态逼真的北极熊。奥勃鲁契夫突然伤感起来，他已经出来四个月了，他还将在这里待多久呢？他也不清楚。在辽阔而干渴的准噶尔盆地，他搜刮到一些历史遗物，尤其重要的是，他自认为有一个实质性的发现，就是这个距塔尔巴哈台东三百公里的青石峡之黑油山。

费·阿·奥勃鲁契夫一边掏油一边翘着他的山羊胡子，想起了这种俄国人普遍关注的问题。沙皇俄国喜欢在中国西部北部尤其是天山南北的准噶尔盆地、塔里木盆地发现点什么，然后就把这些发现的新东西变魔术一样幻化成自己的东西。

这就是摇摇欲坠的大清帝国光绪三十一年（1905）夏天的黑油山。

黑油山是一座高仅十四五米的奇异怪山，它是由从地下溢流到地面上的黑色原油（石油）堆积而成的油砂沥青山，已经渗冒溢流数百万年了。据说在地球上，有如此庞大的体积，并且仍常年自然溢流的石油山，仅此一座。

奥勃鲁契夫放下皮囊袋就卷起了莫合烟。跟随他的一个是他黄鬈毛大儿子，另两个是学生谢里诺夫和向导塔兰奇（维吾尔族）青年阿不力孜。奥勃鲁契夫卷的是那种伊犁莫合烟，这种烟看似粗砺，抽起来却极其过瘾。而穿着老式旧袷袢并有些残洞的向导阿不力孜也从口袋里掏出了一种叫纳斯的烟袋，取出一点纳斯压在舌根下，感受起它的奇妙烟味。

这一年费费·阿·奥勃鲁契夫刚满42岁，是沙皇俄国托木斯克工学院的教授。他受命于沙皇来新疆考察，完全是为了地质地貌，而沙皇为了什么，他没有说，或者他并不十分清晰，但没有想到，这次考察让他迷恋上了这个奇异又奇妙的黑油山沥青丘。

42岁的奥勃鲁契夫看上去比实际年龄要大许多。这也许与他那棕黑的胡须和上翘的山羊胡有关。

奥勃鲁契夫问向导阿不力孜：你认为这条小道有多少年历史啦？

阿不力孜机敏地回答：我爷爷很早就用黑油膏润车轴了，他老人家还告诉我那些哈萨克牧羊人用它治羊疥癣的事。

奥勃鲁契夫对阿不力孜的回答并不满意，于是他说：这里至少有五百年前的脚印。

费·阿·奥勃鲁契夫后来以研究西伯利亚和中亚细亚的地质地理而著名。但我觉得他的著名多半与他曾三次来中国苏海图山及准噶尔盆地踏勘有关。因为有过三次戈壁荒漠中的地质地理奇妙的分析测试，三次自然生态的亲密接触和三次酷热焦渴与飓风的侵袭，他变得与它们有了一种无法割舍的联系，也变得沉稳和栖遑了许多。于是他就写出了《边缘准噶尔》一书，虽然那书多少带有一些沙皇俄国垂涎西部中国的主观愿望，但他还是忠实地记录了包括青石峡之黑油山沥青丘、乌尔禾沥青脉在内的诸多宝贵资料，尤其还发表了有开掘价值的新见解。我想，正因为有了他这些奇妙的见解，后来的苏维埃政权才授予他科学院院士称号，也才能高寿到1956年去世。他是一个历经过沙俄也历经过苏联时代的“两栖”

地质地理学家。

当然，奥勃鲁契夫在1905年回俄国后的表述是极重要蓝本。沙皇俄国几百年来一直觊觎新疆的资源是有目共睹的，更早一些时候沙皇彼得一世就把征服中亚包括新疆作为俄罗斯的重大策略。他们不断派遣所谓专家、测绘家、地质家搜集情报，秘密测绘了大量中国地图。在1864年、1881年，沙俄以《中俄勘分西北界约记》《中俄伊犁条约》等不平等条约，强行霸占了新疆54万平方公里的土地。我不知道奥勃鲁契夫是不是还带有这种觊觎的任务，但跟随其后，1906年、1916年，先后发生过俄商阔阔巴夫、穆什凯托夫请求开采天山北麓和准噶尔盆地石油资源的事。

1905年之前黑油山沥青丘一直是有人土法掏油的，并且有一批批商人将这些黑油卖给俄国人或者有钱的迪化人、西湖（乌苏）人、伊犁人，这已是不争的事实。奥勃鲁契夫不是黑油山的第一个发现者，也不是唯一向世界证实它有开发价值的地质专家。但黑油山没有被开发，不是没有机会，而是当时风云变幻的新疆当权者们，并不懂得它的价值，他们感兴趣的或许更多地集中在辽阔的土地和至高权力的争夺上。

1912年是浩大旷远的新疆很独特的一年，也是黑油山升起一盏璀璨明灯的一年。虽然，上一年辛亥革命推翻了大清王朝的宝座，但遥远的新疆依旧控制在清廷的余威之中。

这一年，在伊犁大都督府的杨缵绪司令率军与新疆巡抚袁大化的迪化（乌鲁木齐）清军作战时，察哈尔马队曾匆匆地经过青石峡，甚至在黑油山的油池里搅弄了一阵晶莹剔透的油珠，但很快他们就赶往了大战的精河古尔图战场。紧接着改朝换代并掌管上大权的前光绪进士、慈禧颇赏识的杨增新，疑心颇重又阴险毒辣。他设立了阿山道，还专门把土尔扈特亲王帕勒塔弄出阿尔泰。这亲王的马队也是马蹄踏踏，居然在黑油山顶踩出一个个蹄印，但它（他）们还是一路狂奔地拐向了吉木萨尔牧地，去悠闲地吃草了。

1991年90岁高龄的克力玛洪老人，神情木然却嗓音清晰地叙述着1912年的往事。

克力玛洪老人说：1912年是非常难忘的一年，这一年饱经忧患的青年赛里木，弹着忧郁的都塔尔乐曲，得到了美丽的阿依克孜姑娘的芳心。后来，这位赛里木就成为以掏油为生并坚守黑油山40年之久的真正主人。

克力玛洪老人说，赛里木与阿依克孜被都塔尔琴撩拨起一股股爱情的波澜，但阿依克孜被财大气粗的千户长看中了，要求逼婚。阿依克孜流着忧伤的眼泪向赛里木告别。于是，血气方刚的赛里木毅然选择了带领阿依克孜逃走的决定。

贫穷的好汉子赛里木演绎了一出英雄救美的古老故事。那是一个凄美凄婉的爱情故事。它的思想深度虽然显得有些古典并落入俗套，但如果你细心分析一下，就会发现，更多的平淡又平庸的日常人生故事，恐怕还远远不如赛里木与阿依克孜的故事精彩和感人心扉。

1912年夏天，坚毅的维吾尔族青年赛里木就这样经历过一场颠沛流离的人生颠覆之后，衣衫褴褛地来到了黑油山。

1991年九十岁的克力玛洪老人的叔叔就是1905年为俄国人奥勃鲁契夫做向导的塔兰奇阿不力孜。克力玛洪在1933年到1943年十年中，是赛里木在黑油山油泉掏油的伙伴，并且成为赛里木的好友。后来，因为生存的原因，克力玛洪离开了黑油山回到了他祖辈居住的老西湖（乌苏）。

克力玛洪说，逃婚的美丽姑娘阿依克孜与青年赛里木遇到了车排子好人哈萨克族艾西迈提一家。他们收留了一身褴褛的赛里木和发烧并且身体虚弱的阿依克孜。艾西迈提在后来的40年中，成了赛里木最亲密的兄弟和亲人。善良好客的艾西迈提虽然仅会一点维吾尔语，但他将赛里木带进了自己的家。他看得出陌生的赛里木与阿依克孜是一对相爱之人，他更看得出坚毅而笃实的赛里木，肯定会成为他的终生好友。

赛里木是一个对石油有着奇异敏感的人。赛里木在一次外出打猎迷路后，被一队商人指点来到了黑油山。从此，赛里木就再也没有离开过这个青石峡旁的黑油山以及那些咕咕嘟嘟喷涌的油泉。

当他看见那些一泓一泓溢出油面的黑油时，他异常敏感的脑海里就升起了一圈圈温馨的涟漪，这涟漪又一层层地飘然开去，仿佛一道道闪着光焰的宝石，散发着生命恒久的光芒，让他痴迷不返。赛里木蓦地预感到，这里将是他一生求索和栖息的吉祥之地。

于是，他就挖了地窖，用梭梭搭起了围栏，用黑油浇淋了屋顶。从此，赛里木有了一个永久而宁静的家。

但是，令人窒息又令人辛酸的事情还是发生了。时隔不久，当赛里木把美丽又体弱的阿依克孜和刚刚出生不久的女儿茹仙古丽接往黑油山的途中，阿依克孜灼烫的身体已经非常孱弱了。她如同孱弱的小羊，在痛苦中呻吟着。也就在这天夜里，在狂暴的飓风中，赛里木怀抱着奄奄一息的阿依克孜和高声啼哭的茹仙古丽与肆虐的风沙搏斗着，满脸泪痕。当狂风暴雨终于停歇，阿依克孜的躯体也已经变得通体透凉——她停止了呼吸。低垂的乌云静谧地滑动着，与赛里木的哭泣和小茹仙古丽的号叫形成一组异常悲凉的画面。以后，这组心胆俱裂的画面时常会浮现在赛里木的脑海，并且伴随了他坎坷的一生。

90 岁老人克力玛洪讲叙的爱情故事，多少带有一些文学色彩，它让初次聆听者有些将信将疑又充满了镂骨铭心的敬意。赛里木的爱情故事带有凄婉的宿命感和悲凉的生命意识。我在许多年后写这段故事时，似乎在冥冥中看到了那个追求纯情挚爱的美丽女子阿依克孜，她那黑黑的大眼睛，始终在寻觅那温暖又温馨的幸福生活。我为这个动人的爱情流下了泗泗的眼泪。

黑油山旁的地窖里就这样亮起了一盏明亮的油灯。而在这荒漠戈壁深处伴随赛里木 40 余年的，就是一匹青鬃马，一条猎狗，七八个捕兽夹和用原油换来的粮食、盐。从此，黑油山的九个油泉，也焕发出了一种神奇的生机。咕嘟咕嘟的原油被淘到了木桶里，被淘到兽皮袋里，被驮运到西湖（乌苏）、和什托洛盖（和丰）甚至塔尔巴哈台（塔城）。那些散发着异香的黑油就如同散发着异香的瓜果，让赛里木倾心依恋和倾心呵护。

1919年出版的由著名地质学家翁文灏所著的《中国矿产志略》记载："小地名黑油山，距省城六百八十里，昔发现油泉甚多，现存者仅九泉，以山顶一泉为最大，油沫约厚四五分……合计旺时可取油二百数十斤。质地色黑，土人私采……"

赛里木就是翁文灏先生所描述的私采土人之一。

1954年春天，年轻英俊的新中国地质师张恺与他的队长苏联人乌瓦洛夫第一次来到黑油山时，黑油山的天空显得极为湛蓝，阳光也显得异常明媚。

张恺后来在一篇回忆文章中说，他第一次站在黑油山上的感觉是冲动。1954年春天的黑油山让他充满了对未来的遐想，也让他青春的热血一次次沸涌不止。

乌瓦洛夫是新中国年轻的中苏石油股份公司苏方地质队队长，长着一副高大结实的骨架。他是地质专家，也是一位参加过苏联红军并在反法西斯的卫国战争中立下功勋的老军人。他的风采与当年的奥勃鲁契夫已经大大的不同。但是，他们俄罗斯人似乎都有一个共同点，就是对黑油山的地质地貌有着超乎常人的喜爱。乌瓦洛夫后来留传给人们一个大口大口喝水并青筋鼓胀高声辩论的难忘记忆。那记忆被记载在一些文字中，那记忆的交汇点，就是乌瓦洛夫认为，准噶尔盆地西北缘的石油很多，"那油田大得像油海而不是茶杯"。

1954年春天的那一天，青年地质师张恺在黑油山旁见到了这位42年来一直孜孜不倦淘油的维吾尔老人赛里木。这时的赛里木留着满脸的络腮胡子，肤色黑红，布满皱褶，但双目炯炯有神，且透着一股饱经风霜的沉郁。

张恺踩着洪荒般起伏的凝固沥青块向这位雕塑般的淘油老人走去。张恺当时与这位络腮胡赛里木老人交流了些什么，现在已经无人知晓，因为张恺的文章里没有表述这些细节，但张恺确实与这位饱经风霜的老人有过一次真切又历史性的交谈。这次交谈后来亦被载入一些历史文献，作为历史不容篡改的忠实证据。

赛里木老人是最后一位在黑油山淘油的当地维吾尔人。可多年之后，这个细节被众多人演绎成了一个奇怪的传说。那传说里说，赛里木老人长髯飘拂，是一位骑着毛驴、手弹热瓦普高声歌唱的歌者。他的运输工具小毛驴驮着一个硕大的油葫芦，那油葫芦里装的就是黑糊糊的原油。

这个传说带有浓郁的杜撰色彩，而且散发着一股诱人的异香。多少年来，我一直深信这个传说是真实的。我想，今天即便是我写了这些文字，我依然会喜欢这个充满浪漫色彩并多少有些诙谐幽默感的传说。

但我坚决反对的是赛里木发现了黑油山的说法，我认为这是一个极不负责任也极其无知又荒缪的说法。

赛里木老人一直活到了1958年。这一年秋天他在车排子自己的黄泥小屋中与世长辞。欣慰的是，他女儿茹仙古丽与好友艾西迈提都看到了他闭眼的那个瞬间，那个瞬间他安详而平静。这一年也是他停止淘油生活的第四年。先前他那简易的地窖已被淹没在滚滚而来的黑油山开发的大潮之中，那些简易的淘油工具已不知流向了何方。

1958年，黑油山地区已变成一片骚动的海洋，大批大批充满理想又血液沸涌的人正会集在它的周围，他们正汗流浃背地做着一件前所未有又彪炳千古的事业——大工业化石油开采。青年地质师张恺挑灯夜战，在昏黄的地窖里，负责编制了黑油山油田（克拉玛依油田）总体勘探规划方案。那个方案为50年后的21世纪准噶尔盆地石油年产量突破一千万吨打下了最初的印痕。

回望木井架

肉孜·阿尤甫是我认识的人中最老牌的石油人。他1939年就在督办盛世才独裁天山南北时当钻井工了。那时新疆省政府与来自伏尔加河流域的一帮苏联人正在合作开发独山子石油厂。那时人们还不习惯油田一说。苏联人把石油厂叫石油康宾纳。那时社会主义苏联阿塞拜疆共和国的巴库油田名气很大。

1987年春天我在肉孜·阿尤甫三拐两拐的维吾尔庭院里找到他时，他正怡然自得地坐在沙发上，身体显得有些臃胖，但看上去精神十分抖擞，说话说到激动时，眼睛会闪烁晶莹的液体。他会一口气说很多话，并且用那种老干部爽朗的笑感染聆听他调侃的人。他和颜悦色，面部表情丰富而精彩。

这一年肉孜·阿尤甫已经65岁，他思路清晰，思维敏捷，一点没有颠三倒四的废话。我从心底敬佩他。

肉孜·阿尤甫说，20世纪30年代与苏联老毛子办石油厂并不是起点。清朝光绪三十三年（1907），就有官方布政使派员采集过独山子的石油，还拿到沙皇俄国去化验，说是质地非常好，可以与美洲相抗衡。那时候独山子隶属于库尔喀喇乌苏直隶厅，就是现在的乌苏县。

肉孜·阿尤甫给我说这些话时，我并没有刻意铭记。我那时只一门心思地琢磨他个人的石油经历，一切与个人经历相悖的东西，我都有点排斥。不过，我还是将当时感觉不重要现在感觉极重要的东西记在了小笔记本上。这一年我家还没有搬进市区，我得每天早晨很早就挤班车进市区上班。这一年还实行着夏时制。当然，不是我不想搬进市区，而是我没有能力找到搬进市区的住房。

现在我翻出20年前的那个小笔记本，感觉肉孜·阿尤甫的那些话语，分量远远在他个人经历之上。那个在夕阳照射下，有着一派黧黑剪影的木井架，那个闪烁着熠熠光泽的小油罐和釜式蒸馏装置，代表着东方大中国工业开采石油的起点之一，不管你是否认可，它可能就存在于九曲回旋的历史长河中，如果你不触摸它，它可能就会被湮灭。

肉孜·阿尤甫在我的生命中恍惚就是一个谜。虽然他后来于1993年谢世，但他那敛息静气的神情依然留在我心间。他叙述时虽然没有什么修饰词，汉语水平也有些磕磕绊绊，但那洪钟般的磁铁之声，使我多年之后仍然记忆犹新。

独山子油田就坐落在天山北麓一个倾斜的丘陵地带，近旁有一座突兀而立的独山，俗称“泥火山”。因贴近天山山脉，气候温润清新，阳光充沛，没有大漠戈壁的干旱与酷热。独山子的原油色浅质轻，是一个油质清纯的精良油田。1906年曾有沙皇俄罗斯的商人阔阔巴夫请求清政府租开这个油田。那时衰败的大清王朝虽然腐朽与没落，但却也有几个骨性刚烈的新疆大吏阻挡了俄罗斯商人的觊觎之心。后来，我查阅了《新疆图志》《库尔喀喇乌苏直隶厅乡土志》和《清朝续文献通考》，那个阻止沙俄扩张行为的官员没查到，却查到了首先确定开采独山子石油的官员是主持新疆财政的藩司王树楠。

那位有着维新思想的近代学者，长相英武，眉宇间透着一股睿智和英气，嘴唇还有些微微上翘。他1909年刚刚到任，就马不停蹄地操办了一件大事，派人赴俄罗斯国购置挖油机器，倡办新疆自己的石油工业。那时候新疆与内地相隔千山万水，道路崎岖遥远，舍近求远就是愚钝。用俄国那“挖油机开掘油井，声如波涛，油气蒸腾，直涌而出，以火燃之，焰高数尺”。

1935年，当85岁高龄的王树楠在耄耋之年，依然惦念着新疆的石油，他在给游历了准噶尔盆地，也游历过外高加索阿塞拜疆巴库油田的吴蔼宸所著的《新疆纪游》作序时，仍然高呼一种阔大的理想：他说新疆“矿产之富，尤甲于全球，即煤油一项，足供五大洲之用而千百年不绝”。

这是1935年王树楠老先生的肺腑之声。按照王树楠的这个呼号推算，新疆准噶尔与塔里木的石油应该储量巨大，但浩浩五大洲之用显然是话大了。当然，那时石油之用与今天石油之用已不可同日而语。

在新疆任职四年的王树楠是近代新疆石油工业的创始人之一，这个称谓虽然有人认可，但仅仅生存在极小的石油圈子内。因为偌大的泱泱中国，有众多风云变幻的大事，这点区区石油小事早被闲置在一边了。

肉孜·阿尤甫荣幸地作为天山北麓褶皱带和准噶尔盆地南缘石油工业早期亲历操作者之一，有着发自内心的感慨和自豪，也显露出一种对早先石油钻井的怀恋之情。我在1987年春天对他采访时，完全没有想到20年之后，我会突发奇想地写这段鲜为人知的记忆。因为我在整理旧物时，偶然翻到了那个小笔记本。我对当年我的幼稚和海阔天空般的责任感十分惊诧。我写道："石油，一条奇异的大河，你总有一天会让世界为你而战栗。"今天，我看着这句可笑的话，隐隐感到暗藏着一种奇异的杀机，也隐隐有一种被击中的快慰。是的，今天的世界经济正在为突然膨胀又突然疲软的石油而心痛着。

肉孜·阿尤甫说，他17岁到独山子当石油钻井工时，还是个毛孩子。那时他们用的还是木制井架和柴油机动力，更早一些是蒸汽机动力。木井架需要搭架子工用一段时间搭好后，钻井工才上井。那时他每天徒步翻山去南沟上井，而苏联人就坐老式嘎斯小汽车巡井和监督生产，中国职员们就骑马上班。那时油矿总计有二百多名职员和工人。1941年他们打出一口高产井，就是赫赫有名的二十号井，日产原油四十余吨，据说还惊动了退缩在千疮百孔的山城重庆又忐忑不安的委员长蒋介石。

肉孜·阿尤甫给我们叙述时，他刚刚离休，正静静地坐在自己家里沙发上打发时光，虽然身体有些臃胖，但从骨子里能分辨出早年那精明强悍的风采。我尊重他的品德，是因为在对他前后九天的采访过程中，他居然没有说过他后来的官位和权力，他的淡泊和清雅的心态让我钦佩，也让我多年之后仍怀有真挚的仰慕之情。

肉孜 · 阿尤甫干石油钻井近五十载，是最早看见石油从地底下咕嘟咕嘟涌冒出来的挖油工之一，也是拼命也要拿下大油田的新中国石油壮志的最早实施者。他裹着一件老羊皮站在油兮兮的木井架下提钻、打卡之后，又在阿合买提江、阿巴索夫领导的三区革命军当军人，而当他于 1951 年重新回到独山子油矿时，看着那荒废又凄凉的旧日油井，心里虽然有一股苍凉感，但也有一种对未来大油田的美好憧憬。肉孜 · 阿尤甫这样想着，就挽起衣袖投入到新中国刚刚成立的中苏石油股份公司向茫茫土地的探求之中。

这一天，身穿中国人民解放军鹅黄色军服的肉孜 · 阿尤甫，快乐而充满朝气。他看到一位当年也在独山子油矿当技师的苏联人切那柯夫。肉孜 · 阿尤甫有些兴奋得不知所措。切那柯夫拍着他的肩膀说："当年的毛头小伙，今天白杨一样挺拔的汉子，你会用你隆起的肌肉去挖掘金子般的石油，因为我们当年是雇佣关系，今天是达瓦力西（同志）。"肉孜 · 阿尤甫也高兴地回应道：达瓦力西！达瓦力西！是的，肉孜 · 阿尤甫没有忘记，眼前这个苏联老大哥钻井处处长切那柯夫，当年曾是个脾气颇大的技术权威，他曾暴怒着脸解雇过一名整天酗酒的浪荡青年。

肉孜 · 阿尤甫回忆着 1939 年的古旧记忆，他的一只眼睛有一些不太好。他看人时你会觉得似有更深一层意思潜伏在话语背后。后来，我们熟悉之后，我反而觉得那才是真实可信又独具魅力的肉孜 · 阿尤甫。他说：那时候机器都是从塔尔巴哈台（塔城）那边的巴克图，当时叫苇塘子的口岸运来的。苏联老毛子很会算账，他们一边画图纸，一边支使年轻人卖力干活。我们当时吃的是从老西湖（乌苏）种植的粮食和蔬菜。于是，我们就不停地干活。我还知道一个秘密，我不曾告诉过任何人，包括我的家人。那一年，我曾听过新疆学院教授的讲演，那个讲演的人一口浓重的东北口音，讲的是怎么抗日，怎么多产石油，听得我心里一阵阵震颤。直到解放后在中苏石油公司呼图壁区块打井时，我才知道，这个人就是著名爱国民主人士——杜重远。我一直把这件事珍藏在心底，它像一盏明灯，是点亮我几十年石油岁月的圣火和懊恼时追寻的精神支柱。

杜重远让肉孜 · 阿尤甫心存敬意也心存一角明丽的阳光。

肉孜 · 阿尤甫说的杜重远，就是那个身材魁梧、仪表堂堂又为人正直豪爽的谦谦学子和实业家杜重远。杜重远曾经是新疆督办盛世才留学日本的老同学。在他的实业救国梦被日寇的铁蹄踩碎之后，他放弃了国民党高官厚禄的诱惑，来到偏远的迪化（乌鲁木齐），企图用他那抑扬顿挫的声音和寓意深远的思想去开辟筑就美丽的抗日大后方。杜重远看中了同学情谊，也看中了云雾缭绕的天山之巅那抗日救国的火热环境。虽然那环境有些薄雾朦胧，但他还是走进了氤氲的迷雾。就是这一年夏天，身为新疆学院院长的杜重远，组织了一个二百人的“暑期工作团”深入伊宁、绥定、精河和热火朝天发展的天山北坡石油小镇独山子，宣讲抗日，痛斥日寇的强盗罪行，并且排演了大型话剧《新新疆万岁》。

那是一个多么美好又多么晴朗明净的画面啊，杜重远以他意气纵横的才能，撼动着翠绿的天山松林，也撼动着浩浩旷远的大漠与戈壁。

杜重远当然逃不脱隐藏极深老同学盛世才的奸计，并且最终被盛世才以捏造的罪名套上了一副沉重的镣铐，于 1943 年 5 月 2 日杀害。杜重远是一个被云雾缭绕的同学情杀害的冤屈者，更是一个英名永存的爱国勇士。杜重远后来成为与陈潭秋、毛泽民、林基路等英勇就义的中共党员们齐名的盖世英杰。

肉孜 · 阿尤甫是幸运的，他居然能亲耳聆听杜重远那洪亮而才华横溢的演讲，亲自感受那硝烟弥漫年代的荡气回肠之正气，我为肉孜 · 阿尤甫的幸运而庆幸和欢悦，不管这个欢悦的结局如何，我都把它视为珍宝。也因为这次采访，我对肉孜 · 阿尤甫有了更深层意义上的崇敬。

后来我核实过一些肉孜 · 阿尤甫油田钻井工作历程，我发现，他的钻井经历也带有英雄主义色彩，甚至让我流连忘返。从 1951 年打准噶尔盆地南缘构造开始，他就转战于玛纳斯、呼图壁、托斯台、安集海等地，这一连串的地名让他变成了一位真正的钻井专家。最难忘的还是 1955 年打卡因地克构造，那时他已是勘探大队的大队长。在长达一年多的时间里，他率领钻井队打出了当时全国的最深井卡 4 井，井深达 3224 米，也享受了密密麻麻的长脚大蚊子的叮咬。以后，他就带领着他的队伍来到了准噶尔盆地西北缘的克拉玛依，在克乌大断裂带上寻找和挥洒着他的宏图大志。他还说，1958 年他被任命为第一钻井处处长，当时浩瀚的盆地西北缘矗立着几十个巍峨的钢铁井架，气势宏伟，场面热烈。那些喷涌不绝的一区、二区的许多产油井都是他们用不倦的激情打下的，那真叫过瘾啊！

我诡异地问肉孜 · 阿尤甫，“你一共打了多少井？”

他略微想了一下，说：算上解放前用木井架打井，我真的记不清了，大概有七八十口井吧。

七八十口井，在那个年代是一个了不起的数字。石油钻井是计算进尺的行业，它分为勘探井和生产井，它记录着钻头向下挺进的距离。20 世纪三四十年代一口二三百米深的井，需要打四五个月时间，而现在由于机器设备的更新，打一口三四公里深的井，也仅仅需要一个月时间。这就是生产技术水平提高带来的速度。肉孜 · 阿尤甫几十年下来打了或带领大家打了七八十口油井，已经是一个了不起的纪录。虽然它与如今的钻井速度相形见绌，但它还是确立了肉孜 · 阿尤甫那个时代的历史高度。

这七八十口油井，如果有三分之一的油井出油，那它们流溢 30 年下来就是一组不可低估的石油数据。在石油大亨、石油财团不断垄断着世界经济走向甚至搅动世界政治涡流的今天，石油的确蕴含着一股奇异又奇妙的惊人力量。

肉孜·阿尤甫可能只是一个普通的石油符号。

那是1987年春天，65岁的肉孜·阿尤甫显得还很健康，虽然身体稍稍有些臃胖，但行动依然敏捷和干练。如果肉孜·阿尤甫依然健在，今年应该是85岁。

1939年，17岁的肉孜·阿尤甫在独山子油田踩踏的那种木制井架高22米，动力装置是当时最先进的柴油机器，叫切留纳巴拉格列氏油机，有十八匹马力。钻机叫斯塔劳斯阿别，可钻井深三百余米。那时，出油井占六分之一，其余都是废井。如今，若要寻找这种古旧的石油钻井设备，恐怕是难上加难了。

永远的第一

1955年22岁的陆铭宝看上去很帅气。帅气的陆铭宝彰显更多的是憨厚与朴实。多年来，我一直把“憨厚朴实”与“英俊帅气”对立起来，认为这是两个属性截然不同的词。但是，我的经验失算了，在陆铭宝身上帅气完全可以与憨厚朴实画等号。

那时候，马骥祥是陆铭宝的领导。他目睹了整个黑油山1号井选址和钻探的全过程。马骥祥人高马大，很有一股军人打仗的遗风。他看上去更像一头壮实的公牛。他那时最焦灼的事还是黑油山一号井开钻的事。因为黑油山1号井将有可能成为新中国石油工业的起点。后来，马骥祥转战到了胜利、江汉、华北、大港等油田，为石油立下过赫赫功勋，但渤海2号事件受到了处分。马骥祥在1986年说：当时大家都感觉陆铭宝不错，人憨厚朴实，又有文化，还能团结职工。于是就相中了他。选陆铭宝是好中选优。

青年陆铭宝就这样被选为钻探准噶尔盆地西北缘黑油山1号井的1219青年钻井队队长（技师）。早先在没有见过戈壁荒滩之前，陆铭宝对戈壁滩还是很发怵的。他觉得那是瘆人又寸草不生的死亡之地。但当他在6月中旬的一大乘坐着苏式嘎斯卡车向黑油山进发时，却意外发现戈壁滩原来也是很美丽的，那一丛丛红柳绿中透着嫣红，那一片片梭梭更是充满着盎然生机，不时有黄羊、沙狐和野兔在林中穿过，好一派迷人的景象。陆铭宝的心于是就舒坦了许多。

当然，英俊帅气的陆铭宝来到亘古荒原上黑油山的时候，那炙烫的阳光还是让他感觉到了什么叫赤日毒热。这一天仅仅才 6 月中旬。陆铭宝有一种即将打一场恶仗与苦战的心理预感。但，看着由前期安装队吾守尔他们安装的庞大井架兀立在荒原上，他脑海里还是倏地升起了一股神圣而庄严的使命感。这种庄严的使命感与打恶仗苦战的心理预感交织在一起，让他觉得肩上似有沉甸甸的千钧重量。他于是又憋足劲挺起了胸脯。

1992 年 6 月，我在一次会议上看到了已经两鬓斑白的新疆石油局副总工程师陆铭宝，我问陆副总：1955 年是不是特别艰苦的一年?！已经不再英俊帅气的陆铭宝依然带着浓郁的上海口音，淡然地说："条件是差一些，可现在不觉得怎样了。那时候我们一心要打新中国第一口油井，始终处于高度亢奋状态，有使不完的劲儿。我们有一个口号叫：安下心、扎下根、不出油、不死心。是不是很好笑？后来就出油了，扎根了，安心了。"

我翻开记载有青年钻井队打第一口油井的资料："……太阳酷热，蚊蝇横行，干渴缺水。一日大风袭来，肆虐狂暴，把帐篷吹跑了，我们只好裹着棉衣趴在地面上，狂飙过后，大家都找不到棉被和脸盆了，但我们能看到一双双闪动的眼睛和荒原上站立的井架……"

就是这个黑油山 1 号井，让钻井队队长陆铭宝得到了标志着克拉玛依几个第一的荣耀。这几个第一，就像一块块煌煌荧荧的美玉闪烁着炫丽的光彩。

任克拉玛依第一个钻井队队长；

打克拉玛依第一口油井；
建克拉玛依第一个家庭；
生克拉玛依第一个孩子。

陆铭宝的妻子杨立人是来克拉玛依的第一个女人。那时当然还没有克拉玛依这个地名。那时叫黑油山。

水灵灵的女人杨立人是当年黑油山的一道靓丽又珠辉玉映的风景。曾任中国海洋石油勘探局局长的马骥祥在渤海2号事件被免职后，写过一篇回忆文章，他这样评价当时亭亭玉立的杨立人：杨立人当时被大家美称为——黑油山上一枝花。

黑油山其实是一座无法生长美丽花朵的油沙山。那时候在黑油山上一花独放的女人杨立人，既是采集员，又是泥浆化验工，还抽空给众多男人洗衣服。于是，杨立人就显得格外显眼也格外诱人。她的显眼与诱人让同伴们在许多年之后仍然心存温馨。我在1994年偶然遇到了当年1219青年钻井队的副队长艾山。他古铜色脸膛上依然悬挂着当年风吹日打的印痕。他用不十分熟练的汉语说："杨立人那时候很漂亮，红石榴一样，还是我建议陆队长把'洋缸子'（爱人）接到井队来的。为了接这个红石榴，我们大家用工余时间，给他们挖了一个大地坑，用油毡纸和梭梭柴盖上，就成了他们两个人亲亲密密的新家。知道吗？那是一个非常美丽的新家。"

艾山我就见过这一面。我的印象极为深刻。1995年夏天，我被组织上安排做一件很有意义的事，就是将那些当年在1号井打井的1219青年钻井队队员们召集在一起并背向一号井井碑，照一张合影照片。这事虽然曲折迤逦又头绪纷繁，但我还是办成了。那张合影照片现在就储存于克拉玛依矿史陈列馆五十年代展厅。一晃又十多年过去了，我不知道照片上当年健康的功臣们是否还安康，但那一年相聚时只召集到17人。

杨立人的个人经历的确与副队长艾山叙述的相差无几。她于

1955 年 8 月来到黑油山。她别无选择地住进了那个同事们挖好的大地坑。那地坑其实仅有七八平方米。如果让今天迅速崛起的房地产老板们收购或竞拍一下那个地坑，我不知道有没有现实意义，可我总想在某个雨后又曦霞初露的清晨尾随着 70 多岁的杨立人老太太，去寻觅一下那个曾经充满温馨又充满谐趣的地坑之家。

在这个朴素而简陋的又几近原始的地坑之家里，陆铭宝与杨立人有过一段甜润的爱情生活，也有过为后来新中国石油工业谱写娇妍一笔的美好记忆。这个美好记忆只有陆铭宝与杨立人最清楚。他们引以为自豪的就是他们在地坑之家里做的一切都是为了第一个油田的诞生。

从 1955 年 7 月 6 日开钻，到 10 月 29 日黑油山一号井喷出工业性油流，1219 青年钻井队共打了 115 天时间。陆铭宝真晰地记得，这 115 天是何等的难挨也何等的令人兴奋。他说，打到三百多米深时，突然发生了井喷，那狂吼的水柱呼啸而出，卷着泥沙拍打得井架叭叭直响，也急促地颤抖。当时把我也吓坏了。那气流让在场的所有人都吓蒙了。我作为技师队长，意识到我必须冲锋在前……于是，在陆铭宝的带领下，1219 青年钻井队组成了突击队。他们硬是把钻杆下到井里，然后用脸盆、铁桶或碗缸回收散流的泥浆，压井……当井喷被制服的时候，陆铭宝才感觉浑身散了架一般。

后来，我问了陆铭宝第二个问题，我说，陆副总，一号井是新中国石油工业的第一个里程碑，它的位置很重要，您觉得是不是宣传不够呢？

陆铭宝说,1 号井对我来说，那只是过去，只是一段难忘的经历。一个油田的发现，有一个很长的地质勘探与开发过程，我们只是一个小小的水滴，倒是二号井让我们终生震撼。

1955 年 12 月，陆铭宝井队又接受了打二号井的任务。零下三十多摄氏度，北风夹着雪粒嗥叫，冰魔笼盖了整个世界。就在那样的天气里陆铭宝们严格按安全防冻措施生产，即便是手冻伤了，冻裂了，皮被铁沾掉了，他们都没有停钻，也没有让水管线冻裂。

然而可怕的井喷还是发生了。那次井喷让所有人都领略了一次冰冻三尺的洗礼。井里喷出的水柱迅猛地冲上了天车，冲出了井架，在短短的一天多时间内，三十多米高的井架就被冰柱封冻住了，完全变成了一座巨型冰塔。

陆铭宝说，那次井喷抢险中我被硫化氢气体熏倒在了井场上。很多同志也都倒在了井台上。经过整整三天的抢险，我们才控制住了可怕的井喷。当冬日的斜阳散射在我们每个人如同冰铠冰甲一样的身体上，我们才发现这个庞大的 2 号井架，早已变成了一座壮观的冰山。年轻的摄影记者高锐还招呼我们大家一起照了合影照片。

陆铭宝平静地叙说着 2 号井的往事，似乎说得很随意，但我还是感受到了那随意中隐藏的激动。现在冬季仅仅零下几度，我们就开始冬眠了，我们会躲进暖气设备良好的大屋子里，穿上羊毛绒鸭绒防寒服，一边悠然自得地看电视，一边煞有介事地听音乐或者干脆觉得寂寞就无病呻吟地去慢摇吧听更加刺激的所谓摇滚。即便这样我们还觉得烦，我们还会抱怨。陆铭宝所说的那张集体合影照片，就是后来成就了那位摄影记者高锐的著名照片《冰塔冰人》。高锐因《冰塔冰人》成为一位名人，也因《冰塔冰人》成为克拉玛依摄影家协会主席。

我与高锐的私交还算不错，那缘于他是我的领导。他曾经是克拉玛依矿史陈列馆的副馆长，我是专写文字大纲和解说词的文字编辑。高锐后来拍摄过一些现在看来有些故弄玄虚的照片，不过当时也许是最艺术化的照片了，我甚至崇拜得五体投地。但老实说，我还是觉得他的名望多半因为他酷爱喝酒，不然他不会那么让人刻骨铭记。他的办公室与我的办公室，总会在某个角落藏匿着他喜爱的奎屯佳酿白酒。他会在开会的中途突然停住叽叽喳喳的嘴，跑到我办公室或他办公室的某个角落找到酒瓶，喝两口酒，然后再接着回来讲他的话。高锐后来的形象是酒痴摄影家。他一边喝酒还一边作旧体诗。他的名片还有：浓茶、烈酒、莫合烟。后来，他真的戒酒了，但没过多久他就去世了。他留下了代表作《冰塔冰人》。

《冰塔冰人》现存于克拉玛依矿史陈列馆五十年代展厅。那是一张让许多人看过都会眼眶湿润的老照片。那照片上有当年参加抢险的马骥祥、王炳诚、陆铭宝以及那一群威武的铠甲勇士们，还有那座巍峨的冰塔。

2 号井让陆铭宝钢铁般铭记，我觉得可能还与他和妻子杨立人居住那间地坑之家有关。在那个凛冽的冬季，冰冻的钻塔与温馨的地坑形成了一个奇妙的组合，那组合如优美而飘逸的琴声，弹奏出了一曲奇妙而和谐的音乐。我从陆铭宝那深邃的瞳仁里，悟出了那种温柔与温暖。我不知道当年那个地坑之家在近半年的漫长冬季，有过他们多少温暖与温馨的回忆，但那个地坑之家却真真切切地孕育了克拉玛依第一个孩子。我相信这个孩子在精子与卵子的成形过程中凝结着 2 号井的狂暴也凝结着简易地坑的柔曼。其实，许多带有浪漫色彩的爱情故事，多半并不是用豪华背景做支撑的，甚至古往今来众多的伟大人物也都诞生在一个贫困交加的简陋房间。在这里我丝毫没有贬低或抬高陆铭宝与杨立人爱情故事的意思，我只是知道，生活本身就是如此。

陆铭宝与杨立人用爱情结晶孕育出了克拉玛依第一个小公民。她是个欢快的女婴。她就是 1956 年 12 月 21 日发出第一声啼哭的美丽花朵——陆克一。

1997 年陆克一成为我的中青班同学。我们一起度过了三个月的寒窗时光，并且一同考察了上海宝山钢铁公司和苏州的名景寒山寺，在那里我们还装模作样地吟颂了唐代诗人张继脍炙人口的名诗《枫桥夜泊》。我说，“月落乌啼霜满天，江枫渔火对愁眠。”克一说，“姑苏城外寒山寺，夜半钟声到客船”。

陆克一是一位长着一对美丽的大眼睛，又长着一头乌黑秀发的精悍女士。她身材匀称，个头高挑，似蕴含着无穷的女性韵味。她的个头看上去要比她父亲陆铭宝高出一大截。这倒应证了一代更比一代强的老话。

一个老石油人的侧影

那一天，空寂的天空没有一丝白云，戈壁显得空蒙而苍凉。王成吉有些凄楚。说凄楚是溢美他了，他没有那么高雅清逸的心境。凄楚只是一丝微妙的心理感觉而已，这其实是五十年后我蓄意填加给他的。王成吉那时还很年轻。在朝鲜战场上，他期望与一个大鼻子美国佬有一次白刀子进去红刀子出来的正面交锋。他拼刺刀很有一套。但很可惜，他只是用枪膛里射出的带着火焰的弹头击中了美国佬。他倒是亲眼看见了那个美国佬被弹头击中胸膛后抽搐而失控的状态。他多次对我们讲，电影一点都不真实，人倒下去的时候哪里是那个样子？

那一天，王成吉穿的依旧是战场上下来的黄军装。他的皮肤有些黝黑，但这并不是太阳弄黑的。这是他的本色。王成吉自认为是一个出色的志愿军战士，虽然他没有获得过二等功以上的奖励。

那一天是 1956 年 4 月 10 日。

王成吉从那一天开始就变成了一名石油钻井工。他望着那个叫黑油山的小山丘，觉得很失望。曾经有宣传股的干事们口若悬河地说：黑油山是一座奇特的山，是一座神秘的山。就这么矮矬矮矬的，远不如我们家乡的大巴山高哩。

王成吉就这样在那一天与中国人民志愿军另外一千二百多人一块西出阳关，再西出星星峡，再西过乌鲁木齐，还往西……一直到了黑油山脚下，开始参加这个旭日东升般的全新石油生产建设。黑油山是他生活的新起点。虽然这个起点多少有些令他失望。

黑油山是一个流溢了数百万年石油的奇异之山。这个奇异不是 25 岁的王成吉能理解透彻的。多年之后，王成吉对我说，宣传股宣传的是啥子玩意嘛，没有抓住主题，黑油山是一座圣山，它不是用语言来形容的，它是要用心去感受感悟和感觉的。

王成吉说，我第一次登黑油山时，看到的是一片被黏稠黑液粘连在一起的天空和大地。那黑色的天空与黑色的大地糅合得恰到好处。我觉得黑油山更像一头雄立的狮子，那狮子在雄起！

这个叫王成吉的四川渠县人，后来成了我岳父。不过那时王成吉还是小伙子。那时既没有我，也没有他女儿我妻子。

王成吉来到黑油山的第 30 天，北京的《人民日报》发表了重要消息：新疆准噶尔盆地的克拉玛依地区，已经证实是一个很有希望的大油田。从此，黑油山油田就更名为克拉玛依油田。克拉玛依是维吾尔语“黑油”的音译。那报纸上还说：这标志着一个新时代的开始。

一个新时代的开始，就证明有一个旧时代的结束。我想，那就是中国缺油时代结束了。那天，我岳父王成吉并没有看到那张今天看来政治与历史意蕴都异常重要的报纸。那报纸是又过了 20 天之后，由邮递员马成荣（此人后来是克拉玛依市政协副主席）亲自送到我岳父所在井队的。20 天之后，我岳父王成吉正在帐篷里做着一件女人们干的事。

王成吉在用针线补他的臭袜子。他一边缝一边对着正在叠被子的转业战友李心田说：要是早来一年早来半年就好啰，也能拿一个克拉玛依第一，披红戴花好安逸哟。

王成吉说这话是有原因的。高音喇叭里正在播放打一号井的青年钻井队的事迹。而李心田是不是在意更早一点来，我不得而知，但我岳父却相当羡慕青年钻井队和钻井队的技师（队长）陆铭宝。我岳父的羡慕是从心坎里发出的，这在他以后几十年的石油生涯里可以得到验证。他曾不止一次地提到过陆铭宝这个人物。

我岳父王成吉在油田这样一晃就到了退休。他现在依然黑瘦黑瘦，显得有些营养不良。其实不然，他每天吃香的喝辣的，有一群后代像羊群一样簇拥着他，他感觉很得意。他依然用那种改不掉的四川乡音说：一家人一块吃饭，闹热，好，好！

他嗓门很大，说话也从来不顾及周围的人，越是有人他就越发显得不可一世。他是有名的犟老头。

前段时间，他住进了医院。是旧病气管炎和肺病复发。他没有力气说话啦，但医院两天的吊瓶让他恢复了元气，于是他又来精神了。大约有一天没有一个人来医院看他。他于是就不平衡了，就开始随心所欲地痛斥儿子或者女儿甚至护士、护工，脾气大时就拔掉针头和输液管子，高声喧哗着要出院，并且对刚进门来探望他的亲人大声说："滚出去，啥玩意嘛！"

王成吉永远是对的，你永远是不对的。这就是50年前黑瘦黑瘦充满朝气的小伙子今天依然黑瘦黑瘦脾气暴躁的犟老头王成吉。他有十足的火药味。只要你有兴趣，你可以用任何一个线索一句话勾引他与你吵个天翻地覆。当然，他所有的亲人都了解他，都会因为他身体的原因护着他，都像软绵绵的绵羊一样聆听他的高见，任他摆布。他们想，他毕竟岁数很大了，78岁啦，就让他随心所欲吧。

早期开发黑油山油田时，年轻的王成吉还没有这么犟。论资格，他够得上一个老石油人了，他当钻井工，在沙丘、在荒野、在梭梭林里游动，像流动的鼹鼠，也像戈壁滩上奔涌的黄羊；他打出过有名的三十号高产井，那口井曾一度霸占过油田产油的冠军宝座。在油田不断壮大的某一天，盛装原油的油罐车再也拉不完那些不断喷涌的原油时，就开始建一条长长的输油管道。他于是就被调到了输油泵站当输油工，看管输油泵、修理柴油机，他什么都能干。那泵站其实很小，也就只有二十几个职工，而且被甩落在沙漠荒原深处的无人地带。他又变成了一个荒漠上孤独的守望者。是的，荒漠深处是寂寞的、冷凄的，但也是娴雅的、安谧的。我想，那正巧可以消磨他越发刚烈的性子，陶冶他风花雪月的情操。

这当然是我这个晚辈对他的想象和期冀，那个荒野输油泵站是不是成功地扼杀了他越发膨胀的烈性，是不是成功地陶冶了他的情操，今天看来是另当别论了。不过，我妻子就是在那个荒野输油泵站出生的，她是我岳父和我岳母的缱绻又朦胧的爱情结晶。她在温暖而阔绰的子宫里孕育，在柔润而坚固的胎衣里逸乐地成长，她并不知晓那时的艰难和孤寂。她成为油田子女，但她的童年却是以戈壁荒漠深处的沙鸡、野兔或骆驼刺、芨芨草等沙生植物为伴而成长的。在岳父等大人们在泵房、机房里擦机器，摆弄扳手、管钳干活或是在食堂里搞革命大批判时，我妻子就开始承担起大女儿保姆的功能了。我妻子从 3 岁起就开始带妹妹，4 岁起就可以帮妈妈做饭。再后来，她就是手牵着妹妹、背上背着大弟弟、胸前抱着二弟弟的农村妹子形象。

这个场景绝对真实，那是我亲耳听一位熟悉我妻子的输油工长辈徐振太说的，他说这话的时候，身体还很健康，走路风尘仆仆，就像我年轻时感受自己的父亲一样，使我充满了敬意。这个叫徐振太的长辈，有一段时间经常叫我去他家里吃拉面，那时候我还没有结婚，是单身汉，我感觉拉面是世界上最好吃的饭。好人徐振太长辈于前段时间刚刚去世，我流着真挚的眼泪送别了他老人家，并且用手在他安详的脸上抚摸了片刻。我感觉到了那皮肤的温润与光滑。

从严格意义上说，我妻子的童年是比较辛苦和艰难的，她很有穷人的孩子早当家的味道。当然她家并不贫穷。输油泵站是国家大企业的一部分，她有吃有穿有学上，并且受着良好的教育。只是我岳父岳母比较能生孩子，大小一共生了六个。后来我妻子大约看出了我的疑惑，说："我们泵站所有家庭都是六七个孩子，我们家不算最多。"

我有些卑琐地猜想，是不是当时没有什么业余文化生活，大家就比着生孩子呢？当然这只是我庸俗的猜想，我绝对不敢当着岳父的面说，我怕他翻脸。

所有关于我岳父的信息，都不是我杜撰的。因为我岳父是个爱说并且侃侃而谈的人。他高兴起来，会说许多令人心动的话。我岳父说，当年石油会战虽然艰苦，但生活还是很甜美的。他还说，我现在每个月 1800 多元退休工资值得了，因为我没有干活，没有贡献，我只是在消费嘛，我很满足。比起朝鲜战场牺牲的战友，比起在百克水渠死去的兄弟，还比起过早地去世的同事，我满足啦！我有福，我儿孙满堂，够了，够啦！他的话让我很感动，让我的眼眶布满了潮润的液体。今天我们常常会用自己的工资与别人的工资进行类比，类比的结果往往是自己心里酸楚酸楚的，似受了莫大的委屈。

我岳父说，当年黑油山周围满是人，满是新来的转业军人啊。1955 年来了一批五十七师石油师的；1956 年是我们，我来时克拉玛依仅有 400 多人，我们一下子来了 1200 多人，有朝鲜战场下来的，也有其他部队的，我们一路风光来到这戈壁荒野开发大油田，好激动啊；1959 年又来了一批，这三批转业军人为克拉玛依立过汗马功劳，不过我也不是小看学校毕业和支边建设的队伍，他们贡献也很大，他们也应该让人敬仰。

我岳父只要一说起来，就有些失控，就好像他变成了一个大干部，一个演说家。他说话时，口气很大，一点不像现在的年轻人。他虽然没多少文化，但却着实很能侃。

其实我岳父王成吉曾经是一个很勤奋又笃实的基层干部。在我认识他时，他正在当一个输油泵站的站长，管着几十号子人，并且还附带教育我们这些接受再教育的 180 多名知青队学生。他口碑很不错，为人耿直，能吃苦，懂技术，总是扛着铁锹或坎土曼走在最前沿，总能直接处理许多刚刚发生的小问题，让大家心服口服又心悦诚服。大家都亲昵地称他王队长而不是王站长。

有件事让我终生难忘，也让我对他刮目相看并产生一种久远的敬意。那次我家的抽水马桶堵塞了，弄得满房子臭气熏天。我使用了数种通淤办法，都无济于事。正巧岳父打电话让我们去他那里吃饭。我妻子说，去不了，得叫修下水道的管道工给疏通。我黔驴技穷，没招了，只好打电话请疏通公司。但很快就跑来了气喘吁吁的岳父。他带着手钳、管钳、皮碗、钩子等一堆工具一气爬上了五楼。一进门就直奔厕所，挽起衣袖大干了起来。我顿时觉得面红耳赤，心里极不是滋味。岳父在臭烘烘的马桶边弄弄这捅捅那，只一会儿就说，有东西给堵了。在钩子全部被下水道淹没后，他就将手塞进了污水般的屎尿里，不一会，他就拽出一条被捅得弹痕累累的旧毛巾。这件事，让我对他产生了一种依赖般的亲近感，也让我改称他为老爸了，就像称呼自己的亲生父亲一样。

王成吉就是这种适宜在基层工作的干部。他从钻井工开始，又干输油泵工、钳工、机工、班长、副站长、站长、农业队队长、技工学校副校长、输油队队长、文化站（中心）站长（主任）等等。不过，一直让我觉得蹊跷的是，他退休前最后一个岗位居然是文化站站长。他一个没有什么文化的粗人，竟然要管文化。我曾在他担任输油队队长时，看到过他的风韵，那果真是他翱翔和驰骋的疆场。他带领一帮年轻人，满身油污地在闪闪烁烁的油罐群中晃动，很像一个风风火火的将军。那次，我还看见他与主管他的生产副厂长发脾气，弄得副厂长在大众面前很失身份和面子。我当时惊出一身冷汗。

我不知道最后他管文化是否与他跟副厂长发脾气有直接或间接联系，但我觉得他在 56 岁之后与文化打一打交道也是一件颇为惬意的事。这倒不是因为我现在还勉强算个文化人就喜欢文化，而是我们每个人如果都有了文化都喜欢了文化，那我们中国的事情恐怕就好办多啦。我希望人人都有机会抚摸一下文化的肌肤，体验一下文化的谐趣。

如今，我岳父唯一的爱好就是看中央电视台四套的台湾新闻和消息。台湾的一切尽在他精瘦的虚怀之间，也潜藏在他清晰善驳的脑海之间。他能熟练地说出马英九与陈水扁之是是非非，还能道出什么民进党、国民党或者什么倒扁行动的缜密细节。我常常听得是云里雾里一片紫霭冥冥，深深为自己的知识面狭窄和浅薄而羞愧。

我静静地聆听着，并不想打断他充满智慧的高谈阔论。我知道，他的心肺再也承受不起对峙和血雨腥风的压力。他需要静养。

唐跃培，1964 年出生，四川犍为县人。中国石油作家协会会员。曾在《青年文学》《星星》《绿风》等刊物上发表诗歌，著有文学作品集《颂辞》《漫游乌有之国》。现为克拉玛依日报社党委书记、社长。

克拉玛依赋

五六十年前，一匹小毛驴脖子上发出的串串铃声，打破了准噶尔盆地西北缘亘古的寂静。一位名叫赛里木的维吾尔族老汉端坐驴背，怀抱热瓦普，腰悬大葫芦，循着油香踏沙而来，奔向那由石油凝结成的神山——黑油山；那神山的山顶，汩汩的油泉已永不疲倦地涌流了数百万年。

当赛里木年复一年用葫芦装石油卖到外地以维持生计时，他做梦也不会想到，黑色的油泉将成为一座美丽而神奇的城市的发源地，神山下亘古的戈壁上将神话般崛起一座以“黑油”命名的城市——克拉玛依。

在此后短短的几十年中，小毛驴脖子上发出的串串铃声，变成了黑油山下震撼亘古荒原的钻机轰鸣声，变成了 1955 年 10 月 29 日克拉玛依油田 1 号井欢快喷射的油流声，变成了《克拉玛依之歌》那响彻全国的壮美回荡声，变成了千军万马找石油的吼声，变成了居民区里老人孩子的笑声，变成了繁华街市车水马龙的喧嚣声……2000 年 8 月 8 日，克拉玛依人历时数年、备尝艰辛开掘的一条 465 公里长的人工天河，把克拉玛依与遥远的大河连接起来。滔滔清流追风逐浪奔涌而来，当年的铃铛声，又变成了九龙潭怒放的喷泉声。从此以后，春波碧草，染媚戈壁油城；晓寒深处，时见游人垂钓。

美丽的克拉玛依，头枕荒凉如铁的加依尔山脉，脚踏繁花似锦的天山北麓，左拥塔城老风口温顺胜处子、暴怒赛疯虎的浩浩长风，右抱神秘浩瀚、蕴奇藏宝的古尔班通古特沙漠。克拉玛依 1958 年建市，现有人口 34 万，下辖克拉玛依、白碱滩、独山子、乌尔禾四个区，其中独山子区是一块飞地，它与克拉玛依区之间隔着 33 公里长的奎屯市辖地。因此，从总体形状上看，克拉玛依市域就像一个 9500 平方公里的巨大惊叹号。那惊叹号神奇的一点，就是位于天山北麓的独山子。

克拉玛依，是一个巨大的惊叹号。几代克拉玛依人呕心沥血、前赴后继，把这个巨大的惊叹号牢牢镌刻在茫茫大漠、苍苍青天之间。这片浇灌了几十万各族人民心血和汗水的土地，如今已经成了本地人的挚爱与眷恋，外地人的惊奇与向往。

这是一片神秘的土地。准噶尔翼龙在这里纵横驰骋。它们展开宽大的翅翼，在苍天大地间进行不可一世的飞翔，投射到大地上的巨大阴影，令万千弱小的生物心胆俱寒。夜宿魔鬼城，日巡大峡谷，掠食茫茫盆地激起腥风血雨，兀立加依尔山顶显示王者至尊；残阳如血之际，舒翅沐浴于清波涟涟的艾里克湖……那是一个何等诡异、悲壮的翼龙世界啊！如今，沧海桑田，风流云散；遗骨残存，徒惹幽思。

这是一片神奇的土地。方圆上百平方公里的魔鬼城，是世界罕见的雅丹地貌。那千奇百怪的土丘，如城，似堡；如兽走，似禽飞；如狂怒的恶魔，似发疯的鬼魅。大风骤起，飞沙走石，烟尘横空，遮天蔽日，鬼哭狼嚎，凄厉哀绝；风平声息，明月初升，鬼影绰绰，私语窃窃，似有怨鬼幽叹之声，若闻豪魔聚饮之语；而当东方天晓，朝霞初露，魔女们静立晨光，恬然微笑，如沐胭脂，如披霓裳，游人远望，如醉如痴，如中魔力，不能自拔。

这是一片英雄的土地。美国人编的一本词典据说这样解释克拉玛依：它是一群共产党人违背自然规律，在不具备居住条件的地方建起的一座城市。“违背自然规律”，昭示克拉玛依人改天换地之勇气；“不具备居住条件”，正显克拉玛依人无私无畏之意志。为了找油，爱国将领杨虎城之女杨拯陆英勇牺牲；为了找油，爱岗敬业、无私奉献的好工人王光荣长眠于此；12 级狂风中，钻井英雄用绳子把自己捆在钻塔上继续钻进；冰天雪地里，石油豪杰满身冰甲仍笑傲荒原。英雄的双手，在 1955 年托起了新中国的第一个大油田；豪杰的热血，在 2002 年又把中国西部第一个千万吨大油田写上了石油史辉煌的册页。

这是一片多情的土地。她以滚滚的石油，回报辛勤的劳作；她以丰收的喜悦，回报无私的勇气。50 年来，克拉玛依生产的两亿吨原油，如健康纯洁的血液，源源不断注入国民经济体系纵横交错的血管；50 年来，克拉玛依上缴的二百多亿元税收，如营养丰富的清泉，滋润了天山南北的新疆大地。看吧，广袤的油田上随处可见的抽油机，如一位又一位朝圣的信徒，日复一日虔诚地礼拜大地，感谢大地母亲哺育我们以黑色的乳液！

这是一片祥和的土地。东归英雄土尔扈特部的后裔们，留居于此；全国各地四十多个民族的同胞们，云集于此。昔日不毛地，今日移民城。我们来自不同的地方，但我却认你为乡亲；我们拥有不同的姓氏，但你却把我当兄弟。

这是一片富饶的土地。这里有鳞次栉比的高楼，这里有文明富足的社区，这里有富丽堂皇的商厦，这里有天南海北的物产。游泳馆造型别致，设施高档，号称西北第一；大超市琳琅满目，货畅其流，规模称雄新疆。国内生产总值超过 500 亿元，经济总量在新疆各地州市位列第二，人均国内生产总值居新疆首位、全国前列，城镇居民人均可支配收入已超过万元。小康生活，已成为可触可摸的现实；现代化美景，浮现于充满希望的心灵。

这是一片美丽的土地。天山雪景，鬼城奇观，尽收眼底；荒漠胡杨，沙海晓月，涤荡心胸。田园牧歌与工业奏鸣交响，游牧情调伴现代文明增辉。昔年，诗人艾青遥望克拉玛依，叹赏“沙漠美人”

风姿；今日，四海游客一睹绝代风华，惊讶西部名城美丽。水库设西郊，微风皱碧浪，若美人横陈之秋波；广场处闹市，繁花似锦，如美人盛装之披肩；河水穿城过，绿意空蒙，像美人束腰之绸带。

这是一片希望的土地。准噶尔盆地的油气资源总量超过一百亿吨，目前，石油、天然气的探明储量，分别只有四分之一和三十分之一。石油工业，仍有强大后劲；滔滔河水，又续无限生机。昔日，我们已将戈壁变油田；今日，我们誓将荒漠变绿洲。北疆铁路，正在拟建；克乌高速，已经开工；生态型农业，绿意袭人；高科技产业，呼声日高……率先实现现代化的号角，已在克拉玛依嘹亮地吹响，明天的“沙漠美人”，将更美更靓更富更强！

听，那只小毛驴脖子上的铃铛声，已经化成绿色的交响、时代的潮声，它是一首威武雄壮的进行曲，它是一首慷慨激越的希望歌！

踏浪而行，克拉玛依！繁荣富强，克拉玛依！

李显坤，1964 年生于新疆塔城，祖籍山东莱阳。新疆作家协会会员。已在《人民文学》《读者》《意林》《西部》《地火》《石油文学》《天津日报》《今晚报》等报刊发表散文 200 余篇。现任新疆克拉玛依市文联党组书记、主席。

此山此城

在新疆，想到了一座山，就能够想起整座城市的，只有乌鲁木齐的红山，和克拉玛依的黑油山。但乌鲁木齐的兴起，与红山的关联性不大，黑油山之于克拉玛依，则不同，重要得无以复加。

因油而生，以油得名的城市，我敢说只有克拉玛依，世界上也只有克拉玛依。

维吾尔语里，克拉玛依就是黑油。

黑油山，当然也是克拉玛依。

苏轼言，“不识庐山真面目，只缘身在此山中”。但是对于我们来说也许只能置身于克拉玛依这座城，才能看透黑油山这座山。

要解剖克拉玛依之名，还得先说黑油。

在唐代，石油因其色，就被叫作黑油了。看来，最准确的定义，还是白描。在一定的阶段，不必要的词藻修饰和渲染烘托只能异化事物。

唐初史官李延寿编撰的《北史》，虽有内容偶呈芜杂之弊，但毕竟体例完整、材料充实、文字简练，素为后世所重。《北史 · 西域传》中，记载了新疆龟兹（今库车）一带石油的产出：“其国西北大山中，有如膏者，流出成川，行数里入地，状如醍醐，甚臭。”多形象啊！那时，克拉玛依所在的准噶尔盆地的石油，也在汩汩流淌着。

而黑油山上的黑油，那时早已流出成川。

这座给城市赐以名姓、带来繁荣、开通未来的黑油山，位于克拉玛依市中心区域的东北部，距市中心两公里多，是三叠系石油露头的地方。因原油长年外溢，与沙石混杂，凝结成了一座天然沥青丘。它的独特存在，本身就是一个世界地质奇观。

当然，这种描述纯粹是从地质学角度出发的。

若从文学的角度出发呢！大致可以这样形容。

浩瀚大西北，苍茫戈壁滩，狂风肆虐，飞沙走石。地下埋藏着的石油，婴儿般安静地沉睡在母腹中，任时光流逝，悠忽已是上亿年。渐渐地，不安分的地壳在不断变动，使岩石产生了断裂破碎，苏醒了的地下好汉，凭借着地层的压力，急于奔向地面，终于通过岩石裂隙冲出了地表，仿佛盘古开天地，“阳清为天，阴浊为地”，石油中的轻质灵魂飘向了天空，剩下的稠液便同沙土经年累月地凝结堆积，经久不衰地喷涌，别无选择地交融，终于修炼成山，成为人们无比敬仰的石油神山。

据考证，地下冒油苗的景观，在全世界只有两处，除克拉玛依的黑油山之外，另一处在非洲的埃及。但是无论是油苗的集中度、数量，还是油质，黑油山都是最佳的。埃及的那座与同片大地上举世闻名的金字塔相比，几乎寂寂无名。不用费思量，它的规模，肯定无法与黑油山相提并论。

真可谓山不在高，有油则名。

早些年去过的人们，记忆将会更为深刻，黑油山通体，基本呈黑色。地表凹凸不平，山顶一处，绝似月球的环形山。这座小山由被石油侵染的砂岩或被石油凝结的沙砾岩堆积构成，由于石油中挥发成分的不断溢散，渐渐使地表大面积呈干燥状。

结果不期而至，整体上终于与大西北广袤的戈壁滩景色相一致了。

而今，山丘上尚有多处油泉，但在二十年前，它几乎枯竭净尽。现今水来了，加之周边地质结构的变化，山上的油泉不但有所恢复，而且数量日益增加。那天，我随意数了一数，就有三十多眼，星罗棋布于不大的山丘上。

这些油泉形成了一个个小油沼，唯山北处的两个最大，一上一中排列着，登此山，必来此处。只见油沼中间是不断伴水涌出的油池气泡，就像雨天里河中泥鳅吐出来的。山上的原油一直呈黏稠状，色泽黝黑，油质为珍贵的低凝原油，含蜡量少，原油凝固点甚至可低至零下 70 摄氏度。人们往往惊叹的是，天晴无风之时，最大油沼里倒映着蓝天，此时拍照，最有情趣，天下无双。

这儿除了屈指可数的耐干旱、耐盐碱的植物零星点缀外，大片地方几乎寸草不生。而芦苇却像个神人，几乎在每个油沼旁，都凸显出了它们的身影。分单株稀疏地茕茕孑立于油沼的边沿，因植根于油中，无法与水边的同类相比，棵棵纤细，色泛银黄，个都不高大。它的令人感叹之处，其实就在这里。

这样的相似之处，早在《魏书 · 西域传》，亦即《北史》的母本里，就有黑油“流地数十里……”的记述。清光绪三十二年（1906）由王树、曾少鲁任总纂，至宣统三年（1911）冬成书的《新疆图志》中记载道，“峡中（黑油山原名青石峡）产石油，溢流山麓……，向有土人开采，用以燃灯”，才是对这里的确切记述。

写到这里，一瞬间，我感觉自己在 20 世纪 20 年代前后的某一天，日正当午，我一人低头踽踽独行在这亘古的瀚漠上了。

一个岔路口，我突然看到了那位从二百多公里开外的乌苏县远行而来，疲惫不堪的年轻的维吾尔人赛里木走来了，我抱着一种欣喜的心态，尾随其后一路前行。

赛里木一路判断着方向，他在寻找什么？

其实，我知道他在寻找什么。在这之前，不知多少年多少代，早已有人来过这里。就在不足十年前，长期觊觎我国资源的沙俄的地质考察人员在向导的带领下，也来过这里，还标注了准确的地理坐标。

只知道大概方位的赛里木当然不知沙俄的心思，他只有一个心思，找到它，讨生活。

终于，前方出现了一个小山丘，只见赛里木顿然欣喜若狂，一路飞奔而上。放眼望过去，那里到处汇集着一汪汪可以点燃的黑色黏稠物。我知道，在这之前，一定有人告诉了赛里木这一油状物的作用。

赛里木砍来了梭梭红柳，割来了苇子蓬草，在背风低洼的一侧搭成了简易的地窝子，然后起早贪黑开始捞取原油，继而骑着毛驴往返于乌苏与黑油山之间，用这黑色的原油换取生活用品，以供人们点灯，膏车轴。

地下源源不断溢出的黑色乌金，就这样慢慢改善了赛里木的生活，赛里木自此有了驴车，有了砖屋，给了阿娜尔汗一样的美丽而温婉的新娘一个挡风遮雨的家。在岁月之刀的雕饰下，赛里木慢慢变老。变成了老人的赛里木也没能意识到，这只是由一个人的简单的开始，不久，却变成了无数人战天斗地的无畏扩展，数十年后，就一举改变了数以亿计的人们的现实生活。

一个地窝子，逐渐被一座高楼林立的城市覆盖。

一个老人、一匹毛驴、一把热瓦普、几只油葫芦的故事，终究演绎成了黑油山的不朽传奇。有文字说："生命的美妙，在于你只是其中的一粒微尘，却感知不到全部。"让人联系到了哲学之妙，妙而无穷。

在驴背上弹奏着热瓦普的维吾尔族老人赛里木的黄铜塑像，如今就立在黑油山最大的那口油沼旁。遇着个大晴天，池中就能倒映出蓝天白云，吸引无数游客竞相留影。你若在此留了影，定是依偎着这位老人。我知道，立像于此，只是一个象征，这是黑油山和克拉玛依对油田开发史的一种纪念。

元明后直至而今还被唯一通用的"石油"一词，是北宋沈括定义的。《宋史》中有沈括的小传，记道："博学善文，于天文、方志、律历、音乐、医药、卜算，无所不通，皆有论著。又纪平日与宾客言者为《笔谈》，多载朝廷故实、耆旧出处，传于世。”其实，《梦溪笔谈》的精华处，多在自然科学部分。

沈括那时居于梦溪园，动笔写《梦溪笔谈》时，不惜动用了数十年积累的资料。人们还有所不知，沈括著书所用之墨，多是由自已用延州的石油烟制成的。沈括记录的发明体会是，“予疑其烟可用，试扫其煤以为墨，黑光如漆，松墨不及也”。随后，这种墨有了品牌，叫“延川石液”。

在这之前南朝（420—589）的范晔在著《后汉书 · 郡国志》时，于延寿县（指当时的酒泉郡延寿县，今甘肃省玉门一带）词条下记载有：“县南有山，石出泉水，大如筥篴，注地为沟。……如不凝膏，然之极明，不可食。县人谓之石漆。”当时的人称石油为“石漆”，倒也恰当。

唐段成武所著《酉阳杂俎》一书时，则称石油为“石脂水”：“高奴县石脂水，水腻，浮上如漆，采以膏车及燃灯极明。”

当之无愧，沈括最早发明了“石油”一词，在记录了石油制墨之后进而总结道：“盖石油至多，生于地中无穷，不若松木有时而竭。”并预言“此物后必大行于世”。其基于科学基础上的远见卓识可见一斑。“石油”一词，首用于此，沿用至今。读沈括，崇敬之情不禁油然而生。

1955年7月6日，石油人把第一根钻杆插入了黑油山的土地上，牵引着业已露头的“黑色油龙”。新中国由此起步，开发建设了第一个大油田。进入21世纪，在实现28年持续稳产后，克拉玛依油田又成为新世纪我国西部第一个千万吨级大油田，至今连年稳产，为中国能源工业做出了巨大贡献。

黑油山由此成为著名的纪念地和游览胜地。

山顶碑文由维汉两种文字镌刻：“黑油山位于成吉思汗山麓，是克拉玛依油田的露头，因原油长年外溢，凝结成沥青丘，高十三米，面积零点二平方公里。一九〇六年发现并载册，油质为珍贵低凝油，解放后经勘探开发建成我国第一个大油田而闻名中外。”署名：新疆石油管理局克拉玛依市立，落款为：1982年10月1日。虽然当年李四光的目光不曾留意于此，却更加说明黑油山是历朝先代遗于新中国的见面礼。

当年与黑油山相伴的荒芜的克拉玛依大戈壁，如今已建成了美丽的石油城。2000年，更是从几百公里外的额尔齐斯河，引来了一条清波粼粼的克拉玛依河，入夏过秋，自黑油山南麓的九龙潭飞落，奔涌而入，蜿蜒穿过市区。两岸郁郁苍苍，各色草木随风摇曳，已看不出任何戈壁沙漠的痕迹。

当年的那个令无数油城人感奋而自豪的8月8日通水日，自此成为一年一度的克拉玛依水节。油城人以自己的豪情和智慧，创造出了一个缤纷辉煌的水世界。

灵动的克拉玛依河，仿佛地上的银龙，不安分的地下石油，就是急于跃出地面的黑龙，盘绕飞腾在这片神奇的大地上。盘旋于此，不舍离去；腾飞长天，云蒸霞蔚。

自此，神龙见首不见尾。这里有无尽的豪气，只在这富饶宝地。

三五年前，两位市长均郑重地表态，要从开发地下宝藏转到建设地上宝藏，变单一采油城，为生态农业和新兴旅游之城。

这一图景，因为环保的成就，安全的底蕴，其实已映现在了人们的眼前。

此山此城，只在心里。

傅滦滨，1947年生，河北乐亭县人。新疆作家协会会员，中国石油作家协会会员。20世纪70年代初开始业余文学创作，已发表诗歌、散文、中短篇小说近百万字。著有中短篇小说集《这里有条河》。

三塘湖纪行

一

三塘湖是一个很偏僻的地方，在地图上是一个远离城镇、远离交通的小黑点，就像远离灿烂星海，甩在茫茫夜空中的一颗小孤星。但是，就是这样一个地方，却使石油职工多少年来梦魂萦绕。特别是对于20世纪50年代的石油地质工作者来说，这是一个永远不会忘怀的地方。因为值得他们一生回忆的一段惊心动魄的生活就是在这里发生的。1958年9月的一场突如其来的暴风雪就是在这里夺去了他们的好朋友、好同志、好队长杨拯陆和张广智的生命。

在1997年初春时节，我陪杨拯陆的三姐杨拯汉从克拉玛依启程前去三塘湖，去祭奠杨拯陆的英灵。同行的还有拯汉大姐的女儿谢青蕊。

杨虎城将军的夫人谢葆贞生有二男四女，长子和在狱中生的幼子均同杨虎城将军一起被国民党反动派杀害。剩下四个女儿，拯汉、拯陆最小。在孩童时期，她们就跟着外婆颠沛流离，相依为命。上小学，她们穿着一样的衣服，背一样的书包，上一所学校，进一间教室。只是到了青年时才各自有志。拯陆立志当一名勘探队员考进了西北大学地质系，而拯汉则被组织选派进了军事干部学校受训，从军干校出来就被分配到北京中央一个机关任机要秘书。拯汉大姐是一位性格刚强的人，在几十年的生活经历中，碰到再大的困难都泪不轻弹。但一想到和拯陆孩童时期的情谊，想到她们工作以后的书信来往，想到她们节假日重逢的喜悦，总是热泪盈眶，心潮难平。三十多年来，拯汉大姐几次想去三塘湖，但几次都未如愿。今天总算如愿以偿。

从克拉玛依到三塘湖至少有1200百多公里，其中还有很长的一段路很不好走。我考虑到拯汉大姐年纪大了，身体又不太好，计划用四天时间赶到。可拯汉大姐嫌慢，结果我们第一天就飞驰800公里，当天赶到鄯善石油基地，第三天一早就赶到了巴里坤县城。

二

巴里坤县政府办公室两天前就接到哈密石油基地的电话。办公室骆春明主任为我们安排好了一切。他一边把我们带到县委招待所，一边对拯汉大姐说："听说你们要来，县上的领导都非常高兴，知道你们来的同志也非常高兴。杨拯陆是在我们这里找石油牺牲的，是为发展石油工业而牺牲的，也是为振兴我们巴里坤而牺牲的，我们全县人都知道杨拯陆。你们能来看看，真是太好了。你们是我们巴里坤和三塘湖的亲人。"骆主任说得很动感情。

我们来到招待所，热情的服务员把我们引进招待所两套最好的房间。过了一会儿，县史志办张建国主任和当地作家许学诚来到我们住地。许学诚是疆内小有名气的作家，也是我很早就认识的文学界朋友。他曾采访过杨拯陆，在《新疆日报》上发表过纪念杨拯陆的文章《边塞遗胄》。张主任是位老同志，20世纪50年代在县委宣传部工作。他知识渊博，对巴里坤的历史变迁了如指掌，对杨拯陆的事迹更是清清楚楚。他给我们带来两本厚达600页的精装《巴里坤县志》。在县志的人物篇里详尽地记述了杨拯陆和张广智的事迹和他们遇难的经过。这篇人物记的最后一句话是："巴里坤草原各族人民永远忘记不了烈士的英名。"

这天晚上，县领导用巴里坤所特有的手抓羊肉招待我们。晚饭后，骆主任、张主任、许作家又到我们房间谈了很久，使我们对巴里坤、对三塘湖有了更多的了解。

巴里坤位于新疆维吾尔自治区东天山之北，南接哈密，东邻伊吾，西连木垒，北界蒙古人民共和国。设九乡一镇，总面积近四万平方公里，人口十万有余。巴里坤自古以来就是交通要塞、军事重镇，早在唐王朝时期就在这里建立了军事机关。

张主任还饶有兴趣地向我们介绍了唐朝大诗人骆宾王到巴里坤留下诗文的逸事，并笑谈说，经过他“考证”，骆主任有可能就是骆宾王的后代。

骆主任给我们介绍了三塘湖的历史变迁。他说，三塘湖是南北走向的三片山间塘地，现在是巴里坤的一个乡。这个乡开发于清乾隆后期，是当时政府从甘肃民勤迁来八户平民，垦殖繁衍，形成了现在的上、中、下三个自然村。从介绍中，我们还知道了巴里坤以前的繁荣和后来由于甘新大道改走南路，使巴里坤远离交通要道，从而日渐落后，现在已成为全国级贫困县。张主任看到我们知道巴里坤是全国级贫困县时显得心情沉重，又讲起了三塘湖，他高兴地说，三塘湖是巴里坤九个乡中最富有的一个乡，人均收入达到 2000 元以上，这主要得益于三塘湖人民的勤劳，得益于他们培育出来的甜瓜。他们的甜瓜已远销日本、韩国和我国香港。我们听到这些，心情有些释然，我们多么希望巴里坤的人民过得很富裕呀！

三

我们去仰慕已久的三塘湖。

出县城往北走，穿过大河乡，开始离开巴里坤草原翻越莫钦乌拉山。听骆主任讲，翻过这座山就要到三塘湖了。

翻过莫钦乌拉山，我们先到了老爷庙口岸。老爷庙是巴里坤和蒙古人民共和国的交界地，为了便于管理，口岸就设在离三塘湖不远的地方。我们的车驶进口岸。县口岸门口停着一辆北京吉普车，车旁站着一位青年人向我们招手。我们下了车，骆主任把这位青年人介绍给杨大姐，说这是三塘湖乡的丁建平副乡长，是专门到这里迎候杨大姐的。杨拯汉大姐握住丁副乡长的手，连声表示感谢，说这太麻烦大家了。丁建平副乡长说："这是应该的，您是我们远方的亲人。"

汽车驶出口岸所在地就进入茫茫的戈壁滩。这里的戈壁滩似乎比其他地方的戈壁滩更荒凉、更空旷，见不到一棵树，见不到一棵草，更见不到一点儿人迹。从巴里坤到三塘湖七十多公里，汽车已行驶了一个多小时，应该说是到了，可还是见不到一点儿村落的影子。我有些疑惑地望了一眼张主任，张主任笑着说："山重水复疑无路，柳暗花明又一村。马上就到了。"

张主任正说着，汽车一低头驶下一个大坡，顿时我们就被眼前的景致震撼了。这是从大戈壁上无法看到的一块洼地，是深藏在地平线下的一块洼地。我们首先进入上湖村，映入我们眼帘的是一树树怒发的白色杏花。在县级地图上，三塘湖的上、中、下三个自然村都有些距离，但我们发现这里全是连在一起的。不知是三塘湖人民有意栽植只开白花的杏树，还是天公给这里只开白花的空间，此时的三塘湖整个是个白色的世界。

望着这一棵棵开满白色花朵的杏树，我们更想起了1958年的那场大雪，更想起杨拯陆。

四

三塘湖乡政府设在中湖村，是一所很规整的四方大院。我们还没进院，乡领导就迎了出来，把我们让进会议室。一会儿，一个叫姚成玉、一个叫郑月芝的人就进来了。骆主任向我们介绍说，姚成玉是个“诗人”，还在全国一家农民杂志上发表过诗歌，今年五十多岁。杨拯陆在三塘湖搞勘探时，他只有十五六岁。因为对勘探队的车很好奇，所以常到勘探队去，是勘探队的常客。姚成玉也说，他小时候很调皮，没见过世面，第一次看到的汽车就是勘探队的汽车，感到很奇怪，世上竟有不用马拉的车。有一次他找到杨拯陆，喊了一声“杨大姐”，说想坐坐汽车。杨拯陆说，“好啊，你跟我出工，坐着车到戈壁滩上去转转”。姚成玉还真的去了。姚成玉对拯汉大姐说：“杨拯陆好得很，很开朗，对人很热情，给我讲过很多事，讲过很多知识，可当时我听不懂，看不懂，也不知道杨拯陆他们早出晚归在戈壁滩上跑来跑去干什么，感到很神秘。但我知道他们正在干着一件大事，一件很了不起的事。所以，我有事没事就往他们队部跑。队上的人都喊我小姚。”

郑月芝看上去有六十来岁，一进门就握住拯汉大姐的手，一边流泪一边说：“你们长得真像，我一进门就认出了你。我和拯陆最要好，我喊她杨姐，她喊我月芝。我爸爸妈妈特别喜欢杨拯陆。拯陆牺牲时，我妈哭得死去活来，那时的情景说起来就让人难受。杨拯陆他们那帮人真好，帮助三塘湖乡亲干了很多好事。我们很多人第一次坐汽车都是坐的勘探队的汽车。杨拯陆知道我们进一趟城不容易，要好几天，过一段时间杨拯陆就派一次车送乡亲们进城。记得最清楚的是吕纪河的媳妇难产，折腾了一夜生不下来，眼看就要出事，全村的人都急得不得了。找到杨拯陆，杨拯陆把本来安排好送工的汽车撤下来，从县城接来杜大夫才救了吕纪河媳妇的命。也就是这一天，杨拯陆他们出工碰到暴风雪没有回来。这一天是阴历八月十四日，第二天就是八月十五中秋节。我们三塘湖的人，全巴里坤县的人都知道这件事。”

大家正谈着，丁副乡长领着一位七十多岁的老人进来。这位老人叫王万全，杨拯陆率队在三塘湖勘探时他任三塘湖农业社社长。杨拯陆、张广智遇难时，是他率领全村的男女老少去戈壁滩上寻找的。

老人进来，骆主任向他说明来意。老人上前握住杨大姐的手，眼里闪动着泪花，不知说什么好。

骆主任说："这是杨拯陆的姐姐，到这里来看看。"

老人说："知道！知道！那是个好人。"

骆主任说："杨大姐想到杨拯陆牺牲的地方看一看，你能找到地方吗？"

"能找到，那怎么找不到？"老人抹了一下要流出来的泪水，还是握住杨大姐的手不放。

五

我们在老社长的指引下，很快来到杨拯陆和张广智遇难的戈壁滩上。这是一块很平坦的戈壁滩，远处可以看到一些黛青色的矮山。

老社长下了车，指着脚下的戈壁滩对杨大姐说："杨拯陆就牺牲在这里，那个小伙子牺牲在前边不远的地方。杨拯陆牺牲时是趴着的，手向前伸，怀里揣着一卷图纸。杨拯陆牺牲后，全村的人都哭了。"老人说着指了指不远处一个小山包说："那个地方叫青石啦子，当时有个放羊用的土围子。如果他们在那儿躲一躲也许会好些。那天的风来得邪乎，地里的西瓜都冻铁了，人怎么能受得了？"

听着老社长的叙说，大家的思绪又回到了三十多年前的风雪之夜。杨拯汉大姐环视了一下空寂的大戈壁，强忍住涌出的泪水。这里就是她陆妹牺牲的地方啊！拯汉大姐在这里流连了很久。这里离三塘湖还不到六公里。

从杨拯陆遇难的地方回来，我们又来到当年掩埋杨拯陆、张广智的墓地。墓地在一个小山坡下，两个墓穴赫然在目，左边是杨拯陆的，右边是张广智的（杨拯陆的墓于 1959 年迁至西安烈士陵园，张广智的墓于 1960 年迁回甘肃家乡）。我们站在墓前向两位英灵肃穆致哀。

从墓地回来，我们又在郑月芝、姚成玉的带领下，来到勘探队队部旧址。这里当年的房屋已被拆去，在原来的屋基上栽有几棵杏树，杏树白花茂盛。拯汉大姐招呼郑月芝、姚成玉两位杨拯陆当年的好友在勘探队旧址合影留念。

六

我们告别了三塘湖返回巴里坤。

在回来的路上，翻越莫钦乌拉山时碰到了几辆向北驶去的石油部门的车。骆主任告诉我们，那是三塘湖石油勘探项目经理部的车。从1992年开始，石油勘探部门又重上三塘湖，由中国石油天然气总公司新区勘探事业部、河南石油勘探局、新疆石油管理局共同组成三塘湖石油勘探项目经理部，对三塘湖进行深入勘探。完成二维地震9614公里，完成三维地震254平方公里，钻探井11口，取得了很大成果。塘参1井和马朗1井相继打出工业油流，马朗凹陷构造带预测储量6000万吨以上，前景非常乐观。他们全县十万各族人民都盼望着三塘湖早日建成油田。骆主任说得很兴奋。

是啊！有多少人在怀念着三塘湖，关注着三塘湖啊！我们望着远去的三塘湖石油勘探项目经理部的汽车，从心里发出祝福。我们祝愿他们早打胜仗，早日让三塘湖的石油喷出地层，喷上蓝天。那时，我们会再来三塘湖，用胜利来告慰英雄的英灵。

回到巴里坤县城，骆主任一定要留我们再住一天，他说要带我们去看看巴里坤湖，去看看巴里坤的庙宇和名胜古迹。巴里坤湖古称蒲类海，骆宾王和很多名人都光顾过这里，留下了很多动人诗篇。巴里坤多庙宇，有“庙宇冠全疆”之称。我倒是很想看看这些，但杨大姐婉言谢绝了骆主任的盛情挽留。杨大姐对我说：“大家都很忙，我们在这里多住一天，县领导都来陪，不能再麻烦他们了。”

伴着晚霞，我们踏上了归程。

张红军，1949年生，籍贯河南。中国作家协会会员，国家一级编剧。20世纪70年代初期开始诗歌创作，著有诗集《脚踏天山》，剧本集《张红军剧作选》。广播剧《垛斯》《神农袁隆平》分别获第七届、第九届“五个一”工程奖。

塔里木：金色的花篮

天山——银色的扁担，
塔里木、准噶尔——金色的花篮。

——摘自旧作

麦盖提偶遇

我几乎走遍了新疆各地，唯独与麦盖提今日才有缘相识。

麦盖提县位于塔克拉玛干沙漠西北部，浩浩荡荡的叶尔羌河在荒漠中冲出一条航道，又用清洌的碧波哺育出绿洲沃土，成为维吾尔族刀郎人500年来繁衍生息的家园。麦盖提自古以来，盛产棉花、玉米、胡麻、甜瓜、甜菜、牛羊……

它丰饶富庶，令人向往；它遥远偏僻，又显得神秘。

它宛若妩媚的新嫁娘。

我多么想撩开它遮羞的盖头和面纱啊！

我来麦盖提，正是青杏欲黄的5月下旬。

到麦盖提的当晚，我信步走向城郊。初来乍到，好奇心理驱动着我领略当地风情的欲望。

先是沿着大道，而后又拐上一条乡间小路。走着走着豁然开朗，眼前展开一个新的世界：路面低俯下去了，隐入一片白杨林；白杨亭亭玉立，像在无妒地竞美；白杨林前是一湾闪着碎银的清水，映着满天星斗；林间水旁，暗香浮动，长着一簇簇红白相间的野玫瑰，还有许多不知名的花卉……

月亮和星斗仿佛刚在银河中洗浴过，皎洁无瑕。伫立林间，望一轮金黄的圆月悬在黛青色的枝条之间，闪烁的星星缀满林梢；斜卧水畔，视星月与倒影相映成趣，如孪生靓女而又天各一方。

此刻，每换一个视角都天垂地铺一幅妙不可言的水墨画图。这幅幅画图，忽而给人以真的实感，忽而又给人以缥缈的迷惑；方才人和画拉开着距离，转瞬又融为一体了。乍一看，画的色彩是那么单纯，画面是那么简洁，但略一细察内涵又那么富有。画好像是诗情的源体，诗情正无穷无尽地散佚着，不一会儿，心就酣醉在这人间天上难寻的境界里了……

此地，每换一个方位，心都会沉浸在一种浪漫的冥冥遐思之中。四周仿佛升起了柔美的梦幻曲，沿着一种曲线美的旋律，轻缓写意地滑翔，又款款地情思万千地飘垂；然而你只能感觉它而不能捉住它，明明醉在你的心中却又在远处销魂……

柔风送爽。它屏声敛息，怕稍不留神，就碰碎了这无缺无赘的静。每一棵身姿挺秀的树，每一朵馥馥飘溢的花，每一条曲弯优哉的溪都在朦胧的月光下羞涩了，腼腆了。一切都和谐在浓浓的静谧之中。用不着悄言细语，每一个心灵似乎都在感应着对方，万种情思都已在心领神会中了。在这样的夜晚，人也变得多情了，生活诗化也净化了……

突然，传来圆润、宛转、甜甜的歌声。这是克孜（姑娘）的歌声，声不大却清亮，裹着一层羞意。

歌声成了焦点。

迎着歌声望去。渐渐地，歌声牵出两个模糊的团影，正沿着水湾向我走来。

冰雪覆盖的高山啊也会流下春水，

荒凉笼罩的沙漠啊也能开放花蕾，
只要金子一样的心永不变色，
爱情比夜莺的歌声还要甜美……

这是一首从未听过的情歌。

“嘚，嘚，嘚……”牲畜的蹄声也听见了。

我隐身一簇玫瑰花后的阴影处，不知为什么会紧张，大气也不敢出。

歌声越来越清脆嘹亮。是越唱情绪越高涨？是寂林中放开了无忌的胆量？

近了……近了！原来是并辔而行的两只小毛驴。一个穿着漂亮鲜艳的克孜，双脚交搭着侧坐于左边驴鞍，背朝着另一个人；但金线红纱巾半遮的脸庞却扭向正前方，目不旁视。是羞于见人？是羞于见月亮？羞于见树，见花？……月亮映照出了她的眼神光，分明盈溢着幸福的光彩。

另一只小毛驴的骑乘者是剽悍的依盖提（小伙子）。他头戴着卷檐翻毛帽，身子向克孜倾斜着，正殷勤地托着一台录音机，几乎送到了克孜的嘴边。

他是在给她录音。

真有福分。我贪婪地欣赏着他们，像欣赏一幅瞬间即逝的丹青杰作。

渐渐地……渐渐地……

远了……远了……人、毛驴又远成了轮廓。

我仍然不敢，不，是不愿大声舒气。

高飞的云雀啊眷恋着白杨，
梧桐是为凤凰而生长，
是金子就不会变色，

阿丽娅，你是我心中十五的月亮……

传来了高亢的男高音。

一定是那个剽悍依盖提的歌声。歌声少含蓄，不甜润，但狂放、热烈，很有力度。

此刻，谁给谁录音呢？

他们是谁？他们从哪里来？他们又到哪里去？

蓦地，“轮廓”一下被夜色溶没了……毛驴“嘚嘚”的蹄音也消匿了……歌声也微弱了……

然而，我还在翘首极目，还在寻觅……

年轻的恋人哟，我艳羡你们！

请接受我默默献上的祝福吧！

“刀郎麦西来甫”即景

麦盖提是维吾尔族刀郎人的故园。

500年前，麦盖提是一片原始森林和漠野，来自莎车、叶尔羌河西岸的罪囚和难民，在这里狩猎、游牧和拓荒，成为刀郎人的祖先。

“刀郎”是当地古代维吾尔族人的自称，他们把自己的居住地叫作“刀郎”。

在经年累世的劳动中，刀郎人不仅开辟出了丰饶的绿洲，而且创造了动作剽悍，具有劳动人民气质的独绝于世的“刀郎舞”。至今，刀郎人可以一日不餐不饮，而不可一日不歌不舞。不善歌舞者就不算真正的刀郎人。

由于自治区农村文化工作会议在麦盖提召开，主人特地为全疆的客人举行盛大的“刀郎麦西来甫”晚会（以刀郎舞为主要内容的歌舞晚会）。地点在县体委篮球场。

风清月洁。

篮球场上明灯高悬。

“咚——叭，咚——叭，咚叭啦打——咚叭……”

晚饭刚过，热烈的拉克达鼓就敲了起来，接着，响亮的唢呐也吹了起来。鼓声号音在召唤着人们去参加“刀郎麦西来甫”。

年轻人的魂被勾走了；老年人的脚痒痒了；孩童喊着叫着跑出了家门。

人们穿着节日的盛装，妇女描着乌斯曼（描眉的颜料），从四面八方兴高采烈地拥向灯光球场。片刻，看台上座无虚席，树上、房顶上也爬满了晚来的“巴郎”。

作为客人，我优先选择了一个靠近乐队的位置。

共有两个乐队，轮流伴奏。敲拉克达鼓的是一个清癯跛腿的老汉，看样子他是个老爱好者了。他用两根新折的剥皮柳棍敲着，像年轻人一样富有活力，银灰色的胡须有节奏地颤动着。吹唢呐的是一个黑脸壮汉，他运足了气，头一晃一晃地在自我陶醉。

人山人海，“刀郎麦西来甫”就要开始了。乐队呈“(”C/ 半月？形坐着，居中的是一位持手鼓者，左右分坐着其他乐手。乐器共有手鼓、刀郎热瓦普琴、卡龙琴和刀郎艾捷克琴。

拉克达鼓停了，唢呐歇了，球场的喧闹声戛然而止。

一片肃静。

“哎——哎依哎依哎依——哎——”居中持手鼓者像是指挥，他伸长脖颈，可着嗓子大声呼吼，脖颈上的青筋由于用劲儿突兀起来，根根可数。他的声音刚落，乐队其他人便和声呼吼起来，一样的神情，一样的粗犷。

刀郎舞，据当地一种流行说法，是表现古代刀郎人狩猎过程的舞蹈。从舞蹈本身那近似挽弓骑射的矫健舞姿和动律特点中，可以隐约看到当年刀郎人艰苦的狩猎生活。

也有人说刀郎舞是表现一次战争的过程。

“咚——叭，咚叭叭叭咚——叭”，呼吼声刚落，手鼓便响起浑厚的鼓点，接着婉转的琴声也合奏起刀郎木卡姆（歌舞曲）轻缓的散板。据当地一位记者翻译说，这是在呼唤全体村民参加狩猎，大意是：村民们，快来呀，野兽又来糟蹋我们的庄稼啦！村民们，快集合，野兽又来啦！野兽又来啦……

在呼吼声中，在音乐声中，像鸽子一样，率先飞上场的是一群系着红领巾，穿着白衣彩裙的克孜卡克（小姑娘）和穿着短裤的巴郎。

上场者就像是去狩猎的勇士，他们满怀出征的喜悦，男女相对，从容随意地轻舞慢扭。舞蹈象征着战斗前的准备，也意味着等待陆续后来的同伴。

“咚——叭，咚叭叭叭咚——叭……”

村民集合完毕，开始了寻觅野兽的征途。

此段舞蹈叫“奇克提麦”。男女相伴相对而舞。男性手臂大幅度地前后轮换甩拨，意思是拨开拦路草丛、荆棘和藤蔓。先前进两步，第三步转向，意思是在漫野里寻觅野兽，总是曲曲折折地前进。舞蹈者的膝部小屈，始终微颤着，反映了狩猎者们行进在幽深的林莽、泥泞的沼泽、起伏的沙丘的艰苦情景。

“咚叭啦打—— 打咚咚叭……”鼓点变换了节拍，舞蹈转为“赛乃姆”。舞蹈者顿时踏出激烈、明快、刚劲的舞步。男性动作雄健猛烈，快速地迈步和撤步，大张大合地运臂，象征着勇士们终于在百般辛苦中发现了野兽，并勇敢地展开了追捕。女性则上身沉稳，单臂高举，仿佛擎着火把照明，紧密配合着男性。

鼓声更快，节拍更急，舞蹈又变换成“赛乃克斯”。围猎开始了！

对舞者忽而用肩靠紧，又骤然旋风似的散开。这表示人与兽的殊死搏斗。最后，男女舞蹈者相间，围成圆阵，拉开了聚歼的网圈。围猎很快进入白热化。

这是力和智慧的拼搏，这是生与死的决斗！勇士们怀着必胜的信念，越战越勇，野兽穷途末路垂死挣扎。

此刻，乐手们一直在全力伴奏，手中的乐器好像是待擒的野兽，嗓子一直又唱又吼，似乎在为狩猎的勇士们加油。听不懂歌词，只是感到力的爆发，粗犷的无羁，还略带有野性的搏动。

一大群记者的闪光灯对准了他们，录音机包围了他们。因受到鼓舞和激励，他们暴风般地拨弄着琴弦，手鼓高举头上全掌猛击，摇头晃脑，如痴如狂。于是，最精湛的技艺贡献了出来，最大的力量迸放了出来，最大的热情焕发了出来……

“咚叭啦打咚叭，咚叭啦打咚叭，咚叭咚叭咚叭咚叭……”围猎结束了，勇士们胜利了！村民们狂欢了！围着擒获的野兽，由衷之喜“爆炸”了！舞蹈最后转换为“赛来玛”，像飓风，像闪电，像飞流直下三千尺的银瀑……勇士们的血液在燃烧，村民们的心潮在沸腾，每个人都在用自己嗜爱的舞姿狂欢。

舞蹈花样层出不穷。或对舞或独舞，是自我狂欢也是在互相竞技。有的双脚前后迅快地倒着碎步；有的向左向右、向前向后侧身而跳，并做出多种表情和各样的怪相；有的攥成拳头上下画着弧线甩打着，要把快乐从自己身上投给别人来分享；有的高举双手左右急切摇摆；有的人前倾或后仰，双脚僵直着跳跃，竟然能自如地平衡身心，在欲倒之时卖弄地向观众打个飞眼就改变了花样。最后，舞场上只剩下几个男性，他们双臂张成“V”字形或手抓住腰带，迅疾如风地进行竞技性旋转。舞蹈进入了高潮。

这时，看台上的观众受到强烈感染，神驰魄动，竟有人跳起冲入舞场；有的则拼命鼓掌；有的则大喊大叫着“乌斯塔”（能手）、“凯——那”（加油啊）、“巴力卡勒拉”（妙啊）……

旋转者们听到观众的喝彩和助威声，更加精神抖擞，各显其能，互不相让。于是，有的弯腰，双臂做翅猛地加速，旋转到高峰时又突然静止，犹如鹰隼，迎风回旋，戛然伫立；有的则轮番变姿，增加难度，或侧弯或后仰，或抱肘或举拳。他们越转越得意，越得意越快，一位黑须汉子终于不能自持，仆倒在一位摇头耸肩、迷迷醉醉的琴师身上。

“心应弦，手应鼓，弦鼓一声双袖举，回雪飘摇转蓬舞。左旋右转不知疲，千匝万周无已时……”白居易诗中的“胡旋女”旋得轻盈飘逸，而刀郎汉则转得透出力感。

刀郎舞使我想起了古希腊那辉煌、无与伦比的雕塑艺术。在那个时代创造的艺术形象里，男性代表着力量，女性代表着美。刀郎舞蹈者似乎也是如此。男性舞蹈刚健、热烈，奔放、无羁，充溢青春的活力，给人以威武、雄壮之感；而女性舞蹈则典雅、灿烂、妩媚、曼妙、多情，使人观之翩跹便想到鲜花芳草、青山绿水、金日彩霞……大概造物主造人时，都慷慨地赐予不同民族这一相同的天赋吧！

一轮刀郎舞在狂欢达到高潮时结束了。不等休息，另一个乐队又呼吼起来。他们早已等得心急手痒，排在第二轮是受委屈了，被小觑了，他们早已摩拳擦掌，憋足了劲，决心要压倒第一个乐队。

刀郎舞就这样一轮一轮地周而复始，不断推向新的高潮。

舞场上，舞蹈者有未上学的稚童，年过花甲的老人，也有中年汉子和少妇；有机关干部、城镇居民，也有闻讯赶来的农民。本来已是老态龙钟的老太太，只要一上场，竟然神奇地年轻了，无拘无束，神采飞扬，跳得别有一番风韵。

舞场上，我还看到一些汉族人跳得那样娴熟、优美。其中一位戴眼镜的中年人引起了我的好奇。事后专门拜访了他。我们谈了很久，得知他进疆已 33 年了。他的理想和抱负、青春和年华都献给了麦盖提的沙沙水水，情愫上和刀郎人已经不可分离了。

听了他的话我沉思良久。我想起赴麦路上的两件小事，不禁深深折服于刀郎人的淳朴、笃实和高尚。我在 1982 年 5 月 24 日的日记中写道：“车过莎车，在麦一个村镇处问路。饥。见一老人打馕（烤制的面饼）。买馕者多。老人把热馕用铲从馕坑内取出，投至一柳条篮内。见我要买，老人慈祥地笑着，亲自将刚出坑的热馕捧送给我。心潮顿起……”在同日的日记中又记载道，“车行至麦二公社处，闻老乡说叶尔羌河洪水初下，浮桥已坏。听后失色。如再掉头绕至泽普过叶河大桥赴麦，岂不又要两天？正不知所措时，有一位叫买买提依明的青年愿带路去叶河浮桥，察看今日情形。车行至叶河，见河床甚宽，距中流浮桥处有几条小水流拦路。司机胆怯，不敢驱车。一位中年老乡见状，未发一语，便挽裤赤脚，在前默默探水深浅……”

“哈哈哈，喂江喂江（啊哟啊哟）！”游离的思绪被邻座撞了回来。他前仰后合捧腹大笑。原来是在刀郎舞轮回的间隙中，穿插了些传统游戏及说唱节目。游戏节目有腰带鞭和判官司等，其诙谐机智，风趣横生，煞是逗人。有位业余口技演员，表演狗咬驴，驴踢狗，狗又追驴的嬉戏纠葛。乱真的口技，活灵活现的神态，夸张的模仿给舞场带来了轻松的气氛……

呼吼声又响了，手鼓又敲起鼓点，乐器又合奏起朴实、豪迈、欢快的刀郎木卡姆乐曲。刀郎木卡姆也是刀郎人独具风格的创造，目前只保存下几套，不同于新疆十二木卡姆（维吾尔族古乐曲），它漫溢着浓郁的草原风情和劳动气息。

争先恐后、蜂拥上场的舞蹈者更多了。球场已容纳不下，舞蹈也挥洒不开，人们的激情却像叶尔羌河的洪水还在看涨……

欢歌笑语意味着生活甜蜜，手舞足蹈说明了心情舒畅，刀郎人啊，是幸福的人！

舞会散场了，月已过中天。

回家的路面银光闪闪。人群流向四面八方，每人都有温暖的“巢”啊……

又到喀什

凡是初到喀什的人，总要去闻名遐迩的香妃墓观光。记得十年前我去塔里木勘探石油，途经喀什，就曾鼓动几个同事以步代车，一饱眼福。印象最深的是在回到北郊石油局招待所后，两位年事较高的勘探队员累得像麻袋般倒在床上。当时我年轻，玩兴最浓，甭说几十里路，就是不舍昼夜，长途劳顿，只要能够遂愿，那也甘心。后来羁留喀什的次数多了，这些名胜古迹于我就不再有甚魅力了。

然而，不能自已的是每每再到喀什，又总是游兴依然。这不是又萌发对名胜的迷恋，也不是去大嚼一顿乌斯塘布依的薄皮包子或艾提尕尔的烤羊肉解馋，而是兴趣的对象转换为人了——总觉得其乐无穷，永远新鲜。深刻于心的是五年前的一段往事。那是深秋的一个傍晚，晚霞只剩最后一抹。几个老汉聚在广场钟塔旁的栅栏处，互相静默着。再仔细一看，老汉们的眼神里仍留有蹉跎岁月遗下的阴郁的痕迹，还隐含着淡淡的迷茫。此时正是祖国受难之后，尚未得到将息之际，边疆人民的生活下降，还未明显回升……我不禁想起了用木碗喝着包谷粥的昆仑山民，捧着浑浊的叶尔羌河水解渴的柯尔克孜老人，在泥污的渠沟涮包谷馕的小巴郎……我竟伤感起来。

联翩的思绪突然被轻弹的热瓦普琴声中断了。居中的老汉正抱着一把热瓦普琴，脸微仰着，像审视古物一样专注地看着老汉。我惊异地发现他的胡须不像刚才匆匆一瞥那样柔软，却是硬直，嘴唇深藏其中。

漫来了浑重、厚实、深沉的歌声。

弹琴老汉自弹自唱，沉浸在自我的情绪中。

歌词听不太明白。听着音乐，随着歌声，在我微闭的目前，仿佛出现了高山……山巅的积雪融化了……涓滴相聚为溪……溪水又汇成潺潺的小河，缓缓在山林中曲折，寻觅着出路……而后，数不清的小河在不同的曲折中集合成洪流，掀起了澎湃的巨浪，呼啸着，挟风携雷，一往无前地冲向大漠，冲向原野……于是，绿洲诞生了，鲜花开放了，瓜果飘香了……

此刻，弹琴老汉焕发着神采的眼神代替了迷茫，热火火地闪着光。

多么好的人民啊！翻一翻人类的历史吧，即使在最黑暗最痛苦最艰难的年代，人民从来没有倒下，没有丢弃生活的希冀和追求。尽管黑暗笼罩，光明却在心中孕育；足下坎坷，眼中仍目标辉煌。人民相濡以沫，在斗争着、在劳动着、在成熟着，于是，也伴之而来了昂奋不绝的歌声和圣洁的爱情……老人的琴音啊，老人的歌声啊，我理解你深沉的底蕴！倏地，我觉得像骑上了在赫力冈山上踩出缪斯女神的泉水的飞马，竟然胡诌道：

茂密的胡须，
像茂密的林丛；
神妙的歌喉，
像林中的泉声。
……
泪水带走了痛苦，
又把琴弦淬得更硬。
……
生活的激流，
推动思想的磨。
……

拙诗的整体早已忘却了，只残留下只言片语的记忆。

而今，和往日相比，艾提尕尔广场人声鼎沸，摩肩接踵，终日饱和着。广场呈放射状向四方延伸的脑地西卡、吾地西卡等路的店铺鳞次栉比，小摊五花八门。烤肉、烤包子、烤馕、抓饭、拉面等小吃，丝绣花帽、英吉沙宝刀、戒指、耳环等各种传统手工艺买卖组成了彩色的街、彩色的画。登高鸟瞰小摊那五颜六色的遮阳布棚，使人联想到海滨浴场的情景。

音乐声和着“Kawap”——烤羊肉香喷喷的味道一齐扑来。原来是录音机挂在烤肉铺的立柱上。一位中年妇女领着精心装扮的三个娇女爱子在吃烤肉串。瞧他们吃得满嘴流油、又香又辣的舒坦劲儿，我也口舌生津，馋劲陡起，一把抓起了十来串。

一家冷饮铺别出心裁：各色汽水、果子露、啤酒摆了一排排一层层，其后置一棵红花怒放的夹竹桃，其侧是盆花。如此互相衬映，煞是悦目怡神。

木箱铺的匠人们一手挥着小榔头，一手扶钉，在木箱上钉镀铜的薄铁条，以其组成各种具有浓郁民族特色的图案。

进城度假的农民都把逛巴扎集市当作一种惬意的享受。吃点，喝点，再给亲人捎点；看看，转转，再回去好给乡亲们谝谝。到处可触新美的衣饰，到处可见舒心喜悦的明眸……

有些累了，正准备回去，猛地眼前一亮：一位老乡在卖樱桃。樱桃啊樱桃，我渴盼你二十多年了！记得幼时，一次随祖父进城吃到过樱桃。那樱桃鲜红透明，隔皮可见里面那甘甜喷香的玉汁；放入口中，牙齿轻轻一碰，便满嘴流蜜，随即整个心肺都变了味儿。后来到新疆，故乡的樱桃也就成了岁月消磨不掉的甜美记忆。听说喀什产樱桃，梦寐中都想再享享口福。谁知又是十几年过去了，到今天才发现这宝贝。

也不问个价，我上前几乎将老乡的樱桃囊括；顾不得洗也顾不得蹭，抓起一把就往嘴里送。殊不知，吃头几颗还有点儿樱桃味，之后就有些涩酸，有些索然了。外形、果色和故乡的樱桃相近，然而皮厚、不透明、质硬，最后如嚼木渣，味道与儿时的记忆相去甚远。沮丧和懊恼一齐袭来。有关樱桃的，我那无比美妙、带着童真的记忆就这样被破坏了。

是美化了记忆？还是差异客观存在？我探究着题解，想起了一则类似的古老传说……

吕艺，1949年生于山东武城。克拉玛依市作家协会、克拉玛依石油作家协会会员。20世纪60年代开始在报刊上发表作品。曾在《新疆日报》《新疆文学》等报刊发表诗歌、散文、小说、文学评论、报告文学多首（篇），曾多次荣获地市级、省部级文学奖。

荒原篝火红

——夏子街写意

我去夏子街不是第一次了。

1979年，在百口泉油田开发的同时，夏子街甩过几个勘探的井队，当时，我就到那里采访过。不过，那时的情景，今天并不清晰了，只记得是个隆冬时节，我随新华书店的流动售书车，驰进了一个白茫茫的冰天雪地。十年了，如今那白茫茫的印象也变得愈加朦胧了。

十年，我从报社的编辑，到歌舞团的编剧，到文学杂志社的编辑，生活经历了一个螺旋；而夏子街从初探，到停歇，到详探，也经历了一个历史的螺旋。是相似，是巧合。而今年，我再上夏子街，该是另一个巧合。

本来，夏天夏子街刚开始搞前期会战时，我心里就萌发了这个念头，谁知东忙西忙，竟迟迟不能如愿。前些日子，天山电影制片厂的著名编剧——李魂老师来克拉玛依，他是位老报人、老编剧，创作过十五六部影视剧本，拍了十来部电影，出版过三部长篇小说，是位良师，也是益友。他要去夏子街，我决心陪走一趟，一来是尽东道主之谊，二来也可一了夙愿。

甩掉风城，越野车抛开柏油大道，闯进浩瀚戈壁的胸怀。车快风润，酣畅淋漓，心旷神怡，长期生活在油田上，这种驰骋戈壁的心理生理体验和快意，实在是太丰富不过了。当然，最具有诱惑力的，还是司机师傅告诉我们的夏子街发现了三具恐龙化石和许多恐龙蛋化石的消息。

“到了。”我被喊声惊醒。如此潇洒奔驰，上百公里的路程，转瞬即到，真该谢谢现代化的速度。

车停在一个大崖子上。眼前是一片凹陷下去的洼地，老大老大的，让我立即想起烟波浩渺的大海。难怪这里会发现恐龙化石，这里原本就摆着远古大海的架势。

然而，我们失望了。

没有见到恐龙化石，我们掉转车头奔向夏子街基地。基地摆着成阵的列车房、砖房和油罐群，几尊井架顶天立地，高压水泥电杆气宇轩昂。这里的气氛显示出刚刚经历了一场捕捉和制服大油龙的激烈鏖战。

谁说不是呢？在百口泉采油厂，我们听到夏子街前期会战表彰大会召开的信息。据悉，前期会战投入了新疆石油管理局十来个单位的上千人，且四个月的会战成绩卓著。从各种资料已确认，夏子街建成 25 万吨的油田大有把握。多好的消息，真该为此干上一杯，畅心地喝个醉。我这时才理解，为什么在夏子街列车房里，石油工人的酒，喝得那么酣畅；为什么庆功会上的酒，人们喝得那么痛快。那是丰收的酒，那是喜悦的酒。

激动是短暂的，文学还须冷静地思考。过后，我开始寻找夏子街的印象，我知道这并不容易。一连几天我都寝食不佳，显出一副无力的迷蒙。真是踏破铁鞋无觅处，得来全不费工夫。这一天，大脑屏幕上赫赫然间跳出两枚鲜艳的火炬，熊熊燃烧，蓬勃向上。我的心里悠然一亮，不觉失声叫好：啊，灵感，她终于来了！

她从哪里来？我知道，她是夏子街的火炬。那天傍晚，夕阳西下的时候，我们驱车离开夏子街基地。小车冲上一个浪峰般的大坡。嗬，眼前两个巨大的天然气火炬，似两团灿烂的晚霞，平地而起，娇嫩无比，在暗色的背影烘托下，美得令人叫绝。当时，我被她美的景象、美的力量深深地激发。却不知过后寻起她来，枉费了那么多心思，对于一个写作的人来说，这不啻一记警钟——灵感应当及时捕捉和记录，否则，过去了，就很难寻找回来。

应该说，我们还是很幸运的，我们终于见到了恐龙蛋和恐龙化石。

那天，电视台的记者得知消息，与发现恐龙蛋和恐龙化石的人一块儿去现场拍片。他们把恐龙蛋和恐龙化石拿给我们看。我无法形容那恐龙蛋与恐龙化石的神奇，不是亲眼所见，无论如何我也不会相信，恐龙蛋的蛋青和蛋黄，以及恐龙的骨髓都已经变成了晶莹夺目的宝石。捡到恐龙蛋和恐龙化石的工人，向我们描述着他们发现的过程和地方，言谈中充满喜悦和向往。

不知为什么，看过那滚圆滚圆的恐龙蛋和那晶莹夺目的宝石，我心里一直想，这或许是一个吉祥的先兆。于是，我做了一个美丽的白日梦：在一个巨大的圆形宝石中，跳荡着两个鲜红色的精灵，我潜意识地认定，那就是夏子街见到的恐龙蛋和两枚火炬。慢慢地，晶莹的宝石展衍成晶莹的戈壁，两个鲜红的精灵，跳跃成两枚冲天的火炬，那么炽热，那么旺盛……

我知道，这便是我文学印象的物化图像——荒原火炬红。真有点儿羡慕画家的线条和色彩了，不然，这该是一幅多么好的泼墨写意画啊！

好在除了色彩的夺目，石油工人还创造了夏子街坚实的业绩：六十多人的试采队，管理着二十几口油井，日产原油已达到八十多吨。所以，我还是认为自己应该写篇文章。

李娟，1952年生于辽宁沈阳。中国作家协会会员，新疆作家协会会员，中国石油作家协会会员。20世纪80年代开始文学创作。著有小说集、报告文学集、散文集13部，共400余万字。18集电视连续剧《克拉玛依故事》，电视电影《金沙漠金胡杨》《沉寂的激情》曾在央视一套、电影频道播出。

城市的语言

1

语言，是一种符号系统。一座极富动感的城市，“建筑”便是它的语言。

仰视或高耸云端，或匍匐大地，或比肩而立，或若即若离的楼群，一种关于对城市的以建筑语言表达它的存在的念头，常常挥之不去地萦绕在我的脑海中：作为建筑，它是如何用语言来表达城市的思想与活力，展示城市的魅力与感染力的？

既然赋予“建筑”这一人性化的充满动感的概念作为城市的语言，那么，建筑则应具有强烈的视觉冲击力和感官感染力。因为，建设者的灵魂体现在其中，同时，它又不可回避地深深地铭刻着解读不尽的时代的烙印——政治的、经济的、文化的、道德的以及生活在城市中的人民所拥有的思想、精神、审美……总之，“建筑”是思想与行为的和谐统一。

戈壁的语言是荒芜、是苍凉、是雄浑。石油与戈壁浑然一体，成为我们这座赖以生存的城市的渊源。

谈此话题，不能不提及黑油山的“地窝子”。它是我们这座城市最早的建筑。原始的地窝子，只是挖地三尺，加盖一层梭梭柴；发展后的地窝子，高出地表，设一孔天窗，既透气又可射进日光；第三代地窝子，则用方砖砌成面墙，并有烟筒伸出，晨曦和夕阳的雾霭中，远远望去，犹如匍匐大地的座座古堡。

建筑于半个世纪前的犹如古堡般的地窝子，低矮简陋。但，我们的父亲和母亲曾经栖身在那里，营造出高高在上的江南亭子间里的俊男靓女们难以体验的款款温情，他们在那里完成了具有历史意义的克拉玛依1号井的钻探。共和国成立后第一座大油田的发现，与那一座座地窝子息息相关。今天，黑油山地窝子已经成为历史遗迹，它们雄浑而又令人感怆地伫立在日月沉浮、世事变迁之中，凝结着父辈们的意志，引发后代沉思。我想，那就是地窝子的语言。时代赋予它们灵魂，奠基着这座石油之城的大工业文化的厚重历史。毋庸置疑，若干年之后，当后人萌发研究这座城市神奇的发展历史的时候，定会依循地窝子遗址，去追思蕴含其中的解读不尽的文化遗迹。

黑油山地窝子是我们心灵中的崇高纪念，黑油山的灵魂将永远耸立。

2

我们说，建筑是国家、民族经济发展的产物。作为一座城市，克拉玛依依托石油工业的发展而发展。继黑油山地窝子后，印记着城市发展痕迹的，是低矮的平房。那一幢幢给人以稳固、安全之感的红砖平房与苍茫戈壁浑然一体，并以“新村”为单位，坚如磐石地扎根在这片土地上将近三十年了。它们是克拉玛依那个年代的城市语言。

带了“村”字的名字，很容易使人联想到晨曦中炊烟萦绕农庄，夕阳下牧童晚归田园的景致。而与苍茫戈壁浑然一体，以拙朴无华为风格的红砖平房，并非田园诗般美丽。

最早的平房，用土坯砌成，墙体墩厚，四壁凸凹，细看，木质门窗因缺少规则而歪斜着。但因了墙壁的厚实，即便炎热的7月，进入屋子，惬意的凉爽顿时围来。冰雪严冬，寒风抽出烟囱的袅袅轻烟，留下灶膛的熊熊火焰，烘得火墙滚热，一家老小围坐在并不丰盛的桌前埋头朵颐，早已忘记了屋外之凛冽风寒。我们这一代，大都出生在那敦实安全的房舍，并长大成人。如果说，当年我们的父亲、母亲在黑油山低矮简陋的地窝子里创造了史无前例伟业的同时，还营造出胜似江南亭子间里的款款温情的话，那么，我们这一代，却在土坯或者红砖房里，经历了人生的悲欢离合。

日历一天天翻过，有限的空间难以容纳我们日渐壮硕的体魄。于是，父亲和母亲开动脑筋，决定扩大房宅面积。他们挽起衣袖、裤管，起早贪黑地和泥，脱土块，以方木或是钢管为梁，依着一面外墙，另建起一间屋子。于是，原有的院落前后，添加了高矮不一、面积不等、参差不齐的“自建小房”。“自建房”曾是这座城市的潮流，我们这一代人，都曾亲历亲为。当时，我家住在鸿雁新村一幢筒子房的房头。自建小房如影随风从油田刮过的时候，父亲也动了心，在靠窗东侧建一小房。只是水平不够，我家的小房只能用来堆放杂物。虽说我家的“自建小房”与那些“豪华”一类相比，只是冰山一角，但那扇摇摇欲坠的小门，却多多少少能够遮挡冬日的袭人风寒。

四十年过去了，那年久失修，清晨朝晖和夕阳晚照中嶙峋斑驳的土坯，经风雨剥蚀，几近坍塌的院墙……那些情景总是留存于我的脑海，并叠印在今天的楼群、花苑小区之上。2005年10月，我陪外地客人去矿史馆参观，一张从俯瞰角度拍摄的平房群落照，落入视线，心中兀升出一种肃然起敬的感觉。那些照片“风草不留霜”地存布于矿史馆的墙面上，以“故宅东风归燕静，孤村夜雨落花多”般的沧桑之美，诉说着历史。我想，看那照片的人，定会从中体会到我们这座城市的发展甚至跨越。

从上世纪60年代到三中全会之前，我们这座城市的建筑，可以说称不上建筑。城市的语言，是那些低矮的，拙朴中掩饰不住破败的平房。尽管“破败”两个字带有亵渎的意味，但回想起那个时代的城市，无论何人，都难免生出“每因楼上西南望，始觉人间道路长”的感慨。

3

以“建筑”作为语言，倾吐城市的心声，命题并非新颖。可是，为这个命题，我思索了很久。之前，我曾去过不少国内外名城。壮观、华丽、古老或是充满艺术感觉的建筑，是身居那些城市的居民的骄傲。就像一位主妇，有了一处面积、环境尚且满意的私宅，并按照自己的审美、自己的意愿精心装点，无论豪华典雅、平实质朴，她都心存骄傲，走在路上，神情中都流露着意得志满。

城市建筑在大发展的背景下，向我们姗姗走来。上世纪 80 年代初，当第一批住宅楼宇在城市中落成之时，我们只是参照地窝子或是土坯房，从栖身的角度去评价它。然而，当大面积的楼房拔地而起，铺天盖地覆盖戈壁时，我们不但去考虑它的房间布局的合理适用，也从美学角度去审视它的外观，从客观上思考它在城市中所处的地位了。尽管所站角度并非高屋建瓴。

具有政治家风度的领导，很少是“功成事就，拱手安居”的享乐者。我们这座城市，大规模的建筑兴起于 20 世纪 90 年代中后期。一如工行大厦、建行大厦。至于花园小区的兴起，则是近年的事情。智能型的永升花苑，欧式风格的阳光小区，以居住面积、室内格局等优势，胜过居民当初对幽雅宁静的南林小区的关注和青睐。当年的石油新村因地理位置之优、建筑面积宽阔被称为“中南海”，但与今天坐落克拉玛依河畔、毗邻家家乐超市、面临友谊路的永升、永安花苑相比，“中南海”又如何？

从某种意义上说，建筑还是一种语言游戏，它可以唤醒我们沉睡的灵魂，打破人生世界的沉闷，生活的单调与枯燥。宇宙任何事物，无论物质的，还是精神的，都忌讳千篇一律：同一种色调，同一种声音，同一种建筑格式……

并非“穷”则思变。随着社会经济发展，精神文明进步，“变化”的意义越来越广泛、深刻。欣赏西装革履的同时，休闲服风靡于世；饺子、面条作为传统餐食的同时，我们同样接受了“肯德基”。这足以证明了“变”之含义的广阔。变幻无穷的世界，使我们学会了用多视角去观察事物，从中选择出自己之最爱。对城市建筑的要求，随时代的变化而升华。

4

沿呼一克公路进入市区，站在友谊桥上，白云缕缕当空舞摆，飘忽的阴影从一座楼盘移向另一座楼盘，就像空气从一座村庄飘移去另一座村庄，光线把人带向波光粼粼的河面，绿色的草坪和林带，形成一种视觉之美感。近看，克拉玛依河岸拔地而起，造型对称或不对称，风格高耸或低矮的错落有致、色泽各异的正天华厦、移动大厦、永升花苑、惠泽花苑遥遥相望；远望，河面桥桥有别、梁梁不一的小桥与河岸的长廊亭台相得益彰，虚实相间，形成与戈壁浑然一体的景致，刺激着人的感官。那是城市的韵律，是建筑用语言对城市心声的无言倾诉。

与京派建筑的“故宫”，海派建筑的“外滩”相比，克拉玛依的城市建筑缺少的大概是那种帝王气派和贵妇风情。然而，戈壁大漠是我们城市建筑的根基。建筑者们以特有的功力，将一堆堆水泥、石子、钢筋、木材、玻璃进行排列组合，构成一座座能够诉说风格、倾吐语言的富有生命动感的建筑物。崛起在戈壁大漠背景下的磅礴气势，悠远舒展的建筑风格，却是“故宫”与“外滩”所无法企及的。

一座建筑精品，体现人的理念和精神，尊严和自豪。人与建筑就是在这种形式中相互塑造。因此可以说，现代建筑不应该只是钢筋水泥的混合物，还包括空间、资讯、环保、通信等科技关系。建筑与人的互动界面的形成，是人与视野与空间与科技之中取得平衡而得到设计创造的灵感，为自己的生活而建构的时空概念。

城市的建筑，用无声却鲜活的语言，证明着自己的生存状态和远望的未来。城市建筑无声胜有声地表现着人类的创造和改变世界的行为。我们置身于城市的建筑群中，有了属于自己的归巢，感受着自由的或者被约束的空间。空间如同时间，我们每日在其中生活、活动、呼吸。任何群体行为和个人思考都必须在一个具体空间才得以实践，然而空间并非价值中立的存在，而应该是人类活动的背景。它一方面满足人类藏身、安全、舒适的需求，承载个人与集体生活的记忆，延续地方的历史，增加环境的自明性；另一方面塑造了社区的凝聚力以及人对环境的认同感。而作为居民，我们同样会从自己所在城市拥有的精美建筑中体味一种骄傲与自豪，并在骄傲与自豪中提升对美的感受。

“四时四维者，天地至大之谓也”（春夏秋冬四时，东西南北四维，便是广大无边的天地）。宇宙的万物都在一个大构筑之内。无数曲线造型将那个大构筑内的直线转换成优美的线条，而那些线条所追求的生命力并不是刻意的而是自然张扬的外观，是建筑的自然流露。伫立在建筑物前，你似乎感觉到固态身影在海浪般地舞动，忽而奔放，忽而优雅。难道你不会为之心动？不会在二者之间寻求灵动之美？你或许会追求北方雪原中的一缕青烟，追求“采篱南山下”的一丝悠然。总之，你会思绪飞扬。因为，你理想的建筑是那么自由自在地任你去想象，令你感动，让你从中感受着一种幸福。而幸福越长久，心灵也就越安然。

生活的磨砺使我顿然所悟，原来，我们对幸福的要求竟是如此的简单。随着阅历增长，思索深入，我渐渐地悟出禅道之理：名利地位皆为身外之物，生不带来，死不带去。而建筑则不同，一座建筑精品，犹如一首千古绝唱。

社会越来越进步，空间却越来越狭窄。慢慢地，呼吸也变得越来越困难。于是，人们渴望新鲜的空气和心灵的广阔空间。于是，大家在精神上寻找解脱，期望逃离都市，回归自然。

建筑环境是培养人情趣，陶冶人情操，提高人修养的一种空间形态。建筑还应该有“闻一言以自壮”的力量的崇拜感。一座城市不能没有表现自我状态、诠释自己思想的建筑。就像一个人，不能没有思想，不能没有精神。人的精神是说不完的，城市的建筑便不会终止。

李培智，1942年生，山东齐河县人。新疆作家协会会员、中国石油作家协会会员。曾在《五月文学》《中国西部文学》《地火》等多家报刊发表小说、散文、诗歌多篇（首）。

那年的车和路

减去岁，那年我在克拉玛依开车。开一辆苏联制造的吉斯150卡车，是别人开过多年的“老牙车”，听说已经大修过三四次了。那时我经常用一句话形容这辆车：除了喇叭不响到处都响。尤其是车子底盘响得叫人烦躁，叫人气愤，叫人无法忍受。

这样的车是跑不快的。当然也不敢跑快。上了五十码就全车发抖，抖得如同老母猪筛糠。每次修车我都提出来，可修理车间也拿它没办法，说是转动轴不在一条线上。我说，你们能把它弄到一条线上吗？人家就雪白的大眼珠子一瞪。说：“你说得轻巧，大梁是弯的，怎么弄到一条线上？”

没办法，只好慢慢跑吧。然而有时心烦了，气不顺了，或者天晚赶路了，也有咬牙把油门踩到家的时候。有一次我到巴尔鲁克山区拉小麦，回来时，出了加依尔山口，已是下午5点多，为了在下班前赶到克拉玛依粮食局卸车，我趁下坡，一咬牙放到了六十码。驾驶室内翻天了，挡风玻璃兴奋地抖动起来，车门角落里吹起尖锐的“口哨”，扳手、起子、榔头在工具箱里欢快地“跳起舞”，撬胎棒、轮胎套筒、备用零件在座位下叮当乱响，热闹得像个铁匠铺。我手握着方向盘，如同握在震动器上，手和胳膊变得酥麻酸胀，耳朵里如同生出一片刺耳的蝉鸣。豁出去了！我从口袋里掏出一张纸，狠狠地把两只耳朵塞上，一下子放到了七十码。跑出一公里，突然“咚”的一声，驾驶室后边的玻璃震了下来，重重地砍在脊背上，我这才赶紧收了油门。

这样的“老破罗”却是月月出满勤干满点的。因为那时汽车少得可怜。当时白碱滩有三个处级单位，还有供水点、商店、粮店、学校、医院等中小单位，这些单位的生产、生活，全靠我们运输站的三十几辆“老破罗”。运输任务十分繁重，领导要求白天车场一片空，晚上车场一片灯。白天出车，晚上修车。井队搬家、拉设备、拉材料、拉油料、拉粮食、拉菜、拉煤、拉木头、送接班……一年到头除了修车，六个轮子都得转，大年三十、正月初一也不例外。从没有放假休息一说。

那年冬天，塔城下了百年不遇的大雪，塔尔巴哈台山鼓荡的群峰变得浑圆如梦。平地积雪达七八十厘米深。大雪让边陲之地同蛮荒时代对接。大地上行走的动物，包括人的活动变得极其困难。一位哈萨克牧民骑马穿过雪地去办一件事情，马一踏进雪地，就被积雪吞噬了大半，折腾了好一阵子也没有前行一步，只好返回。这时候只有鹰隼能够自由地飞向任何地方。然而，因食物的难觅，鹰隼的飞行也是极其艰难的，飞不了多远．就落在树枝上，呆头呆脑地望着茫茫雪野，显得孤独而凄凉。

管理局组织各单位的汽车到塔城地区抢运小麦，手里有粮，心里不慌，当时粮食局的库存粮已到了警戒线以下，人们慌了。

运输站的汽车全部出动。一分队和二分队被分配到额敏县。到达县城后，调粮小组将我们二分队六辆车派往“五十岁”农场，早晨9点出发。刚出县城，六辆汽车被积雪阻挡在通往农场的公路口上，等待拖拉机来牵我们的“鼻子”。“东方红”拖拉机激情澎湃地来了，拖着一辆汽车在前边开路，后边的车辆顺着辙印紧跟其后。刚行驶出两公里，后边有辆车不慎滑下路基，差点翻了。“东方红”折回来头拯救它，大家帮着挂好钢丝绳，拖拉机一声吼叫，猛地向前一冲，没想到拖车钩子“嘭”的一声猛然断裂，炮弹般呼啸着从我的头皮飞过，将我崭新的狗皮帽子击落在地，落到50米开外的雪地里，溅起一片骇人的雪雾。我木头一样站在雪地里半天没有缓过神来，感觉是死过去的。要是再低那么半毫米，脑袋就会立马变成烂西瓜。30 年里，我从来不敢轻易回忆那惊心动魄的一幕，一想起来，就有倒刺勾着神经的感觉，全身一阵抽紧。从县城到农场 440 公里，整整用了六个小时，下午 3 点才到，装好车要返回额敏县食宿站。因为农场没有招待所，没有供汽车加的开水，没有饭吃，回来的路上，大家饿得实在招架不住了，途中路过一个兵团连队，半夜三更砸开人家食堂的门，买了几个馍馍吃。馍馍买到手，别人将冰冷的馍馍放在机器排气管上烤着，我等不及，抓到手就啃。结果引发了胃病，胃痛得揪心，仿佛吃进去的不是馍馍，而是刀子。

我在额敏县拉了一个月的小麦，接着转到伊犁地区新源县拉玉米。第二趟返回时在天山果子沟遇到了雪崩，被封了三天两夜。那天上午 10 点多走到果子沟“二台”，我看见前边一大串汽车停在路上半天不动，下车一问，才知道前面发生了雪崩。走到前边一看，完了，从北面山顶滚到公路上的雪堆，足有五六十米高。回，回不去，走，走不了，只有死等。还好，道班立刻开出推土机，可惜只有一台。头天晚上不敢离车，在冰冷的寒夜里守望着一车粮食。发动机器，为驾驶室送点热气。但也不敢长时间发动，谁知道路啥时候通，油烧光了咋整？发动一会儿，停一会儿，由于对汽油的珍惜，驾驶室里始终处在零摄氏度以下，手脚冻得像猫咬一样疼。大脑里搜索着取暖的办法，掀靠背，翻坐垫，竟然奇迹般翻出一块毛毡，欣喜万分，赶快撕开将脚包起来。坐在车里渐渐睡着了，又冻醒了。又睡着了，又冻醒了。最后浑身发抖，睡意全无。寒冷的冬夜，透过车窗，我望着大雪覆盖的山峦，感觉像是沉到了亿万年前的冰窟里。为了阻挡身体热量的散发，身子拼命地收缩，幻想缩成婴儿，重回到母亲温暖的怀抱里。第二天晚上实在受不住了，走！跑到前面道班房去了。两间低矮的道班房，挤了 30 多人，连个站的地方都没有，快把小房挤“爆”了，我咬牙挤了进去，我朝火墙挤去，刚刚挤到跟前，正巧有一男子离开火墙出去解手。天赐良机！身子瞬间靠上火墙，身子一挨火墙，仿佛立刻沉浸在温暖的湖水里。不一会儿，两腿一软，稀泥一样瘫在火墙下，随即进入甜美的梦乡。结果感冒了，重感冒。早晨额头热得像火炭，嗓子疼得不敢咽唾沫。没有药，强忍着。谢天谢地，第三天下午 6 点公路终于开通了，推土机推出的雪路像幽深的山谷，巍峨的城墙。司机们高兴得如同过年，被大雪围困了三天两夜啊！七八十辆汽车复活过来，一辆跟着一辆，蜗牛般缓缓地驶出了天山。我回到家，扁桃体化脓，输了十天的青霉素才好。然而却落下慢性支气管炎，从此成年累月地吃药，西药中药吃了半卡车，始终也没把“老慢支”甩掉。

那时候路况也不好，克拉玛依四周的国道省道几乎全是土路，而且几乎又都是“搓板路”。从克拉玛依到和什托洛盖煤矿，150 多公里，有多半是“搓板路”。这名字起得极为形象，第一个叫出“搓板路”的人，智商一定是相当高的。那横在公路上的坎子，一道道，一条条，距离相等，相貌相同，整条公路就是一个放大了的精美的洗衣板，让人叹为观止。司机一见“搓板路”头就大。跑这样的路，根本不叫开车，而是把司机当作衣物，放到“洗衣板”上给洗了。揉搓几十下不算啥，揉搓上千次上万次，那滋味就无法用语言来描述了。上百公里下来，如果不是有筋连着，有皮肤包着，骨头架子就散在驾驶室里了。写到这里，透过历史的帷幕，还能看到三十年前驾车行驶在“搓板路”上的我：前仰后合，左摇右摆，如同“跳大神”的女巫一样滑稽而可怜。

油田上的路同样不好跑，正规公路没有一条。汽车随意压出的便道像蜘蛛网一样撒满了戈壁滩，遇到八九级大风，沙尘遮天蔽日，空气黏稠得如同泥浆，能把黄羊窒息死的。遇上“抽沟子”风，更能把人气死。沙尘像魔鬼一样追着车跑。它挑逗地、戏谑地追着你，让你无处逃避、无法躲藏。等把你玩弄够了，扑上来，一口吞噬到肚子里，再怀着胜利的喜悦把你排泄出去，然后得意地飘然而去。人和汽车立在戈壁滩上，如刚出土的文物一般。

那时候机油也不行，冬天夏天用同一标号的机油，冬天零下三四十度，机油凝固得像糊糊。早晨发动汽车全凭喷灯烤，烤“油底”、烤变速箱、烤差速器。机器得加两遍滚烫的开水。每天早晨发动车都得折腾两个多小时。车子发动了，开会学习，学习“老三篇”。半个小时学习结束，上班时间到了，饭也来不及吃，赶紧到用车单位报到。

历史书页翻到今天，油田上漂亮的沥青公路四通八达，壮美的沙漠公路贯穿东西南北，呼克一级公路，大型飞机场，途经家门口的奎北铁路，即将竣工的奎克高速公路，把昔日偏远闭塞的克拉玛依变成了现代化的交通枢纽，去内地，走中亚，到世界各地，天上地上，任君自由往来。

转身遥望那片曾经的岁月让人感怀难忘，面对东升的绚丽朝阳让人幸福温暖。

欧阳祖万（1947—2018），笔名欧阳秋。新疆作家协会会员。1976 年在《新疆文艺》发表处女作，先后发表诗歌、散文 200 多首（篇），作品入选 10 多部诗歌集，著有诗集《绿叶舟》。

心上的河流

浪迹人世已经 20 多年了，大江大河也见过一些，但无论走到哪里，都忘不了故乡的河流——那常常在深夜用涛声将我唤醒的渠江，那无时无刻不从我心上滚滚流过的渠江！

第一次认识渠江，还是在我刚满周岁的时候，举家从万县迁来渠县的那一天。当汽车从颠簸的山路上抵达江边时，已是薄暮时分。偏僻的山乡小县，是没有万家灯火的，只见江火三两处，暮烟四五家。我躺在母亲的怀中，听渠江在静静地流着，为她的孩子唱一曲催眠调。江面很宽阔，星星月亮都在里面，偶尔渔船划过，便泛起粼粼波光。于是，我也在这波光中摇曳、飘忽，酣然入梦……那时，渠江给我的印象，是博大而又神秘的。

稍大，我便常到江边玩耍，看那点点白帆在渠江的碧波中静静飘荡。纤夫们悠长的号子，沉重的纤绳，如弓的背影，艰辛的步履，像人生乐章中的悲壮音符，深深地烙在我幼年的心里。一次，我不小心掉入江中，只觉得金光万道，犹如五雷轰顶，顿然失去知觉。醒来，却躺在亲人温暖的怀中。从那时起，我就对渠江敬而远之，这就是我虽然生在江边至今仍是“旱鸭子”的缘故。

第一次劳动的开端，是和弟弟一起到离家 20 公里的煤厂挑煤，往返 40 公里，山路、水路各一半。两个年仅十来岁的孩子，就要肩负总重量百斤左右的煤炭。又是灾荒年间，人还未到煤厂，带的干粮早就吃光了，下山 10 公里，我都不知是怎么熬过来的。人一上船，天已全黑，兄弟俩便依偎在一起，听着船头水的潺潺声，像在欣赏美妙的轻音乐。到家时，已是午夜。那时的渠江，是慈祥和蔼而又温柔的。

渠江的冷酷无情，也给我留下了深刻印象。旱灾来临，两岸的土地干裂成龟纹，如带似玉的河水呼啸而过，使人产生“一江清波枉自流”的慨叹。每当山洪暴发，江水陡涨，多少家园毁于一旦，无数生灵葬身鱼腹，这滔滔洪波，常给人喜怒无常的感觉。我离开故乡的时候，渠江上还没有一座水电站，煤油灯熏黑了乡亲们的双眼，我是怀着一种深深的遗憾和期待远走他乡的。

这些年，故乡常有喜讯传来，我也与亲人们一道分享他们的喜悦和欢欣。一会儿是修了多少高楼大厦，一会儿是南阳滩水电站建成，一会儿是渠江大桥通车的盛况，一会儿是发现大型盐矿……娓娓道来，如数家珍。

随着人生阅历的增长和离别时间的延长，我对故土和渠江那种魂牵梦萦的思念便愈加强烈。“曾经沧海难为水，除却巫山不是云。”渠江成了我心中不可替代的偶像，始终闪耀着圣洁而迷人的光芒。

如今，我长年生活在戈壁滩上，水成了这儿的第一需要。我有时不免生出这样的痴想：渠江，假如能借得你千分之一的流量，这荒芜干燥的戈壁一定又是另外一番景象吧！

友人回乡，常捎来故乡的黄花。黄花，古名“金针”。这是渠江母亲为远方游子缝制寒衣的金针，也是连接昨天、今天和明天的金针。

渠江永远在我的心上流淌。

末了，用一首自填《西江月 · 渠江春晓》结束此文：

一片白帆斜照，
几只阳雀争鸣。
南阳滩上放光明，
芍药枝头红嫩。

果酒色香味美，
金针遐迩驰名。
一桥飞架化丹青，
渠江繁花似锦。

蒋凯，1946 年生，陕西西安人。新疆作家协会会员，中国石油作家协会会员。1985 年开始文学创作，至今已发表中短篇小说、报告文学、散文、评论百万余字。著有中短篇小说集《孪生姐妹》。

漫话魔鬼城

神奇的大西北边陲，有不少神奇的所在，魔鬼城即是其中之一。

魔鬼城位于克拉玛依市东北一百公里之遥的乌尔禾。乌尔禾，这个浩瀚戈壁、千里大漠中的边陲小镇，如今已是片片绿洲，农牧业兴旺，一派生机盎然，因为魔鬼城的存在，更使其名声大振。

18 世纪中叶，乌尔禾曾是从沙俄东归祖国的成吉思汗后裔土尔扈特人的家园。“驱邪”是当时盛行于蒙古族的一种迷信方式，一旦被部族确认是“带邪”的人，必将其驱逐于渺无人迹的荒漠戈壁深处。这些被驱逐之人，或因干渴暴毙于烈日下，或因饥饿冻馁而亡，或成为众野兽的盘中餐，结局是非常悲惨的，能侥幸生还者可以说绝无仅有。

当然也有例外，机日地就是众多“带邪”人中唯一一个活下来的。

机日地被逐于大漠，前不挨村，后不着店，押解他的人只许他往前走，不许回头。机日地为了活命，就不断地朝前跑呀跑呀，不知跑了多久，就在他饥渴交加濒临绝望之时，突然，眼前奇迹般地出现了一片蓝色水域。水域一眼望不到边，俨然是个天然大湖泊，周围水草茂盛，林木参天，时有野鸡、野猪、黄羊等出没其间。机日地欣喜若狂，真是天助我也！他跑到湖边喝足了水，又寻来一些野麻搓成麻绳，在树林里下了许多套子，不消半天工夫，就套住了不少野物，这些野物，就成为他活命果腹的美食佳肴。

过去好长时间，有人意外发现机日地并没有死，简直是个奇迹，惊奇不已。更惊奇的是发现了他用套子捕获猎物的方法。就这样一传十，十传百，人们便纷纷效仿此法狩猎，多有收获。后来，这块地方便被称为乌尔禾。乌尔禾是蒙古语“套子”的音译。而魔鬼城即坐落于这个套子内，距乌尔禾近在咫尺，约三公里。

大约在一亿年前的白垩纪，魔鬼城是一巨大湖海，水波连天，白浪滔滔，湖海方圆几十公里的地方，灌木丛生，各种草本植物繁茂，是乌尔禾剑龙、蛇颈龙、准噶尔翼龙和其他远古动物繁衍栖息之地，是湖海水族欢聚嬉戏的天堂。后来发掘的有关这些物种的大量化石，即是有力明证。据说恐龙的食量大得惊人，一条恐龙每天可食树叶、灌草等七八十公斤，试想若没有大片的旺茂的草本植物，这些恐龙将如何繁衍生息？随着时间的推移，地球经过两次大的地壳运动，升降变迁、湖海消失、沧海桑田，一些地方便生长出一片胡杨林或红柳丛，那些没有草木的地方，经千百年暴雨的冲刷，风沙的剥蚀，便日渐流失、陷落，形成深浅不一的沟壑，而有草木的地方日渐凸露，被雕凿得奇形怪状，可谓是大自然鬼斧神工的杰作。

这些杰作，有的危台高耸、垛堞分明、如城如堡，有的如亭如阁，有的如宫如殿，也有的如人如兽、如禽如鸟，形态各异，栩栩如生，奇妙无比，令人叹为观止。地质学家称其为雅丹地貌，或曰土台地貌（雅丹是一个专有地貌名词）。

说来也巧，魔鬼城恰好处于加伊尔山的风口地带，风多风大，特别是春秋两季，几乎天天都有大风光顾，风力之大，比唐代诗人岑参描绘的“一川碎石大如斗，随风满地石乱走”的惊人景象，有过之而无不及。当狂风起时，城内飞沙走石，沙尘遮天蔽日，凄厉呼啸之声，如同鬼哭狼嚎，令人毛骨悚然，由此得名“魔鬼城”。又因魔鬼城风多且大，当地人又称之为“风城”。

然而，在风和日丽、阳光灿烂的日子，魔鬼城的狰狞恐怖便消失得无影无踪，城内寂静如同月球，一切都静默着，充分享受着阳光的沐浴和洗礼，安详、温柔如同淑女。若是雨后斜阳，魔鬼城又是另一番迷人景象，天空碧蓝如洗，彩练当空舞，万道霞光，溢彩流金，宛若披上一层神秘的面纱，令人浮想联翩，美不胜收。

魔鬼城起伏的山坡上，撒落着许多血红、洁白、湛蓝、橙黄的五彩石子，宛如魔女遗珠，成为城内又一道亮丽的风景，亦是游人捡石头的好去处。

魔鬼城地下蕴藏着丰富的优质石油和天然沥青，位于东北角的油砂山和西南角的沥青矿，就像两个聚宝盆，遥遥相对，又遥相呼应，显示了这是一块不可多得的宝地。

魔鬼城方圆约一百平方公里，这里居住着蒙古族、哈萨克族、维吾尔族等九个民族，近万人口。蒙古族信仰佛教，新疆佛教协会副主席、蒙古族活佛夏力瓦就出生在这里。每年一次的“那达慕”盛会，集歌舞、摔跤、赛马、叼羊于一体，隆重而热烈。

魔鬼城内有极致天然景点20余处。相邻的还有风光旖旎的白杨河峡谷、原始胡杨林，以及遍布其间的野生动植物等，步入其境，峭壁白杨、红柳掩映、流水潺潺、鲜花盛开，令人赏心悦目。附近还有芦苇丛生的艾里克湖、白杨河水库、黄羊泉水库、风城高库等，以及数十座人工鱼池，是垂钓、赏景的好去处。而目前投资亿元巨资的千岛水库业已建成，亟待开发成水岛乐园，将是人们向往的又一天堂。

乌尔禾依托魔鬼城及其周围丰富而得天独厚的自然资源，农林牧副渔五业俱兴，石油工业已经崛起，地方经济得以迅速发展。

魔鬼城宏伟而神秘的天然景观及浓郁的地方民族色彩，吸引着成千上万络绎不绝的中外游客，吸引着那些慧眼识珠的影视制作人，成为《淘金王》《魔鬼城之魂》《苏武牧羊》等众多影视剧的特选拍摄地。这里特别值得一提的是由李安执导的《卧虎藏龙》，获2001年奥斯卡四项大奖，片中的一些外景即取自魔鬼城，使魔鬼城更加声名远扬。正可谓江南有驰名中外的水浒城，西域有驰名中外的魔鬼城。

魔鬼城的魅力不仅于此，它还有许多鲜为人知的秘密，期待人们去破解。

刘枫，祖籍陕西。新疆作家协会会员。出版有散文集《荒野同行鸟》《克拉玛依正年轻》等三部。

献给父亲

写下这个题目的时候，日历翻到2008年1月1日。

2008年，我最敬爱的父亲正好九十大寿。

2008年，我的故乡——克拉玛依市五十华诞。

此刻，心里涌动着一种激情、一种豪迈：就像歌唱家要献给祖国一首动听的歌，诗人要为情人作一首发自内心的诗，画家要为感动而画一幅赞美的画；而我，无论如何要写一篇文章献给亲爱的父亲。因为，这个“父亲”它所包含的意义，远远不只是字面上所要表达的。

父亲出生在黄河边的黄土塬上，曾是头缠白羊肚巾的放羊娃。15岁时，跟着刘志丹当了陕北红军，直罗镇战役一颗子弹镶嵌在他的肩胛骨，那肩膀就如同塬上的黄土山冈，坚韧无比。后来，父亲在延安的宝塔山下的窑洞里读了些书，就骑大马、挎盒子枪当上了团长；再后来，就在五十多年前，他带着一支队伍来到大西北，开发建设新中国第一座大油田——克拉玛依。

有一位作家说，倘若能有一本生命的影集，我们一一翻阅过去，犹如贝多芬就是为了那千古绝唱的音符而生，凡高就是为了那一朵朵浓烈得几乎都能从花瓣上泻下一片金箔的向日葵而生，曹雪芹就是为了大观园里的笙歌弦舞的繁华及盛宴后的苍凉而生……而我的父亲，好像天生就是要打硬仗、干石油，他一生中就干过两件大事：扛枪、握刹把。

应该说，克拉玛依是在父亲和他战友们的手上建造起来的。

中国人，甚至是世界上的不少人都知道克拉玛依。它因石油而闻名天下。克拉玛依是“黑油山”的意思，但它象征着的却是克拉玛依人的一种开天辟地的精神。克拉玛依是与创业连在一起的，离开了克拉玛依人的伟大业绩及奋斗精神，克拉玛依也不过只是一个地名的译音，或是一个荒凉的符号。

中国人忘不了这个奇迹——在祖国的西部克拉玛依，新中国第一个百吨级的大油田诞生了，将“贫油国”的帽子甩进了太平洋！

许多人都忘不了那一刻：国庆10周年，人们扛着“克拉玛依”的大幅牌匾从天安门广场走过，接受毛主席检阅，那个激动，那个荣光！

而创造这个奇迹，丰富这个奇迹，延伸与扩大这个奇迹的克拉玛依人，是值得书写与讴歌的。特别是那些历经艰辛而默默前行的人，那些为了克拉玛依而奉献全部人生的人，那些在极端困苦的生存境况中建立了卓著功勋的人——像我的父亲和他的战友。

父亲来克拉玛依的时候，我还只是父亲身体里一颗还没有发芽的小种子。

父亲和他的战友们，是被一辆大卡车拉来的，卸到黑油山下后，尽管刚脱下军装，还是有几个大汉子哭了。

荒旷的戈壁滩，莽莽苍苍，一片砾石的世界，没有水、没有草、没有飞鸟、苍凉、苍老。

“刘团长，还是带我们离开这吧，这……这是什么鬼地方哟！”

父亲像是根本没听见。

横山的山高又高，
延河的水弯又弯。
花女子来到村口口，
眼（念）望着红军哥哥来！

一首信天游，直冲云霄，倾泻而下，似乎地动山摇，震撼了所有的人。

只见父亲站在咕咚咕咚冒油的黑油山上，拧着眉头，挺着胸脯，额头上青筋暴起，叉开双腿，舞动着手臂，扯着嗓子在吼。那气魄，那豪迈，那股精气神，感染了所有的人。

父亲具有克拉玛依人的性格，首先是刚强，像一座钻塔。

茫茫的戈壁沙滩，苍穹下绵延着无边无际枯黄的死寂；沙石和风放肆地交媾，任意组合着这片荒凉，岁月剥蚀着莽莽苍苍的大旷野，黄沙堆积成记忆的尸体。那骚动的滚石，那跌宕的沙丘，那巍耸的加伊尔山。这里既涵盖了一切，又掠夺一切；既湮没一切，又分娩一切；既毁灭一切，又创造一切。

第一座钻塔立起来了，钻进！钻进！钻进！向着准噶尔盆地钻进！

谁说我们只会扛枪！打井给地球钻窟窿咱也会。冬天打井何其难。那年，一场井喷被制服后，父亲和他身后的那座钻塔，共同成了“冰塔冰人”！第一口井终于喷油了，父亲颤抖着嘴唇，鼓起腮帮：

羊肚肚的手巾哟——三道道蓝；
哥盼妹子来个哟——心哪个跳；
大红灯笼哟——那个高高地挂，
妹妹你努起小嘴哟——让哥哥那个亲个够
……

父亲铆足了劲高吼这首信天游时，母亲还没有来新疆。我想，此时此刻，父亲一定是想母亲了。

母亲年轻时是当地的大美人，上门求亲的人踏破了门槛，母亲不动心。那天，英俊魁梧的父亲骑在一匹枣红马上，带着警卫员来到延河旁上饮水，母亲甩着又黑又长的大辫子，正挑着水从他眼前走过。母亲回眸一笑，边摇着水桶，边摆着长辫走了。就这一回头，便注定了他们永远相厮相守。

我虽然没有见过父亲打井时的样子，当了记者后，一幅钻工向地层钻井的场面却牢牢地印在脑海里。我看到一张张粗糙黝黑的脸膛，那是亚细亚的阳光的涂鸦之作；我看到那一双双眼睛上方微微低垂的眉毛，使我想起了大西北长年累月在大漠上跋涉的骆驼；他们皲裂紧抿的嘴唇，又使我想起戈壁的风沙是怎样残酷地折磨着这一颗颗倔强的灵魂；当我看到他们赤裸臂膀在井台劳作时，我想起那裸露的天山，是怎样用宽阔的肩胛撑起了大西北蔚蓝的苍穹！

父亲和他们重叠一起，永远地定格在我的眼里。

父亲有时柔情似水，像一条河。

那年冬天，父亲去了五七干校，母亲去了农场，我和弟弟被托付给邻居，吃百家饭，穿百家衣。那阵子我还小，抱不动柴，又不会生炉子，冻得弟弟直哭，我只有把家里的被子全盖上搂着弟弟睡。晚上我做了一个梦，我和弟弟乘着雪橇，来到了一个温暖的世界。醒来时，原来是躺在父亲宽阔怀里，父亲眼角挂着还没有来得及擦去的泪水，那是我第一次见父亲流泪。

父亲更多的时候是开朗的，不论什么时候，遇到多大困难都会乐观面对。

前几年，他肩上冒出个大肿瘤，北京的专家建议开刀，新疆的专家想用保守疗法。正在专家们拿不定主意的时候，87 岁高龄的父亲说："没事，我比与我一起出来参加革命的老乡多活了 70 年，够本了！不怕！治好了，我再活个几十年，活他个一百岁；治不好，也没关系，就当是科学研究积累经验，为人类造福！"听了这话，专家们没有顾虑放手治，结果父亲肩上碗大的肿瘤奇迹般地消失了。

父亲的鼓励总是令我感动。几年前，我买了辆新车，刚学开车手痒。那年，正逢国庆节，我驾驶着私家车，拉上父亲和母亲去了吐鲁番。汽车飞驰在高速路上，我开车时最快时速达 160 迈，母亲在一旁紧张得目不转睛盯着前方，而父亲则在后座上呼呼大睡，还扯起了呼噜。

回到家后，我问父亲："爸，你知道你闺女才学开车吗？刚才我好紧张。"

"我闺女啥样，我能不知道？我太知道了！"

"那你刚才还在车上睡大觉，扯大呼？"

"我装的，我要像你妈睁着两个圆眼盯着，你还敢开？"父亲嘴角挂着一丝不易察觉的微笑。

父亲的勇气、勇敢、信任与鼓励，顿时让我感动得哭了。

父亲身上还有一种超然，凡遇事都能想得开。

在粉碎"四人帮"后不久，他出人意料地交出了权杖，走进了逍遥的世界。

我家在克拉玛依的时候，住的是独门独户的二层小楼。有一年，一位老友送给父亲两株吐鲁番的无核葡萄，他种植在后院里。吐鲁番的葡萄熟了，一串串如翡翠般的葡萄，挂在枝头上真诱人呢。

母亲催父亲："快摘下来吧！"

父亲说："不急，等咱闺女回来吃新鲜的！"

一天，母亲慌慌张张地冲进来说："葡萄全被人摘了，我说摘，你说不摘。现在可好，都没有了，闺女回来吃个啥！"

父亲来到院里，抬头看着没了果实的枝蔓，笑着问气鼓鼓的母亲："你说，咱种葡萄给谁吃？"

"那还用问，给人吃。"

"这就对了，给咱闺女吃，给别人吃，都是进了人的肚子，一样都是个吃！"

母亲忍不住终于笑了。

父亲晚年爱上了书法。每回，我望着父亲伏案疾书、微微变曲的背影，就想起他曾经风度翩翩，然后神态庄重，最后苍老成现在这个样子。

一位与父亲享受同等待遇的离休老人，因要外出上面没有及时派车而大发雷霆。而父亲不然，依旧是那样心静气平，遇到外出无车时，自己掏钱坐出租车，还调侃说 :“花上个几块钱，想到哪就到哪 !”

刚强、柔情、开朗、超然，这就是父亲的“克拉玛依”的个性。取一种淡然的方式来生活，创造自然旷达的境界，构建美善的栖巢；超然物外，逃避名利权势的羁绊，修炼清逸不俗的灵性，培植真纯的品格。

显然，克拉玛依性格，成就了克拉玛依人创造辉煌历史：

新中国第一座大油田、西北第一座年产量上千万吨油田，在他们手上诞生；正在建设的一百万吨乙烯、一千万吨炼油全面投产后，克拉玛依将成为中国最大的石油化工生产基地。

朱德元帅说，这是一个动人的神话。

诗人艾青说，它是一位沙漠美人。

音乐家吕远说，它是镶嵌在大西北的一颗黑宝石。

“我要活到一百岁，看看两千万吨的大油田是个啥样子 !”我那 90 岁高龄的父亲底气十足地说。

王新明，山东文登人。20世纪70年代开始发表文学作品，出版有个人文集《心路》。

梭梭

在新疆、内蒙古、青海、甘肃及宁夏广袤的戈壁大漠中，生长着一种天然藜科小乔木——梭梭。我在新疆生活了半个多世纪，又曾常年在戈壁大漠里施工作业，与这些戈壁骄子、大漠之魂结下了深厚的情谊。

梭梭的一生平凡而富有个性。儿时的梭梭枝干纤细，呈碧绿色，雨水充裕时，生长得郁郁葱葱。少时的梭梭枝条繁茂，呈灰褐色，就此，便开始孕育新的生命，开花、结果、产籽。每年7月开花，9月结果，成熟产籽在10月。未成年的梭梭枝条簇拥着、依偎着、环抱着，呈圆形灌木状，是夏季里知了等许多昆虫栖身、嬉戏的乐园。秋天当枝条泛黄时，人们常把它拾回去做引火之物。成年的梭梭苍劲挺拔，千姿百态，经过上百年风霜雨雪的磨炼，可以长到三四米高，在戈壁荒漠里可以说是当之无愧的“巨人”。

记得引水工程完工后的一年，克拉玛依的年降雨量达到了破纪录的160毫米，这对于年降雨量只要达到30毫米就能存活的梭梭来说，无疑是雨水丰年。放眼望去，满戈壁的梭梭个个腰身伸展，枝叶青翠，把戈壁装扮得生机盎然。

小时候，认识最早的野生乔木就是梭梭。克拉玛依油田开发初期，梭梭的身影遍布油区，可以说油田就坐落在梭梭林里。梭梭是极好的燃料，火旺、烟少，号称“沙煤”。油田开发初期至20世纪70年代前，梭梭是人们主要的家用燃料。人们常说的“打柴火”，一般指的就是捡梭梭或者是砍红柳。这也是人们习惯于把它称之为“梭梭柴”的原因之一。20世纪五六十年代，从上小学五六年级时起，秋季开学的头几天，学生们都要去戈壁为学校捡梭梭，既是劳动锻炼、勤工俭学，也是为学校解决燃火之物，以备冬季取暖所用。

记得 20 世纪 60 年代，每当入冬前，许多单位为职工搞福利的项目之一就是分梭梭柴。拖拉机挂着爬犁把梭梭柴拉回来分给每家每户。那个年代克拉玛依几乎家家房前、小房顶上都堆着梭梭柴，柴垛大的人家似乎有一种令人羡慕的自豪感，显示着主人的勤劳和家里有多个半大小子。

油田开发初期，捡梭梭柴很容易，有些人便以此为生。三三两两的毛驴车拉着梭梭柴沿街叫卖，是当时这个矿区型城市的一大景观。记得那时一车梭梭柴的价钱也就是 10 元左右。毛驴车去戈壁捡梭梭柴还发生过一件有趣的事。毛驴是忠厚本分的牲畜，常年捡柴，熟悉了道路，它会拉着主人径直前往目的地。时间久了，一出家门，主人会躺在车上放心地蒙头大睡，从不担心会走错路。有一次，有人搞恶作剧，把走到半路的毛驴车给调了个头，主人一觉醒来，发现车竟停在自家门前。

20 世纪五六十年代，对梭梭来讲，是一场浩劫，是一场毁灭。十来年的功夫，千百年生长的梭梭林便在克拉玛依区域内消失了。进入 70 年代中期，随着人民生活水平的逐渐提高，煤炭和石油液化气已经成为家庭冬季取暖和日常生活的主要燃料，顽强的梭梭才有了喘息的机会。特别是近些年来，随着人们环保意识的增强，政府部门对天然植被保护力度加大，梭梭的身影又开始在辖区内大面积出现。俗话说，毁林容易造林难。对野生梭梭林更是如此，在辖区内要想见到五六十年代那种规模的梭梭林，怎么也得经过几代人上百年的努力。

我对梭梭渐生敬意是自 1974 年工作后迄今三十多年的时间里，尤其是在大漠筑路的那十多年。不管是下农场还是在企业，大多时光都和戈壁大漠为伍，与梭梭红柳相伴。让我对梭梭的生长环境有了一些了解，对它的品质有了粗浅的感悟。

修筑滴西一井探临公路，从彩南十一井一路北上，穿越410座沙丘，直达古尔班通古特沙漠腹部。在沙漠中施工，能见到的野生乔木唯有梭梭。古尔班通古特沙漠与塔克拉玛干沙漠不同之处在于，前者是带状，后者是蜂窝状。古尔班通古特沙漠的带状形成归功于梭梭。在冬季里施工，机械手、施工员烤火取暖全是梭梭的付出。有一次，一名员工在沙漠里迷路了，晚上点着了干梭梭柴吓退了狼群，发出了求救的信号，保护了自己。

在浩瀚无际的大漠里，梭梭顽强地生长着，默默守护着脚下的阵地，阻挡着风沙的流动。千百年来，它们不屈不挠，前仆后继，死后也不忘记自己的使命，俯下身去形成植被紧紧护卫着脚下的那一方沙土。地久天长，造就了一条条北高南低、北缓南陡、横贯东西的沙海巨龙。空中俯瞰，甚为壮观。

从梭梭身上，我们看到了个性的魅力。在乔木家族中，梭梭既不高大，也不靓丽。严酷的生长环境，造就了它独特的性格。人们常说，富有个性的才是美丽的。梭梭无拘无束地生长，形成了枝干各异的雄姿。当你置身于石西油田大漠脚下全国最大的梭梭林保护区，会感到一种视觉的冲击。每一棵梭梭似乎都是雕塑大师的杰作，它们虽是一族兄弟、孪生姊妹，但绝无重样。奇石的价值在于各异，根雕的风采始于自然，梭梭的魅力源自天成。

从梭梭身上，我们明白了适者生存的道理。大漠里的梭梭一般只有一两米高，因沙漠中雨水稀少，年降雨量只有四五十毫米，在这样的环境里生存，高了枝干易被狂风折断，大了水分难以满足需求。为了生存，它们极尽所能把根扎得很深，以积聚战胜磨难的力量；把叶子变得很小，以减少体内水分的流失；色泽演绎得很淡，以抵御强烈阳光的侵袭；以至为了生命的存活，造就了冬眠和夏眠的特性。从梭梭身上，我们感悟到了勇敢和顽强。古尔班通古特沙漠腹部盛夏地表温度高达60多摄氏度，严冬冷到零下40多摄氏度。风起时狂风夹带着沙粒犹如出膛的枪弹。在恶劣的环境和狂风面前，无数野生乔木、灌木选择了退缩，当了逃兵，甚至放弃了生命。但乔木中唯有梭梭，虽经历无数次风霜雨雪的洗礼，即使体无完肤，伤痕累累，它们也没有屈服，没有退缩。烈日的暴晒，严寒的侵袭，干旱的煎熬，一生中梭梭要经历超越唐僧取经的九九八十一难。但它们顽强地承受着、忍耐着，不抱怨，不放弃，任凭世外几多风云，傲然耸立大漠旷野，笑看万物四季轮回，领略天地沧桑巨变，像一个忠诚的卫士，忠实地履行着神圣的使命。

从梭梭身上，我们读懂了无私奉献的含义。梭梭虽不高大，却敢于挑战暴虐；虽功勋卓著，却从不居功自傲；虽身处艰苦环境，却从不畏缩，把优越安逸舒适谦让给垂柳、梧桐、云杉、白杨……把艰苦荒凉孤寂留下来自己承受。梭梭的一生唯有付出却无索取。种子被风吹落，在哪里被沙土掩埋就在哪里安家，从不抱怨命运的不公，从不放弃生命的价值，有一分热，发一分光。钻出地面，便开始了奉献的旅程。春日里它装扮着荒凉的大漠戈壁，让大漠戈壁充满生机和活力；夏日里它用自己的身躯滋养着无数昆虫、走兽，为它们遮风避雨，提供食粮；秋日里它向大地播撒着孕育的果实，让顽强的生命在所能触及的每一个角落延续；冬日里它不惧严寒，身披霜雪，把荒寂的旷野点缀得分外妖娆。

从梭梭身上，我们汲取了战胜困难的勇气和力量。在多年沙漠公路施工中，筑路工人们都是夏斗酷暑，冬战严寒，每天工作10多个小时。生产车司机、机械操作手一上车就是六七个小时，身上的工服湿了干，干了湿，白色的汗渍把工服都变成了迷彩服。施工员、测量工在烈日的暴晒下，脸上的皮都跟梭梭的表皮一样成了鱼鳞状。在荒芜人迹的大漠中，是梭梭的精神激励了员工，感染了我们，使我们出色地完成了每条道路的施工任务。

从梭梭身上，我们感受到了生命的价值和尊严。它不因自己的丑陋而妄自菲薄，它虽无杨树柳树的浪漫，白桦云杉的高贵，槟榔椰榕的文静，但遍体鳞伤的身躯却不乏壮美。它卑微，却背负着大漠绿色的希望；它贫寒，却丰富着戈壁的五彩家园；它矮小，却撑起了大漠高耸的脊梁。

梭梭是一种天然作料儿，梭梭炭火烤出的羊肉串别具一格，香味沁人肺腑，新疆烤肉串名扬四海，梭梭功不可没。梭梭的嫩枝是野生食草动物的上佳饲料，尤其是冬季和春季饲草缺乏的季节。梭梭还充当着药材——肉苁蓉的寄主。梭梭活着是战士，绿化大漠，固沙守土，护卫家园；燃烧是使者，发出光热，驱除黑暗，温暖他人；死后是英雄，化作灰烬，肥沃土地，滋养万物。

前些年，油田道路已纵贯古尔班通古特沙漠，每当我驱车行驶在这条洒满油田筑路人的汗水，记载着油田筑路人功绩的沙漠公路上，都会看到梭梭熟悉的身躯，眼前都会忽隐忽现地显现出石油筑路人的身影。石油工人吃苦耐劳，无私奉献的精神和大漠梭梭不畏艰苦，勇敢顽强的品质相互交融辉映着，相互激励鼓舞着。为人们，为这世上万物提供着取之不尽的精神食粮。

有一次，我陪着内地一个城市的领导穿越沙漠时，客人们站在高耸的沙梁上极目远眺，称赞壮观的油田沙漠公路是人间奇迹，赞赏品质坚韧的梭梭是上天赐给大漠的圣女。来宾们纷纷与路边的梭梭留影，还有人折下它的嫩枝夹在书里，说要带回去当作标本，留作纪念。受到感染，我在心里不由自主地举起了右手，向这些凝聚着青松气质、红梅品格、石油人精神的大漠之魂、戈壁圣物行礼致意！

我们有理由相信，总有一天，随着科技水平的提高，人们环保意识的增强，戈壁会回归原始，大漠会改变容颜，实现梭梭坚守的希望。

罗基础，中国作家协会会员，中国石油作家协会理事，克拉玛依市作家协会、克拉玛依石油作家协会常务理事，独山子文联常委、作协主席。出版有长篇小说《玛依塔柯之恋》。

站在独山子区的一个街口

独山子是克拉玛依市的一个行政区，距市区中心150公里，中间隔着查屯市，是一块飞地，以一条输油管线和217国道像一根“脐带”从市区延伸至这里。

独山子城不大，路名却很大，基本上都是些大城市：北京路、天津路、南京路、杭州路、成都路、青岛路……还有一些石油企业或油城的名字：大庆路、长庆路、安庆路、金山路、盘锦路。

在这些道路中，最有名的是北京路和大庆路。

先说北京路。北京路以前叫国防公路，也叫独库公路。沿着这条路向南，穿过天山就是南疆，可以直达库车。

在上世纪80年代，这是独山子最东边的一条公路。这条路的东面就是戈壁，是打柴火的地方。当然，也是孩子们的乐园。他们在这里挖老鸹蒜吃里面的甜心，采一种叫“狗尿苔”的菌类植物互相追逐打闹。开春时，团委会在这里组织风筝比赛，同时也组织一些学生在此地除四害——挖开隐藏在地下的蚊蝇虫卵消灭之。

记得我在技校任教时，一天在厂里实习的学生与师父发生口角，我的学生口出狂言：下班后东戈壁见！他说的东戈壁就是国防公路以东。无独有偶，在乙烯工程筹建阶段，我找一位刚调入的“不合格党员”谈话，他原来是班长，有希望竞聘到副主任岗位，但最后不仅希望成泡影，班长也撤掉了，还被评为“不合格党员”。其原因就是在国防公路以东与人“单挑”。

这里还是年轻人谈恋爱的“好望角”和“天涯海角”，是独山子的东郊。两个恋人轧马路到此驻足，或转弯回返，或站立或倚靠着自行车说着甜蜜的话语，我也是其中之一。那时，除了电影院的确没有可以谈情说爱的好去处。当然，也有个别小青年会冲进戈壁里，在红柳丛或夜幕的掩映下抒发自己的情感。

那时，出行的交通工具就是自行车。上班时，大家基本上都骑着自行车从东向西沿着不同的路踩着脚蹬子飞奔，像一股潮水向位于西面的炼油厂、机械厂、幼儿园涌去；下班时，大家又从西向东或回家或到一食堂用餐，像一股潮水向东涌来。每天如此，上午一个来回，下午一个来回，像大海的潮汐，准时准点。

在这股潮水般的人群里，有车间主任、技术人员，更多的是工人。当然，还有我。大家以不同的姿势骑着车，以不同的方式表现着自己的心情和性格：有的点头打招呼互相问候；有的皱着眉头思索；有的年轻人兴冲冲地在人群中高声喊着蹿来蹿去；有的一手扶把一手掂着装包子的塑料袋，间或往嘴里送一个；有的用期盼的目光在人群里搜索，那是女工在窥视她心目中的白马王子、小伙在等待那一道靓丽的风景。

如果把上班的人流比作潮汐的话，那么，这条路就是独山子的东岸。

20 世纪 90 年代建 14 万吨乙烯工程，这条路开始向北延伸，直到乙烯厂大门口。这条路才被命名为北京路。也就是从那时起，独山子的城市建设跨过了北京路向东发展。所以，北京路也是 1990 年前后的分界线。

再谈谈大庆路。大庆路是独山子最长的一条路，最先有名字的道路之一。路的西端是炼油厂，从炼油厂向东走：上世纪七八十年代东端是国防公路；上世纪九十年代东端是南青岛路；2000 年后东端不断向东推，依次是杭州路、天津路、盘锦路、重庆路。就像黄河入海口的山东省垦利县，每年向东延伸。同时，炼油厂又像一个永远掏不尽的宝葫芦，源源不断的财富沿着大庆路不断向东流泻。

大庆路还是最有名的一条路，来过独山子的人都知道这里有条大庆路。记得 1983 年我在青岛化工学院进修时，一个徐州技校的老师说，在《人民画报》上见过独山子：一条公路像喇叭口通到炼油厂，路两旁规线架在空中，那条路叫大庆路。我想这幅照片可能是记者站在国防公路上对着炼油厂拍的。我告诉他，路两旁管廊上是蒸汽线和自来水线。在他们的印象中，石油单位到处都是石油管线。

在 1990 年以前，大庆路的长度到 3 公里。1987 年我在厂办当秘书时，听到厂领导议论关于给职工发交通费的事。有位领导说，发交通费是有规定的，必须超过 3 公里，大庆路才两公里六，不符合条件。现在这条路已有两个 3 公里了。

这条路之所以有名，就是这条路承载了独山子不同时期的重要历史，这条路两边的建筑物在各个时期扮演着那个年代的重要角色，它像一个历史老人，见证了独山子的变迁。

在 20 世纪七八十年代，这条路两边有：本地最具实力的炼油厂办公楼、最威严的公安局、最大的职工一食堂、最大的电影院、最大的文化宫、最大的昆仑商场、最大的武昌路商业街和淮南路市场、第一个居民楼大院——九区大院。唯一的电大、红绿灯、银行、准噶尔明珠雕塑等等。这些，有的还在继续奉献，有的已物是人非、转作他用，有的已作为文物保护起来。

上世纪九十年代以后，这条路向东延伸。政府及企事业办公楼、金融商业、文化体育设施及居民区等沿街渐次建成投用。

这条路几乎云集了独山子的政府和企事业的主要管理部门和办事机构及金融商业、文化娱乐、餐饮服务等。到独山子办事，基本上都可以在大庆路解决。走在大庆路上，仿佛进入了独山子的历史长廊，路两边的风景都是一个个历史故事，从苏式老建筑到现代化的文化中心、体育中心、玛依塔柯广场，从西端的老杨树到东面的景观带，从炼厂门口的小转盘到各路口一个个交通标志。让老独山子人讲起来，可能要好几天。

独山子地处准噶尔盆地的南缘，天山北坡前沿地段，南高北低，400多平方公里的土地呈丘陵状分布。20多平方公里的城区建在比较平缓的中部地段，呈东西走向，而这条路就是城区的中轴线。往南三四个街区到了南环路，向北四五个街区就是北防风林。其余都是工业区、绿地和草原。职工去几公里外的工厂上下班由通勤车接送或自驾私家车出行。

由于这条路是独山子的主干道，也是绿化美化亮化的重点。入夜，华灯初上，放眼望去，真有点让你不知身在何处的感觉。记得有一次我接待一位从首府来的干部，饭后我们在大庆路散步，他说，这条路有点像长安街。大庆路，是一条有故事的路，一条有传奇色彩的路。如果你到独山子，一定要下车，在这条路上走一走，收获一定不小。

现在我站在北京路与大庆路交会的十字街口。

向南眺望，蓝天白云下是白雪皑皑的天山，往下是一抹青黛，再往下是大片的绿，这个由青草铺就的绿地，顺着慢坡，像一块绿毯越过玛依塔柯山一直铺到脚下。在这绿地的前方，隐隐约约有哈萨克毡房飘出的炊烟，仿佛诉说着古老的草原文明。

向北俯瞰，这条在松树、圆冠榆簇拥下的北京路一直把我的目光引到雄鹰展翅形状的乙烯厂大门。那里面，是22万吨乙烯装置，后面就是远近闻名千万吨炼油百万吨乙烯工程，这两块地方合起来是目前国内最大的炼化一体化企业，其乙烯生产能力占中国石油的30％。这里的技术、设备和操作人员都是国际一流的，它诠释了什么是现代工业文明。

面朝东，极目远望，是鳞次栉比的办公、商贸、金融大楼和居民生活区，集中展示了改革开放以来阶梯式发展的时代画面。

回头向西望去，映入眼帘的是琳琅满目的商铺和以杨拯陆为原型的明珠塑像。在它的背后，是带有上世纪明显印记的老建筑、老树林。当然，最老的是苏式建筑——原工人疗养院和二层办公楼。

这个十字街口，是草原文明与现代工业文明的交汇点，是历史与当代的交汇点。我站在这里，心中似乎有一种辽阔粗犷与精致细腻的冲撞，有一点“念天地之悠悠”的感叹，还有一点“我为祖国献石油”的豪迈，更多的是对实现“我的中国梦”的一种憧憬。

旁边，几台挖掘机正在九区大院进行拆除作业。这个曾经在上世纪八十年代最现代化的三层居民楼大院将不复存在，取而代之是一组高层楼群。“九区大院”这个名字，将成为一个记忆。我想，这就是发展，这就是历史。

站在这个十字街口，你会有很多感受，不论你是本地人还是来去匆匆的过客。

李佩红，中国作家协会会员，中国石油作家协会理事。在《人民日报》《读者》《中国作家》《光明日报》《西部》《绿洲》等报纸杂志累计发表散文、小说70多万字。《变迁》被《读者》和《年度优秀乡土文学》转载，入选高中语文阅读素材。报告文学《穿越塔克拉玛干》入选2014年中国报告文学协会优秀作品年选。出版个人散文集《塔克拉玛干的月亮》。

克拉玛依的风

离开故乡十几年了，游子在外，走南闯北，随处漂泊，少不了有人问：你从哪里来？我每一次都认真如实地说，我来自吕远作曲的20世纪50年代唱遍大江南北、几乎家喻户晓的《克拉玛依之歌》中的克拉玛依；尽管我很想说，“不要问我从哪里来，我的故乡在远方”。因一颗流浪的心我和三毛一样漂浮着轻烟似的缕缕乡愁。

有人问：你故乡特产什么？

我回答：特产大风。

什么？

没有真正生活在克拉玛依的人永远无法理解我的话，正如我不能理解江南的梅雨和大雾，所以，他们满脸的诧异也就不足为怪了。

克拉玛依是新中国成立后发现的第一个油田。我的父母是在1956年新华社发布“克拉玛依地区是很有希望的大油田”这个轰动全国的消息之后毅然选择进疆的。青春年少的他们怀着现在有些年轻人无法理解的报效祖国、建设边疆的满腔热血，随着转业部队，坐运送货物的火车，浩浩荡荡挺进新疆。他们在乌鲁木齐受到的欢迎不亚于欢迎抗美援朝归来的“最可爱的人”。在乌鲁木齐稍事休息，一辆辆大卡车便载着他们直抵克拉玛依。

克拉玛依地形呈斜条状，南北长，东西窄，西北高，东南低，背靠一抹黛色的成吉思汗山。当年成吉思汗的马蹄踏遍了新疆这片广袤的土地，马鞭挥处，直指成吉思汗山也并不为怪。克拉玛依南面是一望无际的戈壁，向准噶尔盆地中心倾斜。戈壁滩上生长着大片的胡杨和梭梭、骆驼刺、夏荒草、红柳，成群的黄羊在原野上奔跑。当时，克拉玛依除了如今仅残存几根俄罗斯风格的白色立柱的友谊馆外，满目荒野，几万转业大军就在这片荒无人烟的地方安营扎寨。

按风水学讲，克拉玛依后有靠，前虽没照，但开阔平坦，算是块风水宝地。此推断当然没有科学依据，先辈们选择克拉玛依这片土地定居，更深层次的原因是“黑油”。克拉玛依是维吾尔语“黑油”的音译。翁文灏出版的《中国矿产志略》记载，“曾发现油泉甚多，积年多为沙土迷塞，与存者仅有九泉。”有了黑色的石油，新中国就能甩掉“贫油国”的帽子，城市道路上跑的交通车顶上再也不用背着被外国人耻笑的大气囊。

不知是先辈们有意彰显石油人战天斗地的豪迈气魄，还是没有预料到，他们选择的风水宝地正处于风口的下端。站在克拉玛依城向西眺望，绵延的山脉中的凹形，仿佛鲸鱼张开饥饿的大嘴，时刻准备吞食一切。这个老风口，恰如一个修炼千年的精魔，平时不露蛛丝马迹，经常在夜深人静时偷袭。排山倒海般的狂风奔泻而来，把堆放在外面的东西席卷而去，从睡梦中惊醒的石油人使尽吃奶的力气，扯拉住鼓成风帆似的帐篷，很多次他们都抵不过一个紧似一个的风浪，帐篷像加足了马力的车轮，裹着人滚了出去……

他们到达克拉玛依后第一个深秋遭遇的第一场 12 级大风，着实把我的父辈们震慑住了。我的妈妈千辛万苦从家乡带来的衣物，收藏的小花手帕，写了多年的日记等，全部被风刮走，一无所剩。刚刚离开山清水秀的故乡，粉皮嫩肉的妈妈吓哭了。尽管妈妈每晚依偎着父亲宽阔的肩，可是，帐外的声声狼嚎和着鬼泣般的大风，让她无法入睡。听妈妈说，她那时最大的奢望是能洗个痛快的热水澡，每天远远望见长骆驼队驮着一桶桶水渐渐走近时，身子就感到奇痒，水倒进她的脸盆就停下来，任她怎么祈求，和别人家一样，一天的用水就这么多了，妈妈眼中每一次都闪动着失望和凄苦的泪花。她们几个月都没有水洗头，更别提洗澡了，一次次的风沙，把人吹得蓬头垢面，每天早晨，梳头发成了妈妈的一大难题，她忍痛剪掉了为之骄傲的齐腰发辫，为此妈妈流了眼泪，那时的她唯一的念头就是返回故乡，离开这个鬼地方。

他们当中的一些人，实在无法坚持，当了逃兵。十几年后，我父亲回老家探亲，见到当年逃回故乡的战友，他们后悔不迭，想重返克拉玛依已不可能了。像那首从小听到大、唱到大的《我为祖国献石油》歌词中那句，“哪里有石油哪里就是我的家”。他们中的绝大多数人留了下来，把家安在了克拉玛依。我就是出生在父辈们为避风沙挖建的地窝子里，我的第一声啼哭划破了深邃寂静夜空，给年轻的父母带来了生命的希望和喜悦。

说克拉玛依第二代石油人伴随大风成长一点不为过。五六级风对于我们，像春天的席席清风般惬意，七八级风如家常便饭，特别是春秋季节，气势磅礴的大风一场接一场，比赛似的，直刮得人心烦气燥，忍无可忍。

“黄河远上白云间，一片孤城万仞山；羌笛何须怨杨柳，春风不度玉门关。”这首专写塞外的古诗是对20世纪六七十年代的克拉玛依城最贴切的写照。那时的克拉玛依很少有绿色，一条条笔直的路像棋盘上的纵横线条，把一个个石油新村分隔开，新村里的一排排土坯房整齐划一，一个新村大约住着几百户人家，每个新村都有一个共用的水房，水房周围长着几棵或十几棵不等的茅盾散文《白杨礼赞》中描写的那种白杨树。在新疆有水的地方才有绿色。马路两旁的树叶干巴巴的，缺少水分的样子，树干一律朝着顺风的方向歪长，以至在别处看见笔直的大树我都有些不习惯。

春天，在我孩童的记忆里，没有鸟语花香，清风扶柳，更没有杏花春雨，只有大风。一般刮过五六次大风之后，人们开始换上春装，又在同样多的风中送走了炎炎夏日。

《克拉玛依市志》中清楚地记载着，从 1958 年至 1988 年的 30 年间，10 级以上的大风就有 19 次之多，这恐怕创中国之最了吧？

自记事以来，我经历了两次 12 级大风。第一次是 1984 年 4 月 24 日。那天我下夜班，狂风肆虐时我已沉沉睡去，等我晚上醒来，一切都归于平静。我感受到的只有满头、满被、满屋的几厘米厚的沙尘，路边横七竖八倒下的树木、折断的电杆及堆积在单位大门口的一米多高的大沙丘。第二次经历大风感觉全然不同。我们一行三人乘车前往乌鲁木齐办事，出发时，克拉玛依的天空湛蓝，万里无云，微风徐徐，是个惬意的好天气。当车行驶出市区几十公里，天色突变，我们下车观望，只见滚滚黄沙遮天蔽日，排山倒海席卷而来，司机忙把车停靠在路边，车刚停好，狂风便压过来。顿时，天地一片昏暗，车外能见度不到一米，什么也看不见。我们乘坐的小车如大海中的一叶孤舟，任凭巨浪扑打着、摇撼着、颠簸着、撕扯着，发出“噼噼啪啪”的响声，仿佛随时都会断裂。我们用衣服堵住鼻子和嘴，紧闭双眼，可沙尘很快从车的缝隙中钻进来，平时，总觉得小车的密封太严，不开窗嫌闷，可此时却像敞开大门，沙尘长驱直入，我们从头到脚盖着厚厚的沙土，好似刚刚挖出的出土文物，任意一个动作，沙土便纷纷落下。我们整整等了三个多小时，待风势稍减，才试着上路。

当然，克拉玛依风的脾气并不总是如此暴戾。火热的夏日，傍晚时分，忙碌了一天的人们，吃过晚饭，坐在门口乘凉，克拉玛依风善解人意似的，格外凉爽、温柔，吹走了人们的疲劳和困顿。

不知是克拉玛依城鳞次栉比的楼房，还是越来越多的树木阻挡住了风的脚步，进入 20 世纪 90 年代，克拉玛依再也没刮过 10 级以上的大风。

去年夏天，我返回阔别已久的故乡——克拉玛依。晚上我们全家散步到九龙潭，只见一条长龙似的水渠从远处蜿蜒而至，清澈的水流从九条巨龙的口中喷涌直下，流进克拉玛依河，弟弟介绍说，九龙潭的水从几百公里远的阿勒泰引来，是西北地区首屈一指的引水工程。

克拉玛依油田开发快50年，石油产量递减快，又找不到新的接替油田，待石油枯竭，引水利用克拉玛依开阔的戈壁，开发大农业，实现可持续发展。

我们沿着克拉玛依河漫游，环城而过的克拉玛依河像一条波光潋滟的玉带，环绕着这座年轻的城市，使干涸了亿万年的土地有了江南的灵秀，我们一直到达城外下游的一片开阔的湖域，极目远眺，竟然发现十几只白色的沙鸥在烟波渺渺的湖面上飞翔。这在从前连灰灰的小麻雀都少见的克拉玛依真算得上是奇迹了。

克拉玛依城经过多年痛苦的涌动，有了河水的滋润，终于羽化成一只美丽的彩蝶，靓丽了人们单调的视野。如今的克拉玛依是一块镶嵌在戈壁滩上的璀璨夺目的宝石，因了克拉玛依河，这儿成了真正的风水宝地，这个老油田又焕发出新的青春活力，自2002年起，年产原油上千万吨，一跃成为西部的大油田。据专家预测，克拉玛依的石油还可以开采一百年。

如果说石油连接着克拉玛依的远古和现代，历史和未来，那么我想，克拉玛依的风，早已凝固成石油人风一样坦荡、热情、真诚、顽强、自由的魂，在一次又一次与自然的抗争和搏击中，创造着生命的奇迹。

宣庆勇，1975年生，祖籍安徽安庆。克拉玛依市作家协会、克拉玛依石油作家协会常务理事。已在《西部》《克拉玛依日报》《新疆石油文学》等报刊发表散文、诗歌、评论等多篇（首）。

沙枣花香

记得我几岁光景的时候，每逢沙枣花开，戈壁滩上就能闻到弥漫着沙枣花的香味儿，摘了几朵插在空的啤酒瓶里，满屋漫香。最后，我还舍不得扔掉，夹在书里，展开书，书里也混合了沙枣花的味道，常拿着书去小朋友中间炫耀。

“这有什么？”四眼憋红了脸，说道，“俺爹从上海带回来的大白兔奶糖比它味儿好！”四眼是爷爷奶奶带大的，他的父母最近才把他接到油田来生活。他一口不流利的新疆话混合着东北口音，总是惹来小伙伴们欢快的笑声，这时候，四眼涨红了脸低着头，委屈极了。四眼喜欢跟在我和钢子的后面，就像是我们的跟屁虫，寸步不离。

钢子、四眼和我坐在一堆石子上面，嚼着大白兔奶糖，惬意极了。整个厂区和家属区零星散落在戈壁滩上，出了家门，便是一望无际的戈壁，实在无趣。大人们经常把我们几个反锁在家里，那时候都是平房，钢子最有办法能从家里翻到门外，而我只有把钥匙从窗户扔出去，钢子捡到把门打开，我便自由了。如法炮制，几个孩子们便凑在一起，在戈壁滩的废旧油罐那里捉迷藏、抓蚂蚱。钢子他妈一次回家取东西，看见我们在废旧油罐那里爬上爬下，把刚子狠狠地收拾了一顿。她是怕孩子掉进油罐里，吓唬我们说油罐里面有大老虎。于是，我们几个找来粉笔玩跳房子，和女孩子们玩跳皮筋，实在不亦乐乎，四眼的爷爷从老家赶来，说是想孩子，我们便围着四眼的爷爷，缠着他给我们变魔术。

父母在家的时候，我大多在自家的院子里玩积木、看儿童画报。

这时候，不知道从哪来了两只兔子，在我家院子的墙角挖洞。母亲兴奋极了，说是兔子要在我们家里安家了。天气好的时候，便看见兔子钻出洞，在我家院子里恣闲地晃悠。晚上厂区放电影，大人们从家里搬来小马扎，围坐在某堵白墙后面，有秩序地观看电影。卖瓜子的老奶奶来了，用报纸做成小杯子装满瓜子，在那里叫卖。花上两分钱，买上一杯瓜子，嗑着瓜子，看着电影，很是惬意。我们这些孩子看一会儿电影便觉得无趣，问大人要上 5 分钱，买个冰棍，跑到一旁打闹。整个家属区很小，人也很少，大家都很淳朴。大人们白天在一起上班，晚上在一起打个双扣，日子过得很平淡安静。

沙枣花谢了没多久，便结出一颗颗发黑发甜的小沙枣。父亲小心翼翼地将我们吃剩的沙枣核洗净晾干，又从床底拿出一个大纸箱子，里面有去年攒下来的沙枣核。他找来铁丝、钳子等工具，费了很大工夫，做出一扇漂亮门帘，很漂亮，邻里们都来我家参观，由衷地称赞父亲的手巧，家里像是过年一样弥漫着开心的气氛。没多久，整个厂区开始流行这种窗帘，手巧的人找来废旧的挂历，做出花绿绿的门帘，煞是好看。

这时候四眼家里买了进口的彩色电视。接着又听到谁谁家也换了高级的 12 英寸（约 30.48 厘米）彩电，相对于黑白单调的两色，这太诱惑人，于是厂区的大人们都开始集体攒钱。我们家也是差不多攒了整整一年，才换上彩色电视。而且当时的电视质量非常好，一直用到了我上初中，还是舍不得扔掉，最后是送人了。这台 12 英寸的彩色电视带我认识了米老鼠、葫芦兄弟、黑猫警长，留给我许多美好的回忆。记忆中第一个有印象的电视剧是《西游记》，最好看的电视剧是《射雕英雄传》。

每当听说食堂来了一批新鲜的肉和菜，有些等不及的大人们便催着孩子们赶紧先去排队，自己则赶着回家取粮票，每到这时候大人们总是为了能领到那点儿肥肉而斤斤计较。那时，油田厂区实在没有什么更好的食物，好多孩子都缺乏营养，瘦不拉几、头发发黄、个头不高，他们的父母想方设法地争取到一些肥肉，拿回家炼油，到了冬天做馓子炸油饼。四眼就属于那种营养不良的孩子，我家领到的肉上有一块很大的肥肉，可是四眼家就没有那么幸运了。母亲高兴地回家炼了一大碗油，取了一些装在小碗里，让我送到四眼家里。当然回来的时候，我的碗里放了许多大白兔奶糖。那时候大人们总是将家里好吃的送给邻里一份，拿到食物，邻里也是赶紧让孩子们先吃。呵呵，我们这些小孩总是吃不够，一会儿就盘子见底了，家里孩子多的，总是抢着吃，抢不上的就哭了，大一点的孩子懂事了就会让着弟弟妹妹，拿来好的先给弟弟妹妹们吃。

冬天的沙枣树落了一层厚厚的雪，待结成冰，整个树晶莹剔透，像是水晶珊瑚般惹人喜爱。那时候的雪非常厚，踩在雪地里，发出“咯吱咯吱”的响声，钢子、四眼和我快乐地在雪地里踩出一串串的脚印，看着只有我们脚印的地方，咯咯地笑着，小时候的快乐总是没有任何理由。我们堆了雪人，虽然不是那么好看，但也找来胡萝卜认真地装饰一番。手巧的男人们做了雪橇，带着孩子们在冰溜子上面滑冰，戈壁滩上荡漾着欢乐的笑声。没有冰箱，放一碗糖水在院子里，第二天便有了一碗甜甜的冰，舌头会不小心粘在碗边上，于是便小心翼翼地吃着。等到第二年春天，好久没有看见家里的兔子了，父亲挖开那些洞，看见了一窝小兔子和两只大兔子，都冻死在里面。我很伤心，戈壁滩的气候非常恶劣，兔子也不容易生存。

这样子的欢快时光又过了两年，油田盖了许多统一样式的四层楼房，大人们按资格抽号排房，孩子多的抽大型号的房子，家里是独生子的抽小型号的一室一厅的房子，好多油田工人们从采油厂的家属区搬到了市区，住上了有卫生间的楼房。钢子、四眼和我的新家还是住在一起，我们再也不用相约去外面的总是灯泡不亮，要打着手电的公共场所蹲坑了。大家很是兴奋。可是市区没有沙枣树，到了夏天再也闻不见沁人心脾的沙枣花香味道，这一点令人遗憾。只有偶尔，父亲从野外摘上几枝沙枣花，孩子们围在一起闻着沙枣花的香味，不由地说“真香啊”，或是等到黑黑沙枣结出来时，带几粒回来，让我们尝尝那丝丝的甜。那时我们还不懂什么叫怀念，但却在脑子里烙下深刻的记忆。

一晃 30 年过去了，沙枣花慢慢地消失在我们的世界里，不是说它不存在了，是因为很难再看见它，也很难听人们再提及它，现在的油田市区已经变成现代化城市，更是全国旅游城市、全国文明城市。自从穿城河的水引来以后，也就造就了宜居宜游的塞外江南美丽幸福城，河上几十座形态各异的桥梁连接城市南北。夜色渐浓时，灯光璀璨、游人如织。老人闲庭信步、孩童嬉戏玩耍，一派盛世和谐气象。人们恍若置身秀美的江南。试想这个时候，谁还能在市区里找到沙枣树，谁还会想到戈壁滩上的沙枣花的香呢？

李雪松，生于新疆玛纳斯县。新疆作家协会会员，中国石油作家协会会员。1992年开始文学创作，有诗歌、散文、文学评论散见于《新疆青年》、《绿风》诗刊、《文学界》、《西部》等杂志，现为克拉玛依日报社编辑，克拉玛依市作家协会、克拉玛依石油作家协会副秘书长。

此情可待成追忆

小时候，有一个邻家的奶奶很会种瓜。她扛着一把小锄头，在院子这边刨一刨，那边挖一挖，似乎也没有做什么。但是过不了多久，凡她所到之处，便会长出几丛又小又绿的嫩苗来。

我不识得她种的是什么。等到那幼弱的嫩苗展开了叶片并长出一层绒毛时，我便认出那是南瓜或西葫芦的叶子了。这些日渐肥大的叶子逢沟过沟，逢坡上坡，有的就凭借那妖娆的触须直接爬上了我家的墙头。才十几天的工夫，就在那墙上铺开了一张密不透风的毯子，给墙穿上了一件绿衣裳似的。

风吹过来了，墙头的叶子们挤挤挨挨的，你推我一下，我撞你一下，很像是一群顽皮的小孩子在打打闹闹。风止了，它们安静下来了，又像是害羞的小姑娘。

不知为什么，我很喜欢趴在墙头上往奶奶家看，大约是觉得奶奶的样子很是慈祥。她不知多大年纪了，但是身体还很健朗，又是个闲不住的人，每天都在院子里做这做那的。我看她一天在小屋里进进出出，在院子里忙东忙西，能看上好久。

奶奶来这里的时间不长，我对她本不熟悉。我只听大人们说，这里原是她儿子一家人住的，不知为什么搬走了，换成了她来住。

我家和她家，只隔一道半人高的红砖墙，那墙砌得低矮，不过是把两家的菜地隔开些罢了。

我总爱趴在墙头向那边张望，她大约是知道的，但她像没有看见我的样子。我也就颇自在地看着她慢吞吞地做许多事情。

要喂鸡了，她从屋里端出一个大大的旧搪瓷缸子放在窗台上，从里面捧了一捧黄澄澄的玉米粒撒在地上，又撒一捧，然后唤鸡来吃。鸡啄完了玉米，也就各自去了。又看她从屋里拎出半桶水来，倒在院子边上的一个水泥槽子里，再慢慢向屋子那头走去。走过屋角，那微驼的背影就一时看不见了。不久，她出来了，手里牵着头老牛来叫它饮水。那牛却只是不喝，拧着头痴痴地望向一边，像是很惆怅的样子。

我家没有养鸡，也不养猪。我问起来，大人们就说，鸡在院子各处拉屎，太肮脏了；猪呢，爱在泥水里打滚，吃喝拉撒全在一处，更是个埋汰东西，所以，也不养它。由此，我莫名地羡慕那些鸡鸭满院、养着牛羊猫狗的人家。依稀记得，我家倒是养过猫和几只羊的。

奶奶的老伴儿是个身材高大的人，相貌却不似奶奶和善，我有一点怕他。他不爱说笑，看上去颇为严肃，偶尔也会逗一逗我。他一扮起鬼脸来，那有些黑红的脸皮就全挤在了一处，眼睛却瞪得溜圆，脸上是一种似笑非笑、似哭非哭的表情，真的令人哭笑不得。虽然他是好意，但我还是不爱亲近他，因为他是个不苟言笑的人。

我很少见爷爷在院子里走动，不知他一天到晚闷在屋里做些什么。

奶奶家养的鸡多，我们就买奶奶家的鸡蛋吃。那时卖鸡蛋全是论个，很多人家都在卖鸡蛋，奶奶便觉得我们买她的鸡蛋是在照拂她。数好了鸡蛋，付过了钱，又要多给一个，母亲自然不要。推让之间，奶奶便快速地把那枚鸡蛋塞进我的衣兜，抚了抚我的头说："就当我送给囡囡吃的，看小囡长得多乖。"

那一个鸡蛋，让母亲很过意不去。过两天家里做了好吃的，便让我端一些给奶奶家送去。我返家时，奶奶已煮好两个红皮鸡蛋，又塞我一把甜甜的小枣。母亲见了，自是心中有数。母亲教书的中学，年节时也会分些白菜、带鱼、米面、清油之类的东西。你来我往中，母亲常会匀出一些让我给奶奶送去。我非常欢喜母亲的差遣，从小，我就对年迈又可亲的老人有一种天生的好感。

我成了奶奶家的常客，随便踩个什么东西就翻到奶奶家玩去了。说是去玩，不过是像个小尾巴一样跟在奶奶身后。奶奶种菜，我便拿个小铲子铲土；奶奶浇水，我便也用小缸子舀水，不过那水全都浇到别处去了；奶奶喂鸡，我也争着往地上撒玉米豆子，奶奶说够鸡吃的啦，我却是不听，奶奶也从不怪我。

有一次，我玩得口渴，奶奶就带我去屋里倒水喝。喝了水，奶奶不知从何处摸出两颗水果糖来，笑眯眯地举到我面前。我乐了，赶紧剥了一颗送到奶奶嘴里，再剥一颗给自己。我一边吃糖，一边翻来覆去地叠糖纸玩。奶奶见我这般欢喜，想了想，问我："你有亲奶奶吗？她疼不疼你？"我愣住了，好一会儿才说："有的，但我没有见过她，她在我很小的时候就去世了。"奶奶没有再说什么，只是轻轻地叹了口气。

爷爷常常咳嗽，他偶尔出几趟屋子，在房前屋后转一转，其余时间就躺在床上歇着，像是生着什么病。

几乎每天放学，我都要去奶奶家玩一阵。母亲一不见我，便知道我上奶奶家了，隔着墙头喊一声，我也就回去了。他们奇怪我为什么和一个老婆婆那样亲近，我却说不出个所以然来。

日子平静地过着。那一年9月，我上三年级了。有一天，我放学回家，看到奶奶家的院子里来了许多人，他们正往外搬东西，什么锅啊、碗啊、桌啊、凳啊的堆了一地。我认出那群人里有奶奶的儿子，我那小小的心里，突然有了一种不祥的预感——奶奶是要走了吗？

也许因为心智慌乱，我一时腿脚发软，平时那低矮的墙头，此时竟无论如何也爬不过去。我只好从大门出去，穿过屋后的树往奶奶家跑。我看见奶奶家的大门口停着辆大解放，人们正在往上面装东西，我又往院子里跑。奶奶被人扶着，正从屋里走出来，眼睛红红的，分明是刚哭过的样子。奶奶看见我，一把将我搂进怀里，好久才松开。奶奶把我搂得那么紧，还不住地用手揉搓我的头发和面颊，我感到了她沉重而压抑的悲泣，我那小小的心疼了起来，不由地哭了……

人世间，有许多事是我们不能理解的。难过了数日，我也就慢慢地好了。后来，我听母亲说，爷爷和奶奶是被他们的儿子接走了，奶奶在这里住的几个月，也是给儿子看房子的，现在房子都找好买家了。奶奶不想走，可那儿子却不答应呢……

从春天到秋天，她一共做了我六个多月的奶奶。

墙头上的南瓜花早已开过，那时候，它们一朵一朵地在阳光下灿烂着，我瞧着只是好看，却从未留意过它们的寂寞。

奶奶走时，那藤上结着的西葫芦都长老了，小南瓜就像一个个金色的灯笼。我突然想起来，奶奶种它，好像从来就没有吃过它，她看着它们的神情，就像看着一个个小孩子似的。我又想起来，奶奶和爷爷似乎很少说笑，奶奶总爱待在院子里，爷爷却整天地闷在屋中，他们就像两个世界的人。我似乎有些明白了，也许，奶奶种瓜，只是为了打发寂寞罢了。

隔壁的小院，大门一直紧闭着，不知为什么好久都没有人来住了。奶奶曾住过的屋子也上着锁，那头老牛和那一群鸡都不见了，院子一时变得那么静默和荒凉。那些个小南瓜、西葫芦，就那么一个一个地在风中寂寞地老去，再也无人问津。

那件事后，日头照常升起，时间一天一天地过去了，季节如常地换过了几个轮回。一直到我家搬走，我再也没有见过那个奶奶。

朱凤鸣，生于新疆克拉玛依。新疆作家协会会员，中国石油作家协会会员，克拉玛依市作家协会、克拉玛依石油作家协会常务理事。作品散见于《散文选刊·下半月》《散文百家》《地火》《新疆日报》等报刊，现供职于克拉玛依石化公司热电厂。

生与死的考量

凝固的9月

9月，又是9月。我讨厌9月，就在四天以前，儿子小安的爷爷去世了。去年的9月，女儿辛夷的奶奶去世。

我是个没有婆婆缘的人。2012年，我订了大农业的别墅，一直希望等别墅交工收拾出来，能够让女儿的爷爷奶奶来和我们一起住。女儿的奶奶特别喜欢花花草草，如果我们住在别墅里，白日里看看花、拔拔草、浇浇水，必然是都很开心、很快乐的。谁知道别墅钱交了一年了，连地基还没开挖，老太太就已经撑不住了。人送进殡仪馆，我留在病房收拾东西，一边收拾一边对着空的病床哭。对面病床的陪护亲友里，有公司财务处的叶姐在，她劝我不要哭。这么复杂的关系她可能也是知道的吧。

我对我自己的事情一向不愿对外多说一句，不过公司就这么大，时间长了总会有人知道的。我们平时几乎从无交往，她竟然也理解了我对前婆婆的感情。我只是后悔陪护得太少，就一晚上，仅仅一晚上。

我陪护的那一晚，她的情况比较稳定。我跟她说要好好养病啊，我等着她帮我去别墅种地呢。她使劲握着我的手，着急说话，让我拿来纸笔，签字笔黑色的笔画扭曲颤抖，横着竖着看，她着急咕噜咕噜说得也含糊，连说带比画，我们勉强知道，不知为什么说让我们找乌鲁木齐的一个医生。那医生是20年前她在乌鲁木齐住院时认识的，但现在早已经没有联系，多半不可能找着。她的大脑已经不知在哪里神游了。

死前会想些什么，我还是没弄明白。只是我当时看监测屏幕上指标稳定，还是很有信心她能挺过来，至少能再拖个一年半载。前姑子尽心照顾着，我在、护工在，她仍不肯走，最后我催着，三个人轮流睡觉，才勉强睡了一会儿。

隔了一天，说好晚上我陪护，还没到时间，我就接到电话让去医院。等把女儿也带上匆匆赶到医院，已经晚了。老太太一会儿就断了呼吸，绿色的屏幕上一条直线。护士来抢救仍然没有用。老太太的外孙女海伦也被叫过来了，我听见她在病房门口尖锐地哭叫，“我没有姥姥了！”女儿姑夫回家拿来寿衣，旁边的一位阿姨帮着一起擦洗身体换衣服，然后送到殡仪馆。

之后的好长一段时间，我几乎处于大脑失忆状态。我想不起来我是否参加了追悼会，是否上了山看老太太入土，我家辛夷是否去送了奶奶。她是唯一的孙女，应该是上山了吧。我想了很长时间也没有结果，直到公公去世，我又开始想老太太去世时的事情。后来我终于想起来下山后在餐馆里的几个片段，才判断我一定是上山送老太太了，不然不会有答谢宴这一出。辛夷是问了家里人，才知道她只去了殡仪馆，并没有送奶奶上山到小西湖墓地。孩子还小，我一直没舍得让她去。

我再婚生子，担心儿子没人带。因为妹妹才生了双胞胎，我妈要帮着照看那一双小人儿，而婆婆早已去世，孩子从没见过，公公年纪又大了，更不可能帮着带孙子。我曾托人问前婆婆公公，要是小安实在没人带，就托付给他们帮着带。这样，他们竟然也答应了。虽然后来我没有真的把儿子送过去一天，但是我还是很高兴，毕竟，他们心里是有我的，连带小安都能接受，喜爱。

15日那天早上，我正在开早上例行的碰头会。晓峰电话打来，说公公住院了要去白碱滩看看。我说等等我吧，等开完会我也去。他问十分钟内能不能开完，我回答困难。于是他挂断电话先走了。开完会，办公室同事要了车准备去看另一位犯了风湿住院的同事，问我要不要和他们同去，我不敢去，担心着公公那一头，坐在办公室七上八下地安定不下来。公公虽然以前也有过房颤住院，但都是没几天就出院了，这次有点不太一样。不过人总是不愿面对现实，万事都往好里想，虽然已经感觉不对，还是认为会像以前一样，没几天就好转出院。谁知道没过多会儿晓峰再打来电话，泣不成声地说爸爸已经走了。我找车送我去医院，才上路又接到晓峰的电话，说心跳已经停止 20 分钟了。我赶到医院，姑子们互相抱着哭，身为护士的四姐帮着清洗身体。其他人一边伤心一边商量着怎么处理身后事……

我从来都知道生命生生不息的道理就在于有生有死，我也知道难以接受的原因是心理习惯而已，不过事到临头仍然觉得止不住地悲痛。星球按着轨道运行，突然间身边的星球少了，平衡的引力变化，总是会失衡的吧，等重新适应，只有依靠时间。

我并不是一个喜怒形于脸色的人，哪怕一个人在角落里，都不愿面对自己真实的内心情感。我也常常教育我家陈妞儿要像谢安那样学会不动声色控制自己。不过这一回，我又一次不得不面对。

生生不息

9 月还有儿子的生日。儿子天天盼着过生日，从姐姐八月底过完生日，他就几乎天天倒算着自己过生日的时间，到最后十天了、八天了、七天了，一日日算着，直到 16 日，我晚上从孩子爷爷那边赶回来，儿子还在提醒我，17 日就要给他订蛋糕了，还有公交车玩具也该送给他了。过了生日就 6 岁了……

孩子爷爷下葬的时候，我们一致决定不要儿子跟着去。从头至尾儿子一点都没有参与。只是告诉他爷爷已经去世了，要埋在土里。女儿 16 岁，虽然不是亲生的爷爷，但过六一、过年的压岁钱、礼物，爷爷一向是和其他孙子外孙们一样给的，这份心意沉甸结实。以前我舍不得让她上山，清明节、除夕上坟一概不去。这一回，我想着她已经 16 岁了，有一些事情该知道也该去经历，所以向她的班主任请了半天假，让她跟着参加了追悼会、上了山，只是没等全部结束又托同事送她下山，赶回学校上下午课。

17 日送老爷子下了葬。18 日却是儿子小安的生日。

晚上儿子的三姑叫吃饭，摆了一桌子，把在城区的姐弟四家都叫来了。说老爷子虽然走了，但我们要过好，才是给爸爸的最大安慰。吃完饭了切蛋糕，把躲在哥哥屋子里的小安叫出来点蜡烛，唱歌。小安是真的觉得幸福，自己把灯关了，把旁边哥哥屋子的门关了，以求最黑暗里的蜡烛光亮照耀他的快乐。我们拍手唱生日快乐歌时，他转着圈儿一脸的陶醉。一如早秋的阴雨天里，灰蒙蒙的天空下仍然闪着光的金黄的白蜡树叶。

儿子，生日快乐，成长快乐，要让爷爷在另外一个世界里高兴！

世俗的好

我表面乖顺，实则长有反骨，而且有时候不愿加以掩饰。反抗世俗，许多琐屑懒得理会，身外的鸡毛蒜皮更是懒得听。对于身后事，一样是不愿像世俗那样被人摆布，聚集亲友一番折腾喧哗。我宁愿悄悄地走，纵然做不到张爱玲那样的遗世独立，可也绝不愿按部就班地埋进土里，再烧一堆纸灰。我知道死也许不过是另一种形式的转换或者空间的迁移，只是害怕死亡来临时的太过疼痛与太过难堪，还有几乎可以断定的毫无尊严。为此，我不止一次冷言冷面地告诉晓峰，我死时，火化，不通知任何人，不需再买墓地，就埋在我爸的坟包里陪着我爸。每次他听了，都不作回答。我知道他觉得还太早，不愿意这么早就面对这样的问题，甚至还觉得我无理取闹。明明，这是迟早要面对的事情，我不过打个预防针罢了，谁知道自己什么时候死呢？那些意外早夭的人，多半以为自己离死亡还很远。

这一回，加上参加过很多次葬礼的经验，我更加明白了，基本上，怎么死，甚至死以后的事，都是不由自己能决定的了。虽然，我更愿意静悄悄地走远。

意外的是，这一回，我却觉得世俗的好来。

总是生死事大，好歹要把人好好地送走，大到穿寿衣、买棺木或者骨灰盒、通知亲友、敲定坟坑位置、落实随车吊装栽机和干活的人工、写悼词，还有安排外地赶来的亲戚；小到洗相片、折黄纸、剪方孔纸钱、叠金元宝、准备干鲜贡品、找干活的手套，我甚至找同事帮我到工业园区偷偷砍了两节拇指粗的柳树枝用来做孝棒。在殡仪馆和坟坑之间奔波，一遍一遍商量讨论葬礼的事项和程序，生怕哪里会有错漏。更不要提一波一波来看望的同事、亲友、同学。短短两天时间里，我总要打起精神应对这些繁复的程序和琐屑事务，无形中干扰了许多的注意力，分散了悲伤。

我的父亲去世时日已久，差不多有 20 年了。那时我才工作不久，什么都不懂，什么都没有操心。主要是我妈和父母的老乡同事们在忙活，许多事情我既不知晓也遗忘了好多。我还隐约地记得女护士在给父亲做了心脏复苏的按压后，终于放弃。只记得最要好的同学来看我，我抱着她哭。只记得在灵车上看着路两边彩色雅丹地貌的土山，凛冽的寒风刮着脸，脸早都僵硬。

我以前也帮出事的同事同学家里忙，但未曾像这次一样，突然地理解和体会了世俗的好处。于是反省自己，是不是有点儿自私。将来死去给家人找的麻烦，如果能减轻他们的悲伤，那是不是应该考虑就这么接受烦琐又吵闹的世俗的死法。经年累月多少代人传下来的习俗，忽然理解了，固然是对挚爱的生命的敬重和难以割舍，可又何尝不是为了消解那些悲伤，平衡只有时间才能治疗的心理惯性，如此，就觉得从俗也是一件不错的事情。只是死都不能如自己的愿，多少有些不甘心。

生死一线

生儿子小安的时候，我进了医院，老何怕我家愣头青小子受不住压力，特意跑来医院陪着晓峰。有过生孩子经验的我，知道生孩子说起来伟大，其实最难堪不过，大概，除了死亡。我那时已经开始宫缩，一阵阵痛不可忍，却闹着让先生无论如何把老何劝走。假如可以的话，我希望一个人把孩子生下来，那时候的自己不想让任何人看见。

生女儿辛夷的时候还年轻，才 26 岁，顺产，却一样的难堪。生产前后的情形不消说了，生完后推出产房进入病房预备上床时，盖在身上的床单直接被掀开，孩子的爸爸、姑姑、姑夫都在场，帮着一块儿把赤身裸体的我抱到病床上。而那时，我筋疲力尽得没有任何反抗的力气和想法。

生的时候，我明明听到医生护士说要侧切，但根本没感觉到进行了侧切术。直到过了几天护士来拆线，我才确切地知道真是侧切了。可想而知那该有多疼啊，平时针扎一下手指头就嫌疼，生孩子时剪开身体最娇气的部分竟然都没察觉。

等到再生儿子小安时，已经 36 岁，这意外到来的孩子我终究是没舍得不要。然后呢，就是自讨苦吃了。阵痛时时发作，根本无法忍受，闹着让晓峰去找医生给剖宫，顺便把卵巢里的囊肿给剥掉。我的主治医生不同意，说我第一胎是顺产，这一胎孩子也不是很大，让自己生，卵巢囊肿可以以后再做手术。可我越到最后越觉得不对，明明做 B 超都说孩子比较大，四公斤以上了，和主治医生的判断差别也太大了。加上阵痛没完没了无法忍受，让晓峰再去找医生。所有的医生护士都觉得我太娇气，无理取闹。他们说，可能我对疼痛比较敏感。天知道我一直以为自己坚强勇敢以至强悍，谁晓得生个孩子完全刷新了对自己的认知，原来我其实又怕疼又娇气。那时宫口已经开了 1.5 厘米，医生来问我还是坚决说剖，于是安排了剖宫产。幸而当晚值班的是医院技术派的“蒲一刀”大夫，我顺利剖产，像母鸡肚子里蛋黄一样的卵巢囊肿也被剥掉，儿子称重四公斤八，体长 60 厘米。我躺在手术床上听大夫和护士们聊天说，怪不得闹着要剖，这么大孩子是应该剖的。

事后我无数次想，如果我没有闹着坚持剖腹产会是什么结果？这么胖的孩子，根本不可能自己生下来。听说有孩子卡住被锯开盆骨的，我不寒而栗！因为孩子大，取孩子时子宫上的一根大血管弄破造成大出血，我已经快死掉了，如果再锯开盆骨……我自小到大最大手术，就只第一次生产时的侧切和生儿子时的剖宫产了，真的难以想象！

回到病房以后，我莫名的一会儿冷一会儿热，冷的时候全身发抖、牙齿打战，热的时候全身是汗。冷热轮流交替，没完没了，我抱着被子闭着眼睛，暗暗想，这一回恐怕在劫难逃，我是不是见不到明早的太阳了？却忍着没敢说出来。先生显然也被吓住，去问了医生也不明所以。后来，干脆给打了两针镇定剂，折腾了大半夜总算慢慢消停下来。

今年夏天表妹生孩子，我年纪越大反而越知道危险，所以紧张许多。表妹宫缩早，持续时间特别长，到医院产科又人满为患，我放不下心，开始找朋友找同学拉关系帮助鉴定情况、联系住院，其实，我自己生孩子没有找任何关系。表妹面临的情况和我有些像，宫口开了，却开得很慢，到最后忍不住闹着要剖宫产。照例医生护士们都认为她情况不错，羊水清澈，应该自己生，让她坚持。她一人在待产室里，我在外面听见她连自己丈夫都不叫了，一声声绝望叫我：“大姐，我要剖。”我心惊胆战，在待产室门外大声说话哄着她，然后去找医生交涉。等到前面一名孕妇的双胞胎生产手术做完，终于轮到她手术。她的情况比我要好得多，孩子是正常体重。我在手术室外面和表妹夫说，决不许说她一个“不”字。我是过来人，知道要不是疼得受不了，不会不想顺产，表妹农村出身，自小干农活长大，绝不是娇气的人。

我生了小安，女儿很高兴，对弟弟稀罕得不行。中午儿子午睡，我们把他放在客厅的圈线地毯上。女儿凑过去，也偎在弟弟身边睡着。阳光从窗外照进来，打在白色地毯上的两个孩子，一室安宁。她在日记里写道：“我有自己的弟弟了，亲的弟弟。”

但是那时，我好长时间不高兴。为了给儿子取名字不高兴，为了自己莫名沦为生育工具不高兴，种种不高兴，只觉得生而绝望，郁不可解。这种情况，持续了三年之久。又过了两三年，有一天，我突然回想起来，奇怪自己当时怎么会那么悲伤绝望，才恍然明白，我中了一种叫作产后忧郁的毒。而当时自己毫不自知，家里人也略无觉察。我一直以为像我这样大条开朗，又理性强大的人，精神疾患和我不会有一星半点儿关系。刚工作在电厂上班时，听说有一个同事的妻子因为产后忧郁，在孩子 2 岁时自杀身亡。那是我第一次听说产后忧郁，却很不理解，孩子都 2 岁了呀，正可爱的时候。唏嘘感慨一番，但也就过去了，从没把它和自己联系起来。等我反应过来，天已大亮，好几年都过去了。

生死一线，生的喜悦和忧郁也是相形相生。

杨勇，河南社旗县人。新疆作家协会会员，中国石油作家协会会员，克拉玛依市作家协会、克拉玛依石油作家协会理事。出版有诗集《关于这方土地》《大地的风景》等多部。现供职于新疆油田公司准东采油厂文体中心。

诗意准东

准东，本是一个石油资源分布区域的概念，原指新疆准噶尔盆地东部油田，后衍生为对这方矿区生活基地的通称。

这里春来生机盎然，盈盈绿意尽现一派蓬勃，啾啾鸟鸣清脆听者耳际；夏至热烈奔涌，众花盛绽吐露万千风情，林苑相接稍消暑日酷温；秋临静雅深沉，萧萧落木彰示生命轮回，幽幽雨意回肠岁月沧桑；冬到肃穆凝重，瑞瑞白雪唯见一尘不染，相望其间满目圣洁清丽。

因毗邻新疆隽秀胜景天池和被乾隆取义“国阜民康”而御赐阜康的边城，我以为这里曾应是一处客流不息的交通要道，昔日的浩浩驼队也定会从此间驰行穿梭。而若有闲暇，寻一幽处，望古今岁月，思人间沧桑，将会是一件极美之事。那样的时刻，想象的空间是无限延展的，也是能够自由畅意于思想地域的。

而我该如何步入那样的意境？那曲穿越时空、长歌千年的悠悠驼铃，可曾在这里往来鸣奏一路响过？那些金戈铁马、挥师征战的历朝烽火，可曾在这里点燃壮烈埋留忠骨？那位思慕王母、朝夕远来的周穆王，可曾在这里梳理情怀殷盼相会？那个云游四方、走遍西域的长春真人，可曾在这里驻足求索问道亘古？

俱往矣，古人的背影还未远去，今朝的风流便已演绎。

作为这方土地的另一段记载，我们每一次仰望，都有着平凡的感动和深浓的敬意。

历史不会忘记，在准噶尔东部这片广袤的大地，当第一滴原油喷出时，石油人以泪相迎，笑震苍茫，开始了能源使命的漫漫征程。在那些斗酷暑战严冬的日子里，石油人只争朝夕，夜以继日，谱写了可歌可泣的辉煌篇章。

准东人20余年奋斗历程所凝结的厚重，是一部撼人心魄的英雄史，是一首激情飞扬的大风歌，更是一条无怨无悔的奉献路。

豪情之外，这些酣战沙海戈壁的铮铮男儿、妖娆巾帼，以更为温情浪漫的构思和卓然前瞻的气魄，书写了另一类虔诚，铸就了又一个神话，也就有了这方人与自然和谐相生，堪称林在城中、城建林内的居地。

应当承认，准东人的胸襟是包容阔达的，因居者均来自异乡他方，也就自然生成了一种接纳五湖通联四海的情怀。当有一天，你行至这座小城，请不要惊异于这里的热情，即使你仅是一个匆匆的过客，准东也将成为你永久的家园。而在此后的生命历程中，无论何时何地，只要你回首，都有一份来自小城的厚意，在你天涯的旅囊中，盛放成精神的福祉。

我曾在春天的雨中静观这座小城的空蒙，洋洋洒洒地飘零里，一帘曼妙，道不尽天地气象；满目清新，观不完内中韵致。此时若遇撑伞行者往来于林间小径或街市坦道，整幅画面便更添一丝灵动。

我也曾于午后的林间思索自己与准东的心理定位。细细想来，内中多少是应了冥冥里的暗合之意的，如我是在偶然的机遇中来到这方土地，而这份偶然是真的偶然吗？我在必然的情况下履行着自我的人生使命，而这种必然是真的必然吗？

因属于石油移民新建，小城自它诞生之日起便具有了本土特色和自我意义上的原生性，作为前前后后的众多营造者之一，我是有着浓厚的准东情结的。这种生发并根植于这方地域的狭隘的亲近感，是流淌在那自童年开始直至当下的一种情怀，是溶于精神血脉相生共长的心灵历程，是寄予个人虔诚期许来日更为美好的至纯信念。

淮东的雅，有着一种内隐的婉约含蓄。不需要太多的文字注释，它就藏匿在这片土地的每个角落，也许在一片嫩叶之上，抑或于视线极佳的绿化广场，无须你刻意寻求，只要轻轻走近，细细品读，就有无尽的意境源源而来。

淮东的情，连着一段割舍不去的厚重。即使我们身在远方，它也总在我们的心域，让我们时时惦记。而每当仰望苍穹，便会唤起我们心内的牵挂，就如门前的那株新树，是否已经萌发新的幼芽；或者房后的那张石椅，此刻又在消去谁人的夏暑疲惫。

淮东的韵，载着一份昔日的广漠风雨。这一路走来的坎坷岁月，铭刻于我们脚下大地的记忆中；这一程跋涉的执着足迹，踏响着我们守望生命的圣歌，它永不会老去，在每一次的精神仰视中，我们都会激情唱起。

今夜，当我漫行于小城，总有一些感念涌于心间，而寻望处，最是那一程光阴足迹，唤回悠然往事……

陈清平，新疆作家协会会员，中国石油作家协会会员，克拉玛依市作家协会理事。20世纪80年代开始在省级报刊发表作品，并入选多种选集。现供职于新疆油田公司准东采油厂广播电视中心。

为一棵树而行

我带着母亲从山东来新疆，不为别的，只为一棵树。

母亲43岁，过早凋败的容颜里，依稀能看到由内向外散发出来的一种顾盼。母亲依在我肩，眯着眼睛，似乎全身只有头有点重量，她身体薄如纸片。我手握着母亲一只干枯的手。母亲用另一只手攥着已经褪色的一张照片。

母亲是乳腺癌晚期。她来新疆就是为看一棵树。因为，那棵树有父亲对母亲充满诱惑的承诺，那棵树盛满母亲对父亲一生的思念。

化疗之后，骨头的疼痛给母亲出行带来太多的不容易。尽管是七月，母亲不时打着冷战。

我不知道那棵树究竟能给母亲带来什么？我只愿此行能找到那一棵树，能让母亲的爱情心结与远方的树缠绕相连。

23年前，我父亲是某市一个生活物资处司机。他言语不多，但可以把25岁的朝气释放得很充足。

1987年，塔克拉玛干沙漠开始油田开发。生活物资处作为油田的合作单位，积极抽调会战人员。父亲的名字在会战名单之中。父亲是和母亲在老家完婚没多久，就赶回单位。由于工作繁忙在一年里一直没有回去看望母亲。

母亲因想念父亲，按信的地址从山东独自到新疆来找父亲。来得很突然，正巧父亲第二天要去塔克拉玛干沙漠腹地的一个井队送蔬菜。

母亲说：“我跟你一起去。”

父亲说：“不行，受罪得很，一星期我就回来了。”

母亲说："你能受罪，我咋的就受不了罪呢？"

父亲沉默一会，从抽屉里拿出一张照片，说："我上井去这几天，你想我，就看看这个。"

照片里，父亲身着牛仔装，双手抱着胸，歪着头，倚着一树阳光、一树金黄的胡杨树，通透着俏皮。看着照片，母亲内心荡漾着蓝丝绒般的幸福，软软的、绵绵的、暖暖的。

父亲没有拗过母亲，他的心疼和不舍，使母亲更加坚定要随父亲出行。

第二天，母亲坐上驾驶室那一刻，她任凭喜悦沸腾，眼神犹如撒欢的鸟，在父亲身上跳来跳去。父亲抑制住凝滞肺腑的甜蜜，专心开车。

沙漠的路途，颠颠簸簸。无语间，母亲腾出遐想空间，不断地想象着即将遇到的胡杨树。

到井队时候，已经是日落。远处，太阳如一盏祥和之灯，柔和婉约。

一路风尘，使父亲和母亲犹如从土堆里"泡"出来的人，互相看着对方的灰头土脸，乐着。尽管这样，父亲还是拉着母亲光着脚、提着鞋，在微烫的缕缕细沙中徜徉散步，心情以开花方式绽放着。

站在光滑圆润的沙丘顶，放眼望去，母亲的眼睛随着起伏跌宕的大大小小沙丘荡漾，寻找着树。问："怎么没有见胡杨树呢？"

"这边没有，有片原始胡杨树林在那边，离这里有六公里呢。现在七月，胡杨树是绿色的。秋天时候，我带着你去看，金黄金黄的，美得很！进去就不想出来。"父亲朝东指了指。

母亲说："我也想在你的这棵树下照，这棵树漂亮，到时候咱俩还要合影呢。"

父亲说："在哪棵树跟前照都行，没有一棵树不漂亮的。"

就这样，父亲给母亲许下了一个心愿，许下了一个诺言，许下了一个幸福。

母亲又陪伴了父亲半个月，也随着跑了两个井，就回山东农村老家了，并相约来年的秋天一起去看胡杨树。

这一别，却成了永别。

来年五月，母亲生我的第 12 天，得到父亲去世的消息。是单位打来的电话，打到村部的。没几天就收到单位派专人送来的父亲遗物。

父亲是在执行任务回来的路上，遭遇沙尘暴出事的。车侧翻深陷沙坑中，单位出车出人，方圆几十公里找了五天都没找着尸体。

母亲听后，随后笑了笑，说声："不可能的。"从那天起，我再没吃上母亲奶水。听人说，后面的几天里，母亲常常自言自语说："怎么可能连尸体都没找着？没找着就肯定没有死啊，没有死就是活着的。"

母亲立即收拾东西，说要去新疆亲自找父亲。母亲说她知道父亲在哪里，就在那棵胡杨树下。我大姨拉住了产后虚弱的母亲。那时我还没满月。

从此，母亲瞬间老去。

我是在母亲忧郁眼神中长大的。

小时候，每次母亲叫我胡杨、胡杨的时候，我觉得里面的情愫非常奇妙。不知道是叫我还是叫父亲。可是，我还是觉得难听，但无奈。

到了大学，第一件事情就是更改我的名字，改成张杨。母亲知道后，没有对我多说一句，但我从母亲喑哑的叹息中感觉到她对我的失望。没过多久，我还是改回了名字，叫张胡杨。

我上大学第二年，母亲查出乳腺癌晚期。看着母亲再也不能承担什么的瘦弱身体，我立刻对母亲说："我要休学，回来照顾你。"

母亲使出全身力气给了我一巴掌，说："你不是我的胡杨。"

在大姨的陪同下，母亲在济南进行治疗，我在校勤工俭学读书。

每次我看到母亲因化疗大把掉落的头发，因骨头疼痛发出尖叫，因看到枕边放着的父亲照片产生思念等情景时，我的思维总会发生塌方，一片空白，我找不到合适的词去安慰母亲。

“你母亲太坚强了！”医生常这样对我说。

我对母亲的敬重只能用拥抱表示。我搂着母亲，她瑟瑟发抖的身体深藏着爱的力量，也有对胡杨树的向往。正是因为这些，母亲坚强着。

母亲让我陪她到新疆，去找那棵树。我无条件地应允，尽管母亲身体很虚弱。我查好路线，带着母亲踏上了为一棵树而旅行的旅行。

进入塔里木河畔的胡杨林，母亲说：“不是这里，不是这些树啊，你爸爸那棵树是金黄色的。”

我说：“那是秋天的胡杨，现在是夏天。”母亲才恍然停顿下，似乎自言自语又似乎对我说：“哦，对。你爸爸说过，秋天的胡杨金灿灿的才好看。”

在一棵很粗很粗的树下，母亲依靠着树干，显得那么的弱小，我觉得此时母亲是停息这里的小鸟。母亲喘着气，慢声慢调地说：“我觉得这棵树像。”我说：“嗯，像！妈妈，是那棵和爸爸合影的树。”

母亲单薄的面庞绽放出久违的欣慰。因为这幸福时刻，是我和母亲行程千里而得来的。

我突然想起聂鲁达的诗：“遥远而哀伤，仿佛你已经不在。彼时，一个字，一个微笑，已经足够。”

母亲一边从口袋掏照片一边对我说：“我和你爸爸合个影。”

在取景框里我看着母亲举着照片，露着婴儿般的笑容。我连拍几张。胡杨树林树叶沙沙地响，搅乱我的心，我终于控制不住，我的泪水像开闸的河水。我一句话也说不出，只是紧紧抱住母亲，生怕母亲瞬间倒下。

母亲，秋天我一定带你来，你一定要等到秋天啊……

我在祈愿。

杨春，20世纪70年代出生于新疆阿勒泰。新疆作家协会会员。散文、诗歌、随笔作品散见于《中国作家》《花城》《西部》《新疆石油文学》《中国石油报》《新疆日报》等，出版长篇散文《戈壁中的大院》，散文集《雪莲花开》《我在新疆长大》《魔鬼城故事》，现在克拉玛依市国税局工作。

峡谷四季

我登上白杨河大峡谷一处赫然如血的山岩，立即有一种奇怪的感觉：这山岩的形状像一口倒扣着的不规则的铁锅，四周嶙峋，缓地倾斜，顶部略平，盖立着几块很大的灰石头——仿佛几只石电趁着夜色爬到这里来望月，又仿佛天上落下陨石聚集在这里开会。山岩的地势如此之高，登上远眺，整条白杨河大峡谷尽在眼中，适合坐着休息吹风和冥想，最适合的是站在上面看风景、拍风景。

这是一条一望无际的峡谷，放眼望去，看不见峡谷的源头，也看不见峡谷的终了，峡谷两岸山岩赫然如血，宽处数百米，窄处仅34米。发源于西部乌尔喀什尔山的白杨河，自西向东曲折蜿蜒汇入艾里克湖，白杨河蜿蜒，绕山脉，走戈壁，满眼的黄沙飞石，而当流径大峡谷时，白杨河如一个返老还童的男子，换发了青春：两岸的山岩为它遮蔽了风沙，聚焦了雨露，胡杨林、红柳丛、芦苇荡四季变换的色彩是最自然美妙的装饰，汲水的羚羊、野兔等野生动物则是峡谷跳动的音符。

因为有着在乌尔禾工作生活的经历，白杨河大峡谷成为我经常探足的地方，这处可登高远望的山岩，成为我休息、眺望、吹风、冥想的最佳去处，以龟形山岩石为据点，我拍到了峡谷四季的景色。

春野趣

早春，去大峡谷踏青野炊是克拉玛依人亲近大自然的最佳选择。

新芽的胡杨林是峡谷最悠长的风景，我坐在山岩之上，两个哈萨克青年在我视线下的河沟玩耍，女孩脖子上系着花格子围巾，脸颊红红的，女孩在给自己男友助威，小伙子则捡了碎石打水漂，我听不懂哈萨克语，但从他们的欢歌笑语，从他们星星一般明亮的双眸中，我看出他们的快乐。

午后的太阳从头顶照下来，温暖的，像手指在衣服上拨动，这是白杨河峡谷早春的阳光，泥土的湿气在阳光下缓缓升腾；这是峡谷最欢乐的时间，鸟鸣在胡杨林里箭一样飞行，每一声鸟鸣都像鸟儿向着空中吐出一支欢快之箭。我坐在山岩上，聆听着鸟鸣声像密集的箭一般齐飞的奇异时刻。

蒙古族老人旗满是野炊的主厨，他指挥着年轻人在地上挖一个大坑做炉灶，从河沟中提出清凉的河水淘米洗菜切肉，还用胡杨枝做了一把整齐的筷子；小河潺潺流淌，几个女孩踩着河水中随处可见的黑石，洗着新鲜的黄瓜、辣椒、皮芽子和西红柿，那是预备做皮辣红的原料，皮辣红是新疆菜系中清爽可口的凉菜，也是戈壁野炊中常备的凉菜。

旗满师傅在做抓饭，他神情专注，一招一式极为讲究，好像酒店的高级厨师在做着佳肴。他的身后，新芽的胡杨林中，铺开的大布单上，摆放着馕和碗筷，有人沿河采来野花插在瓶中，最芬芳的是一束早开的沙枣花。

当我跑下山岩，河岸边已燃起了篝火，热腾腾抓饭已出锅，香气袭人的烤羊肉令人垂涎，还有黄瓜、苹果、西瓜，啤酒和烧鸡。当人们又吃又喝，酣畅淋漓之际，埋在火堆里的红薯、土豆又熟了，外焦内软，香香甜甜，旗满师傅给了我一颗烤土豆，我蹲在篝火旁，剥开土豆皮，热呼呼地大吃大嚼，直吃得满手满脸都是黑色，像一只花猫那样的贪嘴。

酒足饭饱之后，音乐响起，朋友们围着篝火跳起快乐的兔子舞、维吾尔族舞，我在其中蹦着跳着，心里充满了快乐。那天，野炊的人们一直玩到夕阳西下，大家遵守着户外公约，齐心动手，灭火收拾餐具，弃物打包，收拾了一天快乐的心情，踏上归途。

夏清凉

盛夏，克拉玛依酷热难耐，白杨河大峡谷是避暑纳凉的好去处，善于经营的乌尔禾人，在峡谷景区预备了纳凉的帐篷和丰富的餐饮，还因地制宜开设了漂流等娱乐项目，人们穿上救生衣，推皮筏入水，顺着清澈水流前行漂移，享受着紧张、惊险的沁凉和舒爽。

我的山岩距离峡谷景区较远，听不到人们欢乐漂流的声音，却能看到河谷之内牧羊人的毡房。峡谷是天然夏季牧场，山岩之下的峡谷景色，胡杨苍翠、芦苇纵深、水鸟纷飞，洁白的毡房坐落在河谷浅滩，或者隐秘在胡杨树中，那是牧民的家，有放牧的骏马、摩托车和牧羊犬，成群的羊在胡杨林中悠闲地吃草，偶然能看到黄羊在河边汲水——这些都是我愿意摄入镜头的峡谷景色。

七月，一个晴朗的夏日，我和摄影人艾力登上山岩远眺望，我们看到一匹枣红马在胡杨树林纳凉，就跳下山岩去看马。

一缕缕阳光从树叶缝隙间漏射下去，给枣红马蓬松的鬃毛上添了许多小小的明亮的斑点，在那棵树上，两只大鸟“吱吱喳喳”地叫着，带着悠然自得的好奇神气在它们那空中住宅聊着天儿。我们走近枣红马，却不见马主人，决定沿着河流漫游，寻找牧人的毡房。

我们在河道里走了很久，峡谷中到处是一串串淡紫色的野苜蓿花，一朵朵金黄色的蒲公英花，红白蓝紫、斑斓悦目的太阳花。一个个矮矮的树墩已经发了黑，四周围长满细细的、光滑滑的枝条，这些新生的胡杨枝条不足一米长，它们将在时间的条河中成长为峡谷的主角。艾力摘了片树叶放在嘴边吹出好听的哨声，他一边走，一边用木棍搅动着脚下的草丛，弯腰拾几只新出的蘑菇，又采一把嫩绿的野菜——蒲公英、灰灰菜、野芹菜、野苜蓿、野葱、还有茭蒿，这些我熟识的野菜令我兴奋，也跟着采了一把又一把，背包塞满，又把外衣的袖子打了结，塞满野菜搭在肩头。

一段狭窄的河道，我们看见一些胡杨树快活地横躺着，根在这边，树梢却到了河岸那边，它们有的枝繁叶茂，好像在水中鞠躬；有的已枯死，树干上新生着苔藓、缠绕着绿色的藤蔓。我们预备通过横亘两岸的一棵老胡杨的粗大树干爬到对岸去，艾力很快过去，而我爬到一半就不爬了。我坐在胡杨树干上，脱了鞋，两脚在河面上快活地踢浪花。这时，我看见两只戏水的水鸟，它们不时跃上河水中的石头，再从石上跳入水中互相嬉戏，看到人来，它们又一个猛子扎入水中，立即不见了踪影，不一会儿在十米开外它们又浮出水面，沿着河流前游，在它们的身后画出两条长长的水纹。

毡房搭建在两棵老胡杨的树荫下，背倚红褐色的山岩，前方是奔流的河水。我们在房前看到一个正在打瞌睡的哈萨克老妇人，我们走上前叫醒她，没有因为搅扰了妇人悠长的夏梦抱歉。

我们喝了奶茶嚼了馕饼，又把采到的蘑菇和野菜摊放到阳光下晾晒，晒干后的绿色山野菜将在冬天的热水中重新焕发生机，炖或煮都能给我们提供美味和营养。然后，我们和老妇人一起坐在毡房前的胡杨树下乘凉，峡谷之外的戈壁滩，酷热正席卷着大地，峡谷内却因河流，因树林，因穿峡而过的微风有着凉爽和舒适。

我们在胡杨树下乘凉，微风时而吹动，时而停息，有时忽然直冲着脸上吹来，仿佛风要大起来了，周围一切都快活起来、摇晃起来、动起来，草木的梢儿娉娉婷婷地摆动起来。我正高兴着，谁知风又停了，一切又不动了，只有夏虫被惹火了似的，齐声叫着，那些叫声倒是和盛夏的午后相配，仿佛那些虫儿也为找着一个避暑的好地方而欢庆。

秋斑斓

9月里一个晴朗的日子，我在白杨河大峡谷进行了一次较长时间的散步，从景区大门入口，沿着河流一直向东走，这是一段走熟路，我将登上最高的山岩俯视峡谷秋色，还将在浅滩处的毡房休息片刻，喝一碗老妇人煮的奶茶。

我斜挎着相机，预备着随时拍摄，秋天的峡谷色彩斑斓，蓝天白云配合着变幻莫测的光线，胡杨树叶黄得那么耀眼，河水流淌得那样畅快，树林里尽是欢唱着的鸟雀，如果不拍摄自是辜负了好时光，辜负了峡谷好风景。而实际情况是：我登上山岩拍了几张峡谷全景，将满谷的秋色尽收眼底之后，就不再管拍摄的事情了，我忙着采摘，还有收集。

我在山岩的下方看几丛匍匐着的野葡萄，果实已完全成熟，一些被鸟雀啄残，一些落在地上，一些被阳光晒干，只有少数一些闪着紫红色的莹亮的光，颗颗都有牛眼那么大，而且色泽动人，芬芳袭人，我想法儿摘了那些果实，吃得满嘴发紫。

又有几丛野石榴树站在河对岸，密密麻麻、星星点点，红灯笼般的成熟果实在秋风中招招摇摇，我踏着石头跳过因为秋天消瘦慵懒的河流，野石榴只有小拇指那么大一点儿，只有皮能吃，有点酸甜又有点苦涩，我像嚼果皮一样吃了许多。我又采摘到了黄金的铃铛刺种子，粉红的野草莓，黑而剔透的沙枣，还有一些叫不出名字又知道能吃的植物果实。

我还留意河道里飘着一片片落叶，黄红绿三色杂陈，在水光剑影中显现出奇异的色彩，我急忙打开镜头盖，在这秋光斑斓的色彩中翻翻起舞，拍摄之后，我还为这落叶的前程操心：不知哪片树叶做了蚂蚁的渡船，也不知哪片树叶要被鸟雀衔去垫巢。

秋天是水量最小的时候，水位远远地从河岸退下，可以看到胡杨树下被河水掏空的根部积满了落叶，那些树根优美繁杂地盘绕着，高高地露出地面，我总觉着里面会是某些野生动物的家园，那有着美丽毛皮的小动物会突出现在铺满金色落叶的河岸上。

我傍晚时分才来到毡房，这家牧民做着转场的准备，除了老牧人夫妇，还有两个青壮年男子在浅滩上忙碌着，门前停着两骑摩托车，还有一辆天蓝色的客货车，一些家什已装进车斗，另一些也打包成捆，羊群还在埋头吃草，羊们也知道，只有在这里吃得膘肥体壮，才有力气行走几百公里去冬牧场，到第二年春天再转场到峡谷夏牧场。

午后，我仰面躺在一片厚厚的落叶之上，欣赏着金黄的树叶在明朗的、高高的天空中静静地变幻，我看到一只小松鼠从一棵树跳到另一棵树上。啊！在这新鲜的空气中，在深秋明朗的天空中有鸟雀在歌唱，那清脆的声音像银珠儿一般从空中纷纷撒下，我想，那鸟雀的翅膀上一定带着露珠儿，因为那歌声似乎是雨露滋润过的。

在欣赏了一会儿四周的景色之后，我便睡着了，这样甜蜜又安稳的睡眠只有喜爱大自然的人才能领略到。

冬映雪

那天，克拉玛依下了一夜雪，树上挂着雪淞，我提着相机沉醉在世纪公园“千树万树梨花开”的美妙图景中，接到摄影人老赵的电话，老赵说：“去乌尔禾胡杨林拍雪松吧？”

越野车在乌尔禾平原上驰骋，追逐着胡杨雪松的足迹，当我发现已到白杨河大峡谷景区门前时，我激动地大喊大叫。

景区没有人声，也没有雪路，我踏着积雪艰难地走到结冰的小河中央，仿佛推开了拉尼亚王国的魔橱，一幅绝美的冰雪童话慢慢在我眼前展开——冰封玉砌呀，冬天的白杨河大峡谷“雾淞沆砀，天与云与山与水，上下一白”，小河边，千百棵胡杨树、沙枣树、榆杨树银装素裹，如巨大的圣诞树错落有致，还有一些树弯腰探身入水，树干树枝担着厚厚的白雪，变成一座两座三座弯弯的拱桥。仿佛一群顽皮的孩子夜里偷跑出家门玩水，遭遇冰雪，一个两个三个来不及跑回，就冻在河面上，单等春暖花开方能舒展腰肢。

在河道边，我拍到一组组雪蘑菇列队团体操的相片，仿佛看到雪蘑菇在大雪中肆意生长的历程，就像草菇、香茹、牛肝菌、羊肚菌这些蘑菇在雨后迅速萌发一样：雪是菌丝，菌胎是溢满河滩的大大小小的鹅卵石——进入秋季后，峡谷中央，幽灵般的白杨河，河水渐渐变小，渐渐萎缩到了河中间浅浅的河沟，鹅卵石露出了水面，冬天的雪一层层落下来，像赋予了鹅卵石生命，洁白的菌丝在鹅卵石上肆意生长，蓬蓬勃勃地长成雪蘑菇。

老赵跑去树林拍鸟，寻找野生动物了。我不忍心打搅雪蘑菇的静思，溜着河道边踏雪而行，我的脚欢喜地踏在最深的沟里，又欢喜地爬上两岸的高地，有时连膝盖也陷进了雪里，有时又坐在石头上，看身后延展的一串串脚印，最后，我登上最高的山岩，欣赏银装素裹的峡谷，欣赏雪松、冰花、雪坡与褐红色山岩形成的奇异景色。一时间，我的心被一阵巨大的欢乐淹过，生命的美，又一次向我呈现。雪封的峡谷，像一个耐人寻味的谜语，被一层白色包裹着，无声无息，又像一个熟睡的美人，做着千年的长梦。

深一脚、浅一脚，我站在了常去的胡杨浅滩，毡房已转场去了冬牧场，断绳、碎木、柴木还遗落在那里，麻雀成群地飞来，发出微弱迅疾的声响，它们落在一棵沙枣树上叽叽喳喳，沙枣被冰冻在树枝上，成为鸟儿冬天的食物。一只鸟儿显然是鸟群中的勇者，它竟然飞到我抱着的一颗胡杨树桩上，豪不惧怕地啄起树桩顶部的木屑来，我站着没动，它就飞到我的肩上呆了一会，这时，老赵恰好从树林中走来，他举起相机，拍到这一场景，我看着这张相片，感到佩戴任何肩章都比不上这次荣耀——那是鸟雀给予的荣耀，是大自然颁发的勋章。

赵理敬，1941 年生，祖籍甘肃。克拉玛依市作家协会、克拉玛依石油作家协会会员。在《新疆日报》《边塞》《西部》等多家报刊发表小说、散文、评论若干篇。

干花瓣

我上小学六年级时，班里有两名女同学，一名叫赵秋月的，她家和我家同住镇街上，虽然是同姓，但不是本家。秋月比我大 2 岁，人长得清秀娴静，不善言谈，性格内与。她学习好，对我也好。有时在没人处用手在我的光头上亲昵地摸一下。我知道她很怜惜我，因为我是一个无父无母的孤儿，兄嫂抚养着我。秋月有时偷偷地给我炒熟的黑豆吃。我记得小学快毕业那年的端午节，她悄悄唤我到一棵树的背后，把一个她亲手绣的香荷包戴在我胸前。她笑着叮嘱我不要把她送我荷包的事给人说，然后红着脸走了。那年她 15 岁，我 13 岁。我内心对她产生了一种说不清的情愫。那种感觉是朦胧的、不成熟的，但它是永恒的。

小学毕业后，我和秋月在五十多年的岁月中没有见过面。我每次回家探亲都要打听她的消息。家乡人说，她 16 岁嫁给了一个解放初期的乡镇领导，跟着走了，再无音讯。我不由对她产生了一种厌恶感，不到婚龄而攀高枝结婚，这难道不是一种虚荣吗？尽管对她产生了厌恶，但童侣的情分使我割舍不下想见她的心情。后来听到她去世的消息，我心里很悲哀，又很沉重。

2009 年 2 月 8 号，兰州的老同学在电话中告诉我赵秋月并未去世，依然住在家乡的县城里，问她的电话号码，老同学也没有。正好 4 月，我从西安和四表哥一同回故乡陇原镇。从秋月娘家侄女那里，终于打听到了她的电话号码，迫不及待地拨通了她的电话。她该是 71 岁了吧，人不知变成什么样子了。电话通了，我先通报了自己的姓名。电话那头沉默不语。突然传来她惊叫的声音："哎呀！老天爷，怎么是你？你……这些年，我也四处打听你的消息，听说你在新疆油田工作……我们分别54年了吧！"她哽咽了片刻接着说道，"你现在在什么地方？"知我正在家乡陇原镇，她又哽咽了片刻，便求我一定到县城里和她见一面。她说着一口县城的方言，我能听懂。原来五十多年里，她也不曾忘记我。

这一夜，我辗转反侧难以入睡。

第二天一早，我和四表哥赶到了县城。按照秋月在电话中的约定，在汽车站门口，我四处眺望，看到的尽是年轻男女。但我不相信秋月是个老人了。她在我心里永远是15岁的妙龄少女。她那美丽明亮的眼睛，她那艳若桃李的面颊，她那乌黑飘柔的秀发，她那踢毽子时轻盈曼妙的身腰，这些永远储存在我的记忆里。

我急于见到她的热情到了沸点，等她的每一秒，都感到像百年长久。我知道，童侣之情是人世间最纯净、最宝贵的情愫。

"你是赵理敬吧？"我回头看见一个男青年搀着一位老奶奶在问我。我愣了一阵，认出她就是秋月，人再变老，只要记住她小时的模样，原始的轮廓隐隐可辨。我伸出双手，紧紧地握住了她的双手。她那干涩深陷的眼睛即刻湿润了，激动得我俩都说不出话。

我叹了一口气说："我们54年没见过面了。"她只点头还是说不出话。我眼前出现了她15岁时的幻影。我不敢相信面前站的竟是我心中尘封了的她。当然我也老了，但我始终感到我是小时候的我，青年时代的我。

她的头发花白，脊背有点佝偻，走路有点蹒跚，高原人的肤色。

我们一同到附近她儿子的家中。她向我述说了这些年来的情况：她的父亲解放前就在省城兰州工作，解放后她父亲突然提出要和她母亲离婚（她母亲一直住在家乡）当时她家又被划为富农成份，为了她和母亲的生存，不到16岁的她，不得不嫁给一个政治上可靠的区领导。17岁生一子，那时她上初二。到高一时又生一女。上高二时丈夫令她辍学，在家中抚育儿女。因此一直未参加工作，所以社会上知道她的人很少。她非常遗憾甚至有点怨恨自己没有参加社会工作。我问她的丈夫如何，她说已过世十多年了。她 50 多岁就开始寡居，生活全靠儿女们接济。我听后，对她的埋怨和厌恶顿然冰释了。

我安慰她说："你现在儿女满堂，孙儿绕膝，也是人生的天伦之乐。"她只认命地点点头。

我们正说话间，秋月两个上高中的孙女儿放学回来了。进门看到我们，惊奇地问她奶奶，哪里来的客人，秋月说这都是奶奶小时的同学。一个孙女惊呼道："奶奶还有同学？"我说："你奶奶要一直上学，现在恐怕不是学者就是教授了。当年你奶奶学习最好。"

在秋月儿子家吃了午饭，合了影，下午 4 点我要和表兄一同去兰州和老同学相聚。

走时，秋月坚持要到车站送行，拗不过她，我只好随她。

到车站后，她拉我走到一处无人的遮背之处，从衣兜里掏出一个薄薄的布包，打开来，里面呈现出一本发黄的书，我看那是解放初期小学六年级的数学课本，她将课本小心翼翼地翻开，书里夹的竟是一片枯了的干花瓣。她说："这是我送你荷包的第二天你送给我的。我一直珍藏在身边，没给任何人说起，也没给任何人看见，今天终于等来了你。"她慢慢把书合上，又重新用布把书包好，装进了衣兜里。她语气凝重地说："我死后一定要把这片花瓣带进土里的。"她泪眼汪汪，我愕然了，我全然记不起曾送她花瓣的事。她送我的荷包，在没离开家时就丢得无影无踪了，她居然把我送她的花瓣保存了 54 年。

依依上了车，我靠窗坐定向她挥手告别，秋月挥手时笑得很苦涩。车启动了，凄怆和酸楚一齐涌上心头，我忍不住的眼泪夺眶而出。

她像冬天树上的寒枝，掩映在夕阳的红光里。

杨国显，河南泌阳人。新疆作家协会会员，中国石油作家协会会员。出版有诗集《人生复制的诗歌》。曾任新疆克拉玛市教育局党政办主任。

堆雪人

群山环抱的山村，本来就缺乏欢乐的气息，尤其是到了大雪封山的寒冬腊月，越发显得空旷寂寥。到了这个季节，因生活贫穷没多余的钱买灯油照明，吃过晚饭后人们都早早地睡了。而我们这些贪玩的孩子，也无可奈何地早早地躺在炕上。孩子毕竟是孩子，在无眠的时候，总想着天亮后干点儿热闹而开心的事。

冬至过后，山村就进入了多雪的季节。大雪一场一场地落下来，厚厚的积雪覆盖了田村农舍和山川大河。在这个白皑皑仿佛童话般的世界里，我们也会寻找童话般的乐趣。雪后初晴，太阳明晃晃地照耀着大地，乡村到处闪动着刺眼的白光——这是谁都不会错过的堆雪人的好时机。早饭过后，只要有一个孩子喊上一声，家家户户的孩子们都会陆陆续续地扛着铁锹，拿着锅铲，来到自家门外的空地上堆雪人。

在那个年代，民风古朴，左邻右舍乃至远远近近的乡村，居民都心心相印，互不设防，和睦相处。所以，家家户户都没有垒院墙、装院门的习惯。正因为如此，我们在家门口堆雪人的时候，孩子们喧闹嬉戏，打雪仗，唱山歌……更多的时候，孩子们都会自发地联合起来，携手堆雪人。就是说，先在这家门外堆好一个雪人后，再到另一家门外堆雪人。每次堆雪人，不管人数多少，只看有几家的孩子参与其中，就要挨家挨户在这几家门外堆一个雪人。

我们在不知不觉中走近了乡土文化，走近了民间艺术。在这山村空旷的舞台上，我们一群孩子站成一个圈，开始堆雪人。那时候，分工明确，有人负责铲雪，有人负责把雪拍实，有人负责雕塑，就像是流水作业。起初，我们把空地四周的积雪聚拢在一起，再用铁锹把积雪拍实。就这样，加一层雪，拍实一次，层层加雪，层层拍实。雪，越堆越高；堆，越加越大。待把雪堆到四尺来高时，就可以开始凭想象雕塑雪人了。我们把拍打得结结实实的雪堆用锅铲等工具或削或刮成坐姿，再铲去底座的多余部分，使雪堆呈现出美观的圆柱形轮廓。接下来，就是我们这帮孩子发挥想象进行“雕刻创作”的时候了。对于我们这群当时不懂美学和雕塑艺术的孩子来说，能堆成形神兼备的雪人不能不说是一大奇迹——我们一把一把地抓雪贴在圆柱形雪堆的上方，以便为雕塑留下足够大的空间，起码要为雕塑雪人的双肩和头颅留下足够的余地。我们从雪柱的顶端动手，自上而下地雕出圆形的头颅，修出脖子和双肩的样子，这时就现出了雪人的大致轮廓。至于如何雕塑雪人双肩以下部分，无法也不想顾及这些细节了。然后，我们用锅铲在“头颅”上剜出雪人嘴巴的形状，再用锅底灰把雪人嘴巴涂抹一圈，雪人面部就有了黑胡子白牙齿的粗犷美。我们拿出准备好的胡萝卜沿雪人嘴巴上方斜斜地插进去一截，露在外一截，红扑扑的雪人鼻子就好了。最后，我们搓两个乒乓球般大小的雪球，用绿菜叶包裹好，左右对称地嵌入雪人鼻子的上方，雪人的双目便闪动绿光了。这个时候，我们就会燃放几个零散的爆竹，雪人身上便会落些花花绿绿的纸屑，乡村就有了新年的色彩。

看着栩栩如生的雪人端坐在那里，我们就一遍一遍地唱着自编的童谣：“雪人雪人四尺高，起来起来跟我跑，跑到腊八喝碗粥，跑到三十穿花袄”。我们就这么一直堆雪人，等到家家户户门前都多了一个白白胖胖的“雪孩子”的时候，也该到晚饭的时间了。

整个冬天，乡村都异常寒冷，但我们这群活泼、跳跃的孩子给沉寂的乡村增添了欢快和生机，我们的脸蛋儿忽白忽红地，宛若朵朵报春的腊梅。堆雪人、放爆竹带给我们的欢乐随着那一声高过一声的“哈哈哈”传得越来越远，仿佛飘过了大山……

多少年过去了，我的眼前时常出现童年时，家门口一群孩子叽叽喳喳地在冰天雪地里堆雪人的画面。

薛雅元，新疆作家协会会员。作品散见《星星诗刊》《中国文学》《西部》《地火》《绿风》《新疆日报》等。现供职于克拉玛依市教育局。

城市种花记

住在钢筋水泥的丛林里，城市人心底渴望有一片自己能经营的绿色。

QQ 农场兴起的时候，听说很多人半夜起来偷菜，自己趁假期也进去看了一下，各位大侠们的级别好高啊，没辙，从白菜萝卜开始种起吧。因为没时间去偷，也不愿意买狗去咬人，所以级别一直上不去。种了一阵，得了一些数字币也无可用，渐渐地也就再不去那农场了。虚拟的世界里有劳作的体验，却没有多少收获的喜悦，毕竟那些虚拟的果实和钱币，不能激发起血液里潜藏的“农民”丰收之感。

成家后，面对装修好的房子，总觉得缺少了点生气。喵星人和汪星人是不敢养的，费神、费力、费时间。于是就到花市闲逛，准备养几盆适合“懒人”的花。

那时克拉玛依的花市还在，几间大大的仓库和通风廊子就是花市了，那边的大地下室和边上的一排平房是卖鱼的，在门口闲散地上是卖狗、猫、鸟之类的，总之，条件就是这样。但是不妨碍买花、买狗、买鱼者的兴趣，节假日依旧是人头攒动的，驻足在小摊前，仔细地观看、来回对比，精挑细选，购得一两盆，欢欢喜喜回家去。碰到熟人的，就在路边的阳光下聊上几句，把背晒得暖暖的，那种放松的心情，是一种享受。春天，带上一两盆花回家，心里充满了希望，充满了乐趣。

我初到花市时，是挑花了眼睛，感觉什么都想买。没几个星期下来，家里已经是到处都摆满了。但是苦恼的是，在花市里面鲜嫩活泼的花花草草，到我家里来渐渐地就变得没那么精神了：有花的谢了，再就不开了；没花的开始掉叶子，最后成为“光杆司令”；再不就是开始长虫子，这虫灭了长那虫，按下“葫芦”起了“瓢”。本来想养花赏心悦目、净化空气，但是死的死蔫的蔫，还有小虫飞来飞去，那心情就不好了。再到花市的卖主那里问对策，于是又买回了一大堆肥料和杀虫药，在家里挽救那些“生命”。但是“肥”下去了，没有再开花，反而把一些花烧死了；那杀虫剂的味道很大，在家里喷洒，不异于自戕，虫子倒很耐“杀”，自己倒受不了那味熏的。去找卖家次数多了，她就问我：“生的是男孩还是女孩？”我说是男孩，她就说：“那就对了，生男孩的养不了花，养活了也不开花。”我一时愣住了，说：“你你你，你怎么这样说？”她说：“我我我，我说的是事实，是概率啊！”得，我碰到的不是卖花的，是搞数学的。

最后的情况是：通过“血”的教训，将比较爱生虫的花全部淘汰了，比如：杜鹃、月季、米兰；把爱掉叶子的全部淘汰了，比如：茶花、栀子、桂花；浇水多容易死的全部淘汰了，比如：海棠、绣球、君子兰。淘汰来淘汰去，最后能养活的只剩下了吊兰、虎皮兰、开运竹之类的了，应验了那卖花的论断。于是又感觉到不满足，再到花市去淘，几轮下来，花市卖的大部分花都养过了，死了，这下该死心了吧？才发现上了这条路，就没有回头路，一见到街上有卖花的都要站在边上看一阵，看到好看的还是忍不住掏钱。没有养过花的难以理解这种购买冲动。我总结的是：爱花的人，总是比较喜欢幻想，想到家里花开满室、鲜嫩动人的样子，立刻就捂不住钱包。

这样折腾了两三年，中间的很多辛苦不必说，换土啦、换盆啦、上肥啦、修剪啦、捉虫啦（为了减少污染，改为手捉，太恶心的就直接剪枝或拔掉），不亦乐乎。花没有开几朵，但是在弄这一切的时候，我心里很宁静，什么也不想。在这个年龄，这样的时刻已经不多了，内心总是被各种各样的杂念纠缠着，一刻也不得安宁。这也是我继续养花的借口之一。

后来花市搬走了，我坐车去了一趟，太远，实在不方便。而且是在简易房搭建的院子里，说正式的花鸟鱼市正在建造中，这是暂时的。大家心里想，老花鸟鱼市可以先不拆啊，等到新的建好了再搬也不迟啊。旧的市场很快就推掉了，新的却是好几年才建起来，这是后话。在朋友的介绍下，花友们开始从网上购花。先是买种子。那些鲜艳的页面说明让人心痒痒，于是买回来一大堆试种。有的时候买的种子一颗也不发芽，有的时候发几颗芽，最终因为水肥管理等跟不上，没有形成“蔚然壮观”。后来又开始购花苗，先后购过兰花、桂花等苗。兰花刚来的时候开过一次，后来就再没消息了，不死，也不活泼，就那么草似的长着。桂花来的时候叶子很鲜嫩的，还有很多开的花，香香的，但是不到三天，叶子全部掉光了，3棵只剩下了一棵还有几片叶子，过几天又长了红蜘蛛，于是又打药，之后就从干瘪的枝干上又透出了几个细芽，不长也不死，最后也是难逃厄运，死翘翘了。

多肉兴起的时候，卖家都不给新疆的卖，说运到你那里也就差不多折腾死了，还是别买了。于是在花市买了几颗观音莲，没过多久就烂根了，才知道这类多肉不适合我这样“手贱”爱浇水的主儿，于是就放弃了。今年春天在网上买了十几棵蔷薇花的苗，据说是各种颜色，每个苗都能长满一堵墙，是爬藤的那种。看到那满墙的花海真是让人陶醉啊！花苗来的时候是2月，我还害怕冻死了，种在家里的大盆里面，它们也很争气，都发了不少叶子，像云雾似的，到处准备爬墙，但是不管我上多少开花的肥，就是不见一个花苞。渐渐地春天到了，见它们的样子不像盆中之物，就拔起来送朋友长到院子里去了。

看来不能买大的，还是要种小型的。于是又买了十几棵小型的花卉苗。这次的卖家很专业，使用塑料包装盒一棵一棵包好的，里面的小苗放在穴盘里，各自写上名字，有的还带着很多花苞。我又兴奋起来，找来十几个一次性纸杯子进行“假植”，把杯子都放在以前种豆苗未遂的双层盘盒里面。儿子说：这是你的QQ农场吗？我一看，乐了，真的很像很像QQ农场，不需要多少土，不需要多少水和地方，一锹就能挖掉一棵花，真的比那种大的花好侍弄啊。我把我的小农场放到南面的窗台上，看到“糖果玛”开花了，紫色的花瓣，黄色的芯子，夜间也不收拢，整天整夜地开着，真像我的性格。那些小小的康乃馨也渐次开放了，鲜红的、紫色的、粉红的、杂色的……每一种我只留一个花苞，看下颜色，不敢多留花苞，都拔去了，其他的枝子也都打了头，据说一定不要吝惜这几朵小花，要狠狠地打头，株型才能丰满，到时候开花，就会达到“爆盆”的效果。我看到图片上那些小小的盆里，开了成百上千的花，那真是“爆盆”啊，我种花有史以来，还从未能达到那种盛状。看来，这养花真的是“小不忍则乱大谋”啊！话虽这么说，但是已经快要开花的，我还是暂且留了一朵，其余的都摘去了，每天看到各式花次第开放，心里美美的。

今年春天，花土该换了，到网上买土那邮费实在受不了。网上的邮费常常是全国包邮，新疆除外，一公斤20—25元的邮费实在吃不消。于是又到花鸟鱼市去看看。来到建好的花鸟鱼市，一看，心里先前的埋怨都没有了，只见花市一栋大楼，鱼市一栋大楼，石头市场一栋大楼，都有一座体育馆那么大，颇为壮观！心里想：这么大的规模，放城里哪有地方啊？建在外边，远是远点，但是基本都有私家车，也就不算问题了。走进花市一看，是一座体育馆式的大厅，被分割成一个一个的小花档，各式花卉，应有尽有。走进条条巷道，满眼都是锦花绣草。因为商家入驻多，花卉的品种齐全，价格也比较公道，节假日来逛花市的人络绎不绝。

花市逛完后，顺便又到鱼市和石头市场去看了下，那里也是“鸟枪换炮”，比先前规范多了。走在这样的市场里，觉得身在戈壁，似在江南，恍惚间走走停停，消磨了许多休闲的时光。想到自己这十多年的养花经历，养不出来花又怎么样，重在拥有这样期待的心情，重在在此中得到难得的安逸。

从花市里出来，拎着四袋花土，回望远处的花鸟鱼市，我觉得幸福不是海市蜃楼，生活中的这些小幸福还是蛮实在的。

王健，1950年生，祖籍陕西西安。克拉玛依市作家协会、克拉玛依石油作家协会会员。已在《中国教师报》《东方少年》等报刊发表散文、评论若干篇。

灞河水清清

2008年9月，秋高气爽。

六〇三大巴载着满满一车旅客，从西安火车站起步，徐徐向西，拐过老城北门，便义无反顾地直溜溜地向北疾驰。不到半个小时，就驶到了城北的徐家湾。待甩下了一大半人之后，便又转折向东驶去，穿过一个个村落，一座座工厂，最后越过一座气势宏伟的大桥，到了一片街镇后，便徐徐停下。“杏园村到了，杏园村到了。”穿着一身红色运动服的女售票员对着为数寥寥的最后几个旅客吆喝。我正在猜测，听到喊声，不禁愕然：这是杏园村吗？眼前这鳞次栉比的商铺，熙熙攘攘的人群加上此起彼伏的吆喝声，俨然一处繁华所在。这，难道是生我养我、令我又恨又爱却又梦牵魂绕的故乡？

杏园村在我遥远的记忆里是荒凉的，穷困的。那片遭灞河蹂躏的贫瘠的沙土地上似乎永远长不出肥美的庄稼，祖祖辈辈在沙土地耕作的农民只能永远重复着贫困和艰难。

20世纪60年代末，随着上山下乡的大潮，我从城里一座知名学府回到父亲的故乡。曾有好长时间，我不能适应眼前的境况——男人和老年女人几乎清一色的黑土布棉衣棉裤，这清一色的土布衣裤大都破破烂烂，有的打着补丁，有的干脆“开着花”；年轻一点儿的女人又都几乎穿着清一色的草绿色的“军装”，不过也好不到哪里去，大都打着补丁。其实，穿着还算次要，吃饭问题是头等大事，人们一年到头，老是为吃饭发愁。面朝黄土背朝天，汗水珠子摔八瓣，辛辛苦苦，春种秋收，社员家里的粮食缸里却没有多少粮食。当时村里流传着这样的民谣:“装面不用瓮瓮（面粉太少），照脸不用镜镜（饭太稀)”“跟着碌碡（碾打麦子的农具）过年，野草丛里‘挖潜’（挖野菜)”。贫穷的生活逼着人们想着生存的办法，在那个年代，在启动了所有的智慧、权衡了所有途径之后，人们便选择出卖自己的“天然”资源——血液，换来一点儿钞票再换回一点儿粮食来谋求生存。当如此艰难的日子一天一天地过去不到两年，我这个当初的旁观者、感叹者竟也不知不觉地加入了这支奇特的队伍的行列。我不得不穿上“开着花”的衣衫忙于生计，我不得不想方设法挽起袖子开启“胳膊银行”卖血。这样的日子真不知何日才能有个尽头？

“姑夫、姑夫”，忽然，一个小伙子疾步走到跟前，一声吆喝打断了我的思路。定睛一看，原来是我的内侄少鹏站在面前。少鹏是我小舅子的儿子，在克拉玛依打过几年工，一直得到我的照顾。他分明是得知我回来的消息后，怕我找不着路，特意前来接我的。

“少鹏，变化真大，简直不敢认了。”

“你都十多年没回来了，肯定和那几年不一样了。”少鹏把我的行李接过去，放在他的三轮车厢里，笑着说。

“少鹏，这街镇原来是村子的什么地方？”我极力在分辨现时自己身体所处的方位。

“这儿是你们杏园村的西边的老河滩地，原来曾是村里的果园。”少鹏家在我的邻村枣园村，可已经三十几岁的他对杏园村的变化很熟。

果园！我绝对不敢设想这儿竟然是果园。那曾是一片稀稀疏疏长着几棵桃树却疯长着大片大片荒草的地方，当年我常常来这里割草，挣了生产队不少不值钱的工分。而如今，那荒滩野地竟生“长”出了这么笔直的马路，这么繁华的街道，这么富丽堂皇的洋房和这么生机勃勃的人群！“那灞河呢？”仿佛一个求知欲极强的小学生，我又迫不及待地向少鹏提出一个问题。

少鹏笑笑："姑父，你刚咋过来的？"

"坐车过来的啊。"

"坐车过桥没有？"

"过桥啦。"怎么，刚才那座雄伟壮观的大桥难道是灞河大桥吗？少鹏的问题又一次令我吃了一惊。

"那桥就是灞河大桥，桥下的河水就是灞河水嘛！"少鹏看着我一脸愕然的样子，竟忍不住笑了起来。

"咱们回头走走，咱们回头走走。"我是个急性子的人，乍一听说眼前的水流就是灞河，我便执意要回头细细地看看。少鹏无奈地掉转车头，招呼我坐上三轮车，一溜风地转向大桥。

我站在灞河大桥上，向河面望去，只见河水蜿蜒曲折由南而北地缓缓流淌，河水清澈见底，在阳光照射下，水面上闪耀着点点金光，清清的河水中不时有鱼群追逐嬉戏，偶有几只水鸟在水面穿梭飞行，一叶扁舟从远处向桥头徐徐划来，不远处的河岸边，一群青年人嘻嘻哈哈地议论着什么。这时，突然有几句话不由自主地从记忆的深处蹦了出来："至若春和景明，波澜不惊，上下天光，一碧万顷，沙鸥翔集，锦鳞游泳，岸芷汀兰，郁郁青青……"这是北宋范仲淹《岳阳楼记》中的名句，但那仅仅是作者想象中的景物，而此时此刻，这些美景竟活脱脱地展现在我的眼前！

"姑夫，灞河改造好几年了，说是恢复唐朝旧貌，所以现在不叫灞河了，叫'广运潭'。这'广运潭'还是唐朝时的名字呢。"少鹏不愧读了几年高中，给我介绍起了灞河的掌故。

"广运潭"这个名词我是早有所闻的，那是我在读唐史读到"漕渠""漕运"时牵扯到的一个名词。唐史说，修"漕渠"、兴"漕运"的目的是从渭河乃至黄河周边调运粮食物资抵京城，"广运潭"则是唐长安城东大门的一处水陆码头，既是水运物流集散地，又是达官贵人赏景享乐之所。但我决然没有想到"广运潭"就在我的故乡。

沿着灞河堤岸徐徐行走，扑入眼帘的是一片美丽的风光：宽阔的堤坝路面宽展平整，能容四辆汽车并排行走；路边一个个造型新颖的路灯伸展着腰肢，像迎接贵宾的礼仪小姐；路灯旁一株株柳树"万条垂下绿丝绦"，婀娜多姿，风韵万千；堤坝外围，一片绿荫已代替了原先的荒芜，由绿草、灌木、乔木、花丛组成的绿化带把灞河，不，把"广运潭"打扮成了一个姿态万千、雍容华贵的美妇人。

"姑夫，想不到吧？"少鹏"哈哈"的笑声，把我从沉思中唤醒。

"想不到，想不到。"我连连感慨。

"姑夫，西安市搞了一个灞柳生态园工程，东南自洪庆，西北到草滩，总长一百余里，花了几十个亿，现在已经全部完工了。咱们这儿，也马上要城市化了。"少鹏说话间，有一种说不出的自豪。

我走下河堤，转向柏油马路，一路欣赏着肥硕的庄稼和一棵棵挂满果实的果树，一路不时发着心底的感慨，不知不觉，已经走到一处村落。村头竖着一块石碑，上书三个大字："杏园村"。村子街道宽敞笔直，几乎一律白墙红瓦的院墙，房舍高低错落，有平房亦有楼房。有一点相似的地方就是家家都有一个大门楼，飞檐翘角，雕梁画栋；大门则都是大铁门，大门上一行行泡钉，使大门显得气派雄伟。我竭力在记忆里搜寻，但绝对找不出旧时家乡的影子。

蓦地，不远处一大片浓绿的树荫吸引了我的眼球。那是一棵大槐树，饱经沧桑的树身大约有两围粗，粗糙的树皮的裂纹像巨龙身上的鳞甲，树冠上虬枝苍劲、枝叶繁茂。这是我的先祖在清朝末年从陕南商州山里刚到灞河边开发荒原时栽种的，它历经风云变幻，见证了杏园村一百多年的历史沧桑。我走近老槐树，仰望着它遮天蔽日的树荫，伸手抚摸着它巨大的躯干，禁不住眼睛湿润起来。我默默地念叨：家乡变了，家乡变了。先祖从数百里外的山里逃荒到山外，图的就是过上好日子，但改朝换代老几辈人总也走不出贫穷的怪圈。改革开放的春风终于化开了压在杏园村天空上的冰霜，祖祖辈辈父老乡亲的夙愿终于实现了。现在，杏园村的老老少少吃不愁、穿不愁，住着楼房，踏着马路，临着花园，望着"王都"，真好似一座“世外桃源”。

我站在槐树荫下，一阵凉风轻轻吹来，令人舒适惬意。眼前，一群孩子在追逐嬉戏；远处，一阵“哗哗”的声音传入耳际——那是灞河水的涛声。这时，我不禁吟哦出毛泽东的诗句：“萧瑟秋风今又是，换了人间。”

王琦，生于辽宁东港，新疆作家协会会员，中国石油作家协会会员。作品散见于《新疆日报》《兵团日报》《工人时报》《西部》《新疆石油文学》《准噶尔文艺》等报刊。现为《独山子石化报》副刊编辑。

两座山的断想

我来时，你就在那里，千年之前，或许更久，有人类走近你时，风霜雪雨，苦雨腥风也好，大漠斜阳，清澄月夜也罢，黄羊也在你的怀抱里自由驰骋，即使没有一棵树，即使小草也不茂盛。亦或许，你胸腔里的呐喊挤压喷溅而出的激情灼伤了曾经娇嫩的肌肤，从此就以一副坦诚，呈献给每一双眼睛。

我来时，寻找羊群的大叔早已经来过，你神奇的体液带给他的福祉，已经洒向了四方，成为新疆石油发展的摇篮，汇入新中国工业发展的血脉奔涌；我来时，第一口井 60 年前的喧闹已经回归寂静，锈迹斑驳的井架，只有在一些特殊的日子，在一些偶尔探望的眼神里，打起精神挺直脖颈，接受一些崇敬和赞颂；我来时，老厂区热血沸腾，机器轰鸣，你不算高大的身板，成了这个钢筋铁骨庞然大物的背景，时而圆润，时而柔情，时而模糊，时而清晰，那是光影给你的装扮，抑或是看你的眼睛和心情带来的感观。我来时，你的怀抱里已经沉睡了很多先驱者，他们用汗水和激情唤醒了荒漠戈壁，润滑了工业飞奔的齿轮，最后静卧在你的一侧，融进你的骨血，成为你的一部分。

泥火山，这样一个干巴巴土得掉渣的名字；泥火山，有些矮趴趴不算高大的身影，最要命的是没有一棵树，稀疏落落在沟壑皱褶里生长着一些顽强的野草。起初，我不愿走近你，是因为你雨后流出的浑浊的泪水，是因为你没有给我想看的景致，想爬山的风情。

我只能，远远地眺望着你。

眺望你，在春天的清晨，看晨练的人走在阳光里在山顶留下的剪影；眺望你，感受夏天的夕阳里，一双双情侣牵手相伴的温情；眺望你，在天高云淡的秋景中，你泛黄的皮肤，饱满的弧线，让我感受到了不一样的韵味，有了一些芦荻拂面的触动，那一刻我的心第一次如此贴近你，随着你呼吸的起伏；眺望你，在白雪皑皑原驰蜡象的冬日，看行行脚印留下的术后缝合一样的疤痕，我会有一些疼痛的感觉蔓延，你也会疼痛吗？没有走近你，走进你，无数次眺望你，遥望你，在炼塔上，在家里的阳台上，在我每一次远行回归的旅途中。泥火山，你就这样在我的眼里，每次风雨过后你浑浊的泪水，都会让我觉得疼痛。总是做着你树木葳蕤、繁花似锦、鸟语花香的梦。

直到有一次，那时我术后受伤的腿已经带走了我爬山的本能，我只能坐在车里走进你，跟着五四青年节爬山比赛的队伍，用镜头记录这一路的汗水和竞争。那么快的时间，这么短的路程，我还没来得及品味，就来到山顶。

第一次从山上俯瞰我工作的炼油厂和我生活的独山子，我贪婪地环顾四野。泥火山，你裸露的伤口，时不时蹦出一个感叹号，时不时敲击一下我的耳膜，时不时吐出一声叹息。泥火山，你让我惊叹，让我称奇，让我震撼。笃定淡然地屹立在这里，挡住了大自然脱缰野马的冲击，遮住了旷野山风的吹袭。石化城安然卧在你的胸前，厂区磅礴铺展，小区繁花碧草，绿树成荫，这是一种胸襟吗？我怎么可以用我的臆想猜测你的内涵，但是你诱惑我去猜想你，探究你，你的心里到底装满了什么，是忧伤还是热情？

从此，你就成为我生活的一部分，从我居住的方向眺望你，你给我的是圆润、是饱满，是有些憨态的容颜。站在你的背后，能看到刀刻斧劈的沟壑和嶙峋，那是你作为山的背脊福泽独山子一方水土留下的镌刻，无数次举起相机也不能诠释你真正的美。拥抱你，融于你，是所有忠诚这个石化城的人，最后的归宿。泥火山，有一天，我们都会在那里融入你，走进你臂弯里的另一个村庄，重逢曾经离开的那些人。

于是我开始探寻你，顺着《热土丹青》的脉络，和着《玛依塔柯之恋》的节拍，跟随新疆石油发展的历史足迹，找到你的姊妹山——克拉玛依的黑油山，同样是母亲乳房一样的饱满，同样孕育工业乳汁的甘甜，同样有第一口井的业绩，同样承载有几代人的追求和理想，成为克拉玛依石油城的摇篮。两座山，情同姐妹，血脉相承；两口井，解开大地的密码，搅动着惊醒的油龙，带来克拉玛依辉煌灿烂的今朝。

李慧英，生于新疆阿勒泰。新疆作家协会会员，中国石油作家协会会员。作品散见于《西部》《飞天》《绿风》《地火》《石油文学》等。原独山子石化公司乙烯厂职工。

野房子

我并不知道那些丢失在草地和戈壁上的野房子还有没有人居住，也不知道她何时能迎来主人，何时又送主人离去。

当我奔行在新疆的荒漠野地里，跑着跑着，有些累了，手脚在车上约束了太久想要舒展一下，便找了个路边停下车来。这时在我的前方出现了一处野房子，孤零零地被丢在荒漠戈壁的深处，丢在杂草深处。院墙被晒掉了一层又一层皮，房子浑身斑驳，大门紧闭，看不到一个人、一匹马、一条老狗。好像这院子待在这儿从来就没有打开过。

她仅仅是那么一处院子，有几间屋子，有垛起来的草棚，简陋的锅台垒在避风的一角。她独自立在戈壁和荒漠的深处，有些来路不明，还有些可疑。我甚至觉得这是一个长途跋涉的人，走在前不着村后不着店的荒野，累得实在走不动的时候坐在地上，在自己身边像画一块充饥的大饼一样，先画下了一个院子，然后又画出一座孤独的野房子。

她更像哪个牧人转场的时候，因为某种原因被耽搁落下来，走着走着就走丢了，最终没有找到聚居的牧场，于是索性停下来，随便找了平坦的地方，在戈壁的野草里卸下自己，不再去理会别人，理会别的事情，成了一所自由的野房子。

这所被零落在戈壁上的院落和房子歪斜着，四周静悄悄的，没有谁去打搅。荒野把所有的安静给了她，戈壁滩把全部的自由给了她，世界把坚硬的寂寞给了她。牲畜们把浓重的味道留给了她，味道守着羊圈和牛圈，守在院子里，一年比一年更加厚实，更加有内容了，沉沉的味道在野房子里缭绕着经年不去，让房子又显得并不是那么孤独了。放牧的味道毫无疑问被留了下来，望着天边最明亮的那颗星星，听着深夜里犬吠的悠长……当牧人选择了流浪的方向带上牛羊四处去流浪，当骆驼带走了房子所有的家当，让房子又一次变得空虚，是什么留下来驱之不散，让牛呀、羊呀、狗呀、骆驼呀，在一次次出行之后又一次次归来，莫非就是这千年百年不变的味道？

沿独库公路向南走的路上，也有这样的房子。从巴音沟路口拐进去有一处，盖得比较整齐，院落也新，一看就是不久前被人丢下的，很有些新时代的感觉了，然而她却是独立的，独立得仿佛和尘世没有任何瓜葛，她把自己深藏在广袤的辽阔里，把自己融进最粗粝的风沙和最深的黑暗里，孤独着、享受着，这让我心里有种说不出的嫉妒。

快进山洼向东走近的一处，却是完全的不同，她几乎是完全地没落了，深陷在杂乱野草中，泥巴的屋顶上也长出毛糙糙的草，快要被时间淹没掉，像一个旧时代家族的没落。然而她的院子还在，屋子也还在，躲在墙角的炉台还在。横着一根木头的院门掉了下来，馕坑口被厚厚地盖着，搭起来的草棚竟还篷着些草，有几处牛粪和玻璃酒瓶的碎片在地上，小草凌乱得很拥挤……这是一处有点来头的房子，有点古老，有些倒塌的岁月埋在里面。这样一所房子，当大雪覆盖了整座天山的时候，究竟有没有人踏着厚厚的积雪，牵着马推开房门，和她在这深冬里做伴呢。

这座野房子把我推向时间深处，她寂寞、宁静。远远地看着我，不向我招手，可我一眼就看出，她就是我小时候见过的，此时已经变得衰老了。然而终年的积雪没有老去，牧草没有老去，骆驼行走的声音没有老去，它们祖祖辈辈在天山以北。

春天和秋末的季节，羊群出现了，和房子保持着距离，院子里还是没有多大的动静，有一条狗围着她。狗和羊群一起跑到春天秋天里去了，只有房子待在原来的地方，哪也不去。只要她在，羊群祖祖辈辈的踪迹就在。夏天的时候，羊群和狗走进更深的天山，房子还在，被丢下的房子留在空旷里。我曾经为她的寂寞走向这片空旷，可我走后又留给她更深的寂寞，我以为比偏远更深的荒夷是难以生存的，可是房子在那里，一代一代的生命就走向那里。

野房子安静地待着，风从她身边走过，游人从她身边走过，时光从她身边走过，牛和羊还有狗一茬一茬地走了过去，只留下一处野房子，远远地看上去，显得那么瘦弱和单薄，在岁月的尘埃里她是空落的，形只影单，一切繁华都与她间隔，远离着她。然而越来越庞大的城市并没有将她吞没掉，迅疾的现代节奏，也从未将她卷走，她仿佛随时都会消失却顽强地生存着。

房子里并没有新鲜的故事发生，她只是延续着一种古老，让我从今天看到她的昨天，又看到她的明天。它们没有太多不同，不同的是这房子看上去一年比一年遥远，一年比一年矮小，一年更比一年孤独了。在越来越喧嚣的闹市，孤独对于房子来说到底是幸福还是悲伤？

野房子在等候着谁，我想总会有那么一个漆黑的夜晚，我在黑暗的路上向着前方行驶，突然在我左手或是右手方向的野草地里有一盏灯火朦胧地向我微笑。我停了下来，推开一层又一层黑暗走近她，她是不是和毡房一样，早早打开了大门，捧出酥油倒满了奶茶，静静地看着我。

罗国勤，甘肃陇南人。新疆作家协会会员，克拉玛依市作家协会、克拉玛依石油作家协会理事。出版有小说集《昆仑情结》《军旅情缘》(与人合作)。现供职于中国石油工程设计公司新疆油建公司。

我的父母

母亲的宽容

岁月悠悠，人生漫漫，掐指算来，我离开陇南老家已经二十多年了。清明节快到了，我又一次情不自禁地想起母亲的那一次摔伤。

1992年清明节那天早晨，母亲到离家2公里外的龙头嘴山上捡柴禾。同村的春生在背柴禾时，不小心把我母亲撞倒了，百十斤重的柴禾把母亲压在路边的深沟里。春生移开柴禾，扶起母亲后，他建议送母亲到乡卫生院检查一下。母亲忍着疼说："春生，我觉着不要紧，到卫生院检查，就得花你很多钱哩。你也不是有意的，我不要紧，死不了，你把我背回家，在炕上养几天就好了。"

春生把我母亲背到家，我的三个哥哥和嫂子围着春生，吵嚷着不让春生回家，硬要让他送母亲去卫生院检查。大嫂提议让春生回家取500元赔偿费。母亲看大家都在为难春生，有些生气地对我大哥说："社娃，今天这事不能全怪罪春生啊，我们都背着柴，路又那么窄，再说他也不是故意撞我的。人呀都要有良心，不能要他的钱，我也不去卫生院检查了，让他回家吧！我休息两天就好了。"

母亲那次摔倒，在家里休养了很长一段时间，前四天，她白天黑夜都睡在炕上，大小便也解不出来，肚子也鼓着，非常难受。最后，村里的卫生员给母亲开了一些泻腹的药，结果拉出来的大便都是黑色的，尿都是血红色的。从此，母亲就落下了每逢天阴下雨或气候变冷，她就有腰腿疼痛的毛病。随着母亲年龄渐渐增大，她行动也不太方便了，行走时步子比以前慢了许多，身体也消瘦了很多。

我家和春生家在同一个村庄，他隔三岔五地来家里看望我母亲。不是送一些挂面点心，就是送一两包红糖和几颗鸡蛋。其实，春生家经济也不宽裕，他母亲患有高血压病，常年不能下地干农活。每一次，春生来看我母亲的时候，我母亲总是唠叨说："春生，你不要拿东西看我了，我没有事情，你把东西拿回去好好孝敬你妈妈吧，我也不喜欢吃甜食，鸡蛋的腥味我也受不了，这些东西还是拿回家让你母亲吃吧！"

自我母亲摔伤起，她只收过春生的两包红糖和一包点心。村里有些人说我母亲太傻，应该让春生赔偿药费和工钱，不应该便宜春生了，最少也应该让他带母亲到卫生院去检查，这样母亲也就少受罪，也让春生有一个记性。

1994 年，我在武都二中读高中，我把这件事写成了一篇作文，语文老师王祯功在班级作文讲评课上表扬了我。学校语文组组长尹玉会把我的作文当作范文，在全校高中部进行了范文推荐。寒假的一天晚上，我坐在母亲的炕边，把作文念给母亲听。母亲听着，竟落下了泪水。但很快，母亲又笑了，说："这孩子，咋还把它写成文章了哩？"

1995 年冬天，母亲的身体一天不如一天，病情也逐渐加重了，下身瘫痪着，整天躺在床上，吃饭喝水都要人伺候。在 1996 年 5 月 23 日，母亲去世了。

如今，我母亲去世已经 19 个年头了，我终于明白了母亲的心思，母亲不识字，但她明白事理，在她心里总是宽容着别人，时刻没有害人坑人的想法。也正是母亲对春生的宽容，使她留在我心灵深处的记忆，是那样的清晰、难忘、永恒和慈祥……

有时，我也常在心里想：在物质生活极度丰富的今天，如果人与人之间都能够宽容和体谅，我们这个世界该有多好啊！

回忆父亲

今天 3 月 14 日，是父亲去世三周年的日子。关于父亲的一些往事历历在目，就像一部电影回放一样，在我脑海中连续呈现着难忘的时光片段。

从我记事起，父亲是个身体很结实的人，过着日出而作，日落而息的生活，一辈子没见他生过几次病。他从没上过一天学，几乎不识一个字。没有文化的父亲，言语不多，只知道闷头干活。如何做人，如何做事，父亲没教过我。可身教重于言教，从父亲身上，我还是明白了许多，懂了许多。在我早年的印象中，他干活从不惜力气，很卖力。那时候，农村搞集体合作社，社员们一起出工劳动，一起收工休息，这时，有些人在劳动中偷懒耍滑。可父亲从不偷懒，有人嘲笑他太老实，他却说："多干点活，没有什么呀，又累不死人。"

20 世纪 70 年代后期和 80 年代初，农村实行土地承包责任制，咱老家农村虽然经济条件差，但粮食慢慢都够吃了。于是，父亲忙完地里的农活，就学起了打土坯的"瓦匠"手艺。在我后来的记忆里，父亲一直作为一个瓦匠存在着，每天准时去泥场干活，经常是脸上沾满泥点。说实在的，父亲打土坯子的手艺并不太快，而且多年不见长进，但师父和村里人都喜欢他，主要是看他老实肯干，垒土坯时一次可以抱五六块，在背后也不说三道四。现在，我还记得父亲打土坯的时候，先脱掉鞋子，挽起袖子，非常麻利而有节奏地去完成各道工序：先是将稀泥垛成泥墙，把土坯模子浸上水放在转盘座上，再抓一把碎麦草撒在泥堆前，双手抓钢丝刮刀在泥堆上用力往下一刮，一块毛巾大小的泥条便滚落下来。接着在麦草上快速滚一下，随后捧起来摔进模子里，沾上水来回抹两把，最后提起模子"嘭"地往地上一扣，一块又漂亮又完整的土坯便宣告完成。

父亲的不幸，也与打土坯有关。我上高一那年夏天，在一次雷雨过后的天气，父亲带着哥哥去取土，他挖土装车后，由哥哥推车子往泥场上送，就在那一天，厄运找上了他。突然，父亲被垮下来的土方压在了下面，哥哥一边拼命地挖着盖在父亲身上的土，一边大声呼救，最后在村民们的配合下，疼得昏了过去的父亲被送到了乡卫生院，而乡卫生院的医生们只给父亲简单地清洗了一下，连固定夹板也没打，就把受伤的腿包扎上了，而且一捂就是 50 多天。当时，父亲的腿肿得厉害，医生只能每天给他输上几瓶盐水消炎。其实父亲的腿骨被垮下的泥土砸错位了，如果当时处理得当，父亲的腿不会残疾。就这样，父亲的腿瘸了，走路时只能依靠拐杖。

面对这个痛心而又无奈的结局，我心如刀绞，愧疚不已。父亲，像牛马一样操劳了一生的父亲，在无端地遭到了一次灾难之后，迅速地苍老了。这些年里，做儿子的好像越活越滋润，做父亲的却一再品着命运的苦果，它使我不堪回首——偶一回首，刹那间已是泪水盈盈……

2013 年 3 月 14 日凌晨，大哥从老家打来电话，说父亲去世了。我们一家三口匆匆忙忙往老家赶。老家的一切如此熟悉，只是父亲的身影看不到了，面对黑色的棺材，我痛心万分，父亲离开我们去了另外一个世界。我离家 17 年来，总以工作忙为由，没有陪他过一个春节，去世时也没有见最后一面。这一件终身的遗憾心疼，永远无法弥补和释怀。

此时，想起父亲，想起父亲拿拐杖的身影，这是一种刻骨铭心的疼痛，也将伴我一生。

熊晓丽，祖籍重庆。克拉玛依市作家协会、克拉玛依石油作家协会会员。已在《西部·新世纪文学》《新疆石油文学》等杂志发表中、短篇小说若干篇。现供职于新疆油田公司离退休管理中心。

油味童年

在四川东部，有一个叫“八角”的地方，那里应该属于丘陵地带。当时父母所在的井队就在那里打探井，井架耸立在山坳里，与山顶几乎是一样高，不显山不露水地和周围的农田、村庄和谐地融为一体。那时一个探井要打很长时间，于是井队驻地总是出现拖家带口的热闹场面，好几家的孩子因为没人管，都随父母生活在井队。

当然，钻井队是如何工作的，或者说是如何正常开展工作的，我们是不去过问的，我们就像是一小群散养的“家禽”，只是每到食堂响起开饭的钟声时，才呼扇着“小翅膀”很听话地出现在排队打饭的队伍里。

是的，我们玩得没有目标，没有时间，没有人管……我的人生也就是从那儿开始展开的。

我们的活动半径自然就是以井架为中心，站在山坡下的操场上，放眼望去，几排错落有致的平房依山而建，没有讲究任何布局。所谓的操场只是一块较为平整的地，两头搭着简易的木篮球架，旁边还立着双杠、单杠、高低杠，这里是大家的“文化中心”。吃过晚饭，散过步，消过食的人自然都聚到这里，女人们或嗑着瓜子或织着毛衣，结过婚的小媳妇小巧的双手在毛衣针上翻飞着，嘴上还不停地跟旁边的人说着家长里短，眼睛的余光还时不时地瞅着绕着操场疯跑的孩子身影。没结过婚的小姑娘腼腆地站在一边，有一句没一句地接着“大姐姐”们语重心长的话，眼神却跟着篮球场上那忽上忽下的篮球跑着。男人们没有女人那么多事，他们仍然穿着洗得发白的蓝色工作服。衣领、袖口破了仍然没有补的自然是单身汉，不然就是老婆在老家。那些衣服破了却缝补得很服帖、平整的自然是跟老婆在这一个井上，双职工的优越就在这里很好地体现出来了，当然我们家是除外的。也有讲究的单身汉，他们把自己拾掇得很干净，头发油光水滑得连苍蝇都站不住脚，白色的的确良假领总是那么挺括，就那么站在男人堆里，用手扇着过往的烟雾，眼神却往女人堆里飘着。

我们当然是最活泛的了，或滚铁环，或打陀螺，愉快地玩耍，高兴地和伙伴们吵嘴打架、叫嚷、追逐……到太阳下山，黑得看不见了，才各回各家，各找各妈，各上各床。

每次雨后，操场还没有干透，我们大大小小的十来个孩子就聚在那儿，脱掉鞋子，用脚后跟在地上转个 360 度，转出一个个小坑，然后用娇嫩的双手搓出一个个大小不一的泥丸，等泥丸干了以后，一个个撅着小屁股，弹起了“弹子”。到最后不是看谁能打到小坑里了，而是看谁搓的泥丸结实，能把别人的打个粉碎。如果谁有个玻璃弹珠，其他伙伴那羡慕的眼光绝对比吃了个鸡腿还让人眼馋。

然而每次我们的这种欢乐都是在大人们的骂声中结束，因为我们把原本不平的场地，弄得坑坑洼洼的，让他们不能正常打球。

于是我们就换个玩法“藏猫猫”，井场每个角落都是我们藏身的地方，无孔不入，这样自然又遭来一片骂声，干活的说我们蹿来蹿去，影响工作；倒班休息的说，我们太吵，睡不好觉。终于我们又被赶到操场上，尘土飞扬里“疯”，遇到下雨天，操场上仍然会出现一个个小坑儿和排列得不怎么整齐的泥弹子。

在这个操场我们还有一个游戏，就是找一根长长的钉子，使劲儿往地上插，把钉子插在湿泥地上，拔出来再扔，然后用钉子在之间画一条线，看谁画的线最长，如果钉子没扔好倒在地上，就算输了。

高低杠和双杠当然也是我们的玩具，我们可以比谁先爬上去，比谁在上面翻得最多，谁的动作最快。有一次，一个小伙伴在追逐中，一头撞在了高低杠上，“嘣”的一声，大家都蒙了。从此，只要一站在高低杠前，那个声音就会回响在耳边……

操场的左边就是食堂，食堂总能飘出馋得让人流口水的味道。食堂的大师傅晚上的夜班饭，总是做一种叫“面片儿”的食物，就是把面揉好，再用“擀面杖”擀成馄饨皮儿那么薄，再用刀切成菱形小块儿，汤得调好味儿，最重要的是要有炸过油剩下的“油渣儿”，倒点醋，再加点菜，滴几粒油，那个香——现在想起来都流口水。

我家就在食堂后边，站在家门口就能看见食堂屋顶的烟囱冒着炊烟，有时候根本就不用听食堂敲钟的声音，只要站在门口，就能闻到食堂炒菜的味儿，就知道要开饭了，于是忙转身回家，如果爸妈下了夜班正在睡，就忙叫醒他们，不等他们起来，就拿着碗朝食堂跑去。食堂的门自然没有开，就掂着脚伸长了脖子朝里面望着。偶尔大师傅们没有关门，就蹑手蹑脚地走进去，安静地站在第一个焦急地等着。等在井队住久了，和大师傅们混熟了，肚子一饿，就往食堂跑，那个次数绝对是比回家的次数多。

其实我家门口的草棚下也垒了个灶，我妈很会做饭，倒班休息的叔叔阿姨总是想办法弄一些食材来找我妈加工。说起来，那个地方很怪，当地人不吃鱼。田边总是有很多大大小小的池塘，估计是稻田洗水用的。叔叔们捉鱼的方式也很奇怪，那个舀水的工具往往是一个大的竹篾编的“斗”，两边挂着长长的绳子，两个人站在两边，手拿着绳子，一下又一下地就把这边池塘的水舀到旁边的池塘，等池塘的水干了，就跳到池塘里捉鱼。捉来的鱼就地收拾干净，就拿到我们家。火烧起来，锅也热了，倒上油，葱姜蒜接着下锅，再把煎好的鱼放下去，加上水，盖上盖子闷煮一会，不久，香味儿就出来了……再过几天有嘴馋的会去捉黄鳝或者青蛙，要不然就走到不远的村子里买只鸡或者鸭什么的，总之，过不了几天我家的灶台就会飘出香味儿来，于是活活地养出了我这一只馋嘴的“猫”。

用“非”字来形容我们的宿舍区最恰当不过了，这几排房子呈阶梯状依山势而建，宿舍之间就是我们的乐园，而房前屋后总被勤快的人种些蔬菜。黄瓜、西红柿是最常见的，费不了多少事，蔬菜们就能长得很好，没有用什么化肥，当然那个时候化肥这个东西还是少见的。

整天没事做的我们，常跟在种菜人的后面，看稀奇，看蔬菜们一点点冒出绿色的叶子，看此蔬菜和彼蔬菜叶子怎么长得不一样，蔬菜们就在我们的注视下一天天长高、开花。

当蔬菜们爬上树枝搭成的架子，这里就成了我们每天必到的“战场”，先不说在这些菜地里东躲西藏，就是那些刚长出来的果实们都被我们无情地“扼杀”了。辛苦忙碌的叔叔阿姨们总是能成功地抓我个现行，然后提溜着我，宿舍、办公室、井场到处找我爸诉苦。

一个说，我们辛苦是为了谁啊，不就是想给大家加盘菜嘛；一个说，小孩子，吃点也没什么，可是不要糟蹋啊。他举着手上的黄瓜藤说，你看看，别个才长成这个样子，要吃也早了点嘛。还有人说，问题不在于吃不吃，在于要吃就吃嘛，不要一趟趟地跑，你想想看，刚下了夜班，正睡得香，就听到窗户外边他们两个一队，三个一群地跑来摘了，吃完了，又跑来摘，还让不让睡觉了咹？

我爸根本看都不看我，只是抽着烟，静静地听大家说完。我就知道我又惨了，于是就站到离我爸一丈远的地方，这样他火起来一下子也够不到我。如果有墙根儿，我就老实地站在墙根儿处，低着头一副悔过的样子，其实我也只是认真地在看墙根儿那一群为了生活忙碌的蚂蚁。那个时候自然是没有什么“冷暴力”之说的，当着指导员的我爸是根本顾不过来管我的，他知道哪怕是打我一顿，转眼我又会挂着伤疯跑在外面，对我来说，最大的惩罚就是——罚站。他工作，我就站在他办公桌前，他睡觉，我就站在他床边。每到这时，有叔叔阿姨看见了，故意问，咋个啰，又闯祸了嗦。我翻一眼，送他们俩“卫生球”，根本不理睬。

就这样站着，站到我爸看着烦为止。还别说，我会把斑驳的墙壁看出花鸟虫鱼来，我会在我爸东翻西翻找东西时，准确地说出那东西的位置。总之没有人理睬，我就沉静在自己的想象中，在心里编着自己的故事。一边编，一边竖着耳朵听我爸那声“滚”，然后就一溜烟找不到了踪迹。

这样的场景，一个月里总会上演几次的，久了，大家也见惯不怪了。小伙伴们仍然和我一起闹着，他们知道，天塌下来有我这个“高个儿”担着。再说，他们只是来探个亲，短的三五天，长的顶多也就半个月，人生地不熟的，怎么比得上我这个“土著”呢？

宿舍背后就是山了。

所谓的山也就一百来米高，可就是这个高度，对我们半大的小孩子来说就是“喜马拉雅”了。

我们不会背什么“山不在高，有仙则灵”，只知道这里是我们的“神秘花园”，我们可以在灌木丛里“藏猫猫”，藏到小伙伴们都找不到，以至睡到日落西山；我们可以找一个竹竿，再用细细的树枝和篾条绕个圈紧紧地绑在竹竿上，去粘蝴蝶、粘蜻蜓、粘知了；我们还可以爬上山顶，爬到高高的树上，一边掏着鸟窝，一边朝着井架鬼叫。有时在山上，偶尔还会遇到拾柴的当地孩子，他们会教我们认些植物、野果，常吃的什么“甜浆草”“蛇泡儿”……这就更让我们对山着迷了，想想在那个几乎没有零食的年代，山上的野果、野草都成了我们不可或缺的牙祭。

山里的乐趣是说不完的，但大人们却视那里为禁区，说不安全，更不容许我们在山上动火，没大人看管严禁私自上山。可是，越不让去的地方，越成为我们向往的地方。我们常常趁人不备，突破“防线”，顺利进山，神不知鬼不觉地玩耍一翻再回来。那时我们不明白，为什么我们一烤蚂蚱，就算藏得再隐蔽，都会有人从天而降一般把我们都抓回队上。大家都站在墙根儿，一排小孩子，都耷拉着脑袋，只听到大人们轮番上阵，一顿好训，他说，“你们一个个的不晓得我们就住在山脚下吗？还玩火？房子烧着了怎么办，我们住哪里？”另一个接着说，“烧着的可是国家财产，你们赔得起吗？”还有人说，“你们一个个鬼精灵，哪个不是家里的宝贝，出了事怎么办，父母找哪个去要你们咹？”每每回想到这里，都觉得好笑，山上动火，自然是有烟的，何况还有人天天都站在井架上呢，怎么可能不被发现呢？

但凡有新人来，我一定会抓住时机，介绍名山大川一般给大人小孩把山上的情况说一遍，没有高度，更没有视角，只说山上有什么，怎么个好玩，多数人都被我诓上山去，乘兴而去，败兴而归，因为那个山在他们眼里实在是太普通。

把我骂得最厉害的自然是探亲来看我们的四姨，那时，四姨在云南当知青，回家一趟不容易，也不知道她怎么想的，要来看我们，我自然是要把她领到山上去转一下的。没承想，还没走多远呢，她胳膊就让“豁拉子”（毛毛虫）给蜇了，不一会，她的胳膊就红了一片。四姨一边往回走，一边用四川话夹杂着云南话数落我，我啥也没听懂，只知道又闯祸了，老老实实地跟在她后面走着。到了医务室，卫生员说有这样毒性的“豁拉子”还真不多见，只能说运气不好。再后来，每次四姨见到我，都会把这件事拿出来说一次，还好后来我们隔得更远了，见的次数少之又少，可足以说明这次探亲对她来说是多么的印象深刻！

对于山，我也有一次刻骨铭心的记忆，估计是爬到树上掏鸟窝，没站稳，落了下来，运气还真是不好，刚好在山边，无树可挡，于是从山顶一路滚了下来，还好山脚防洪沟前有人正在拾掇菜地，见有一物从山上滚落，吓了一跳，定睛一看，好像是个人，于是如飞地箭步跑过去，把我挡住了。当然这是我醒过来后听他说的，当时，我早就吓晕了，根本不晓得是怎么回事。后来，我就成了活教材了，我不止一次地听到李阿姨训她儿子小冬说，不让去爬山，“我看今天谁敢去，你看谁家的谁谁，不是滚下来了吗，你有她命大吗，有她那么好的福气吗……”

山，虽然是我们的“神秘花园”，可毕竟太神秘了些，从此后，没有大人在的情况下，我们小孩子再也不让私自上山去玩了。我胆子再大，也心有余悸，不去就不去吧，反正能玩的地方多了去了。

井场是我们小孩子的另一个禁地，它在宿舍西边的开阔地，离宿舍还有一段距离。

钻机的轰鸣声在山坳里显得很沉闷。

井场上通常堆满了大大小小的钻杆、钻头……总之，所有的东西几乎都和铁有关，我再怎么贪玩，也知道这井场不让我们靠近的死命令，只是绕着它的周围转，寻一些被丢弃和不小心遗失的“宝贝”，好在附近村子的孩子面前炫耀。

其实，井场上大大小小的，能搬的不能搬的东西，都是我们想占为己有的，大人们看到了有时也睁一只眼闭一只眼，心情好了，会用废料给我们做一些好玩的东西。铁环就是最常见的了，每个孩子手上都有一两个，粗的细的，大的小的，在操场上滚起来的时候，很壮观呢。

我捡回家的“宝贝”总是被我爸一个个地又扔回井场的废料堆，我就再一个个地捡回来，我和我爸的拉锯战每天都会进行，周而复始，他扔得悄无声息，而我捡得兴高采烈，在那个什么都匮乏的年代，“扔”和“捡”这两个肢体语言丰富了我们的生活。

井架边上有好几间小房子，什么泥浆、测井、发电的都在那儿。

发电房，就是我妈工作的地方，那个地方吵死人。后来我们只要一说我妈的嗓门儿太大，她就会理直气壮地说，这都是职业病。总之，这发电房，要不是门口有几棵能结“桑泡儿”（桑葚）的桑树，我是不会去的。“桑泡儿”成熟的时候，摘下来吃个满嘴乌黑，那可真甜得发腻呢。发电房味道很大，又吵，可冬天那里却是很暖和的，我们家洗好的衣服总是在发电机跟前吹干的，一股子油汽味儿，我们自己当然是闻不出来的，可一出井队，不用你介绍，人家就知道你是干啥的，一脸的羡慕。

操场后面的一排房子是队部，那也是我每天必到的地方，谁迟到、谁早退我比我爸清楚多了。每个办公室我都要光顾一下，看看有没有啥好玩的，他们有啥事通知井场，我也可以跑个腿、传个话什么的，顺便堂而皇之地走进井场这个禁区，“醉翁之意不在酒”的意思估计我早就弄明白了。其实，队部并不吸引我，吸引我的是旁边有一间叫库房的小房子，那里面可都是些好东西。有一次我从旁边过，刚好看到门开着，就跟见到藏宝洞一样，我看呆了，老天爷，怎么这么多好东西啊，我张着嘴，半天没合拢过来。还没等我抬脚走进去，就被管库房的叔叔给扯了出来。我大声喊道：“我只是看看，只看看！”

“不怕贼偷，就怕贼惦记。”那叔叔一点情面也不讲地说着，“我让你进了，就得挨你爸骂了，乖，去别的地方耍哈。”

没法子，这间屋子随时都挂着锁，没有混进去的任何可能。

会议室是这排房子里最大的一间，摆了很多凳子，是“藏猫猫”的好地方。记得那是一个冬天，小伙伴们约着去会议室玩儿，当大家有说有笑地推开门时，才发现一屋子的人坐得满满当当的，不仅坐满了人，有的人还哭着，大人们在哭！小伙伴们你看看我，我看看你，不知所以，一个阿姨走过来，把我们拉进去，走到桌子边上，才看见阿姨们在做纸花，那是清明节上坟时才用的呀，叔叔们扎着花圈，也是一脸的严肃。我张望着，旁边有小伙伴悄悄地拉拉我的手，朝正前方努努嘴，我这才看见，墙壁中央挂着一幅黑白照片，那上面是一张和蔼的脸。把我拉到怀里紧紧抱着我的阿姨抽泣着说，我们敬爱的周总理去世了……我知道“去世”就是说这个人永远不会出现了，跟外公一样去了另外一个地方，再也见不到了，不然大人们也不会集体在一起哭，还亲手做着上坟时才用的东西，最后我们也哭了，而且哭得很大声，阿姨却摸摸我的头说，乖孩子。

于是，“做纸花”成了那时我唯一会的手工，那一年我5岁。

那时，用我姐的话来说，我是队上的“公主”，长得很活泼，谁见了都喜欢，要不是扎着两个小辫儿，不会有人知道我是女孩子。有人常在我妈跟前唠叨说，“你是不是生错了呀”。这时我妈就尴尬地笑笑说，“我也觉得是”。

于是，我妈常说，两个女儿，咋两个样子呢，姐姐太静，妹妹太“费”了。有好事的人说，下一个肯定是儿子。

可惜，那人说得不对。

我妈每天也就是嚷得凶，她倒着班，哪顾得上我们，男孩女孩对她来说也只是个性别区分。可以说当我们能自己搞定“吃喝拉撒”后，基本就属于散养了，白天自己出去玩，听到食堂钟声就会去吃饭，晚上会爬上自家的床。就是现在，我也常对我妈说，真佩服你啊，居然能把我们养大了，还不缺胳膊不缺腿的。我妈得意地说，“这说明我养育方式很好啊”。她说，那个时候，懂啥教育呢，能吃饱穿暖就不错了。

我奇葩的妈，总能做出奇葩的事来，记得那时我姐在附近的村子里上学前班，头发上不晓得怎么就染上了虱子，弄得我这个跟着去保护她的人也染上了，我妈就把我俩弄到她发电房门前各种洗啊，换了各种人家说的材料，最后居然还用上了“六六粉”。还好，虱子估计也是怕了她了，不见了，好了，我们再也不用接受天天洗的礼遇了。

小时候，我身体很好，难得生病，可是人吃五谷杂粮，怎么能不病呢？我感冒了，好像发烧还挺严重的，可恰好卫生员又不在，老爸却找来医务室的钥匙，抓“刹把”的手，居然亲自给我打了针。上苍啊，是我的基因好呢，还是生命力不是一般的顽强？

还有一个热闹的事是井队搬家，我们都“漂大箱”呢，叔叔们把我们都抱得高高的，敲锣打鼓一路欢歌。我们小孩都只记住欢乐了，其实那时候的石油工人是很苦的，设备太差，都人拉肩扛的。

我们还在农田里捡过麦穗跟豆子，农作物和大自然的各种植物名字都是在那种愉快的疯玩中认识的，哪用看书呀，野地就是最好的老师。

在记忆里有自己拿着红缨枪的印象，好像拿着它还很认真地去守食堂，可是不知道自己为什么有这样一个玩具，唯一肯定的不是因为看了《小兵张嘎》，也肯定不是要当什么红卫兵，原来自己是要当哪吒，可笑的是还去守着自己一直以来“监守自盗”的食堂！

可是为什么自己却一直记得《渔童》这部动画片呢，那个小渔童，甩着钓鱼竿坐在莲花座上，帮助穷苦的老大爷，赶走了恶霸和贪心的洋人。

那时，杀猪也是队上的一件大事，不上班的男女老幼几乎都自发地来到食堂前的空地上观看，猪被赶到了队上，我们就跟着它追，追得它“吱吱”乱叫，叔叔们快速地追到猪，并麻利地把猪放倒，然后把它的前蹄、后蹄分开捆起来，再一起把它抬到长条凳子上。拎着杀猪刀的那位叔叔在猪的脖子上很准确地来一刀，那猪干嚎几声后就没了气。早就准备好的接血的盆子迅速放到了猪的脖子下，等血滴干，就在猪的一只蹄子上割开个小口，把打气筒的管子伸进去，几个人按住捆到的猪，一个人就不停地给猪打着气，直到猪被打得鼓胀起来，也成了真正的“死肥猪”了。这时，水也烧开了，一桶桶的开水倒在死猪身上，不一会儿，毛就可以刮了，猪又变成一个“白胖子”，接着就是开膛、割肉。杀猪后的两天，食堂的菜都很丰富，香喷喷的肉就不说了，猪血、猪头、猪耳朵、猪下水都是好菜。这后来的两天，杀猪、吃肉都是大家嘴上离不开的话题。

童年的光景像幻灯片一样一张张地闪过，那个小小的我，扎着两个小辫，在山间、田野跑着，在操场上疯着……就这样慢慢长大了。

张童，本名张永超，河南南阳人。克拉玛依市作家协会、克拉玛依石油作家协会理事。诗歌、散文、小说散见于《广州文艺》《地火》《新疆石油文学》等。现供职于新疆克拉玛依市河南商会办公室。

让梦想绽放的地方

今年过春节的晚上，一大家子人正在欢聚，我口袋里的手机突然一阵阵响起，怕听不清楚，我打开了免提接听。

“老朋友，你咋回事儿！”对方用洪亮的乡音，分明在没头没脑地质问我。我身边热火朝天的场面，“唰”地就静下来了，反倒从听筒里传来对方的推杯换盏的嘈杂之声。

我正狐疑间，洪亮的乡音又响起：“我是卢扬，咋回事儿不接电话？是不是资金的问题，我给你打十万够不够？”又是没头没脑的直接豪爽。这会儿，感到没头没脑的是我身边倍感惊诧的诸位，人和事对上了，我心里却深感惭愧、连忙致歉。

挂了电话，我对还处在暂停状态的诸位说：“过十五前不去趟托里县怕是不好交代了。”看到大伙异常关切的样子，莫不是我摊上了什么难以了结的麻烦？但我心里却无比喜欢、高兴这麻烦！这麻烦来得太晚！

我告诉大家，这是我 1987 年初到克拉玛依就认识的一位老乡。失联多年后，2010 年在准噶尔商场前的路上偶遇：当时卢扬开着一辆崭新的越野车，不知怎么就看见了拎着海报和赠品的我，在车里大声叫我的名字，我顺着汽车的喇叭声才看到是卢扬在叫。

我很震惊。这个和我曾经挤在朝阳公园门卫室睡觉，一起卸过片石车，后来又因在后山开矿并一度落魄的朋友，突然就阔了起来。我连忙搁下手里的盆盆罐罐，腾出手从口袋里摸名片，让人尴尬的是摸了半天竟然没有摸到，而被卢扬的车堵在后边的一溜车，毫不留情地用高音喇叭愤怒地抗议起来。

“别掏了，你就说你的电话号码吧！”我赶紧报了电话号码，解了拥堵的路。

从此，只要是过节，不管是阳历阴历的，都会收到卢扬的问候短信。据说卢扬在克拉玛依后山开矿发了家后，又抓住机会把名下的矿卖了几千万的高价，回到托里县发展去了。压在心里的疑问终于释放了，心中多了份暖暖的感动。

我清楚地记得和卢扬还有他一个叫王剑的老乡，在朝阳公园门卫室初见的情景。当时的王剑，能默写不少汪国真的诗歌，这立刻就拉近了我与他们俩的距离。卢扬、王剑、张童，这三个名字就是那个晚上，我们各自给自己取的名字，而且现在都还用着。

我辞了跑销售的工作在厂里上班，我有了自己的业余时间，我搁下了坚持多年的诗歌创作，开始写小说。于是我就想把卢扬的奋斗经历，写成一篇励志的小说。卢扬同意，并愿意资助我出版。但苦于没有再见到他，手里没有一手材料，迟迟不能动笔，这才有卢扬大年下饭桌上的追问。

大伙虚惊一场，接着就是替我感到高兴，特别是我的二弟尤其开心。我二弟知道，能出书就是我的梦！多年前带我二弟去给我师兄拜年，郭师兄一时高兴，赠送他一本亲笔签名的诗集《前倾的风》，回家的路上，二弟对我说：“哥，你也出本诗集吧，咱兄弟们都凑点钱，中不？”我感动兄弟间的情谊，却没有答应。一个供着两个大学生的工薪诗歌爱好者，又没有一定的渠道处理那些书，出书就是给自己添堵啊。

我去了托里县。第二天中午，卢扬在家里亲手做了老家的名小吃胡辣汤。饭桌上有牛、马、骆驼肉。席间得知，卢扬在托里县房地产做得很不错，还投资了北疆最大的养殖基地。老友重聚，少不了酒。一共仨人的饭局，竟把我喝得大醉。好多年没有这么醉过了，好多年没有这么毫无拘谨地喝酒了。这一醉，错失了真正采访卢扬的机会。回来不久，我创作了中篇小说《片石山》，发表在《新疆石油文学》上，我赶紧发了快递，把杂志邮寄给卢扬。

去年中秋节的前一天，在克拉玛依市河南商会四周年的庆典上，政府有关部门对河南商会回馈社会的先进商家的表彰告一段落。宴会开始后，我因到外边接听电话，回来时听到有人在大喊我的笔名！想不到竟是卢扬，我不得不苦笑自己的眼拙！赶紧走过去把手紧握在一起。有人就喊：就这样了，还不跟卢会长喝一杯？

我心里一动，原来卢扬也是托里那边的会长。我回到座位端上自己的红酒杯过来，有人就叫：这咋中哩，喝白的！卢扬默默地倒满一杯白酒，与我一碰，一饮而尽。这杯红酒下肚，我的心已经醉了。河南商会商家入会资格要求较高，不是商家的我来参加，卢扬也有点意外。不单卢扬意外，其实我自己也感到很意外！而更叫人意外的是今年八月初的那个晚上：与往常一样，我从克拉玛依河畔世纪公园的图书阅览室出来，正往家里走，被亲切的乡音叫停了。凉夜里温暖的灯光下，一位带着夫人孩子散步的男士在和我打招呼。我以为是游客想问路什么的，就站住脚想看看能帮他们点什么。

谁知那位先生却说："老乡，看来你是忘了。"我一听，脸就有点热，不好意思地近前聆听："1991 年，老乡你带着你的弟弟，我带着一个人咱们在火车上认识的。当时四个人就你一个人来过新疆，是你带着我们过来的，你都忘了？"有具体的时间、具体的事儿启发，我终于记起来了。那是二十多年前，我在克拉玛依市汽车站，把老乡两人送上开往三厂方向的公交车，从此就渺无音讯了。真心感谢这多情的岁月！

我赶忙拉住老乡的手，非常惭愧又十分感动。我们互相留下了电话号码，老乡询问了我的近况，我建议有空了坐坐，老乡很痛快地答应了。当我们将要道别时，我才想起问老乡在哪里上班，老乡说在永升房产。这我知道，是新疆永升集团旗下，效益口碑都很好的知名企业。老乡接着说："如果你不想在你那里干了，就到我这儿。”

而到了商会庆典现场，我才从河南商会专刊《油城豫商》中得知，这位筛过青砂搬过红砖的老乡，不但是会长，还身兼另外几家股份企业的董事长。我能到会，完全就是会长老乡特邀的。在商会庆典遇到老友卢扬，我立刻想到对他没有完成的采访。因为第二天就是中秋节，他连夜赶回托里去了。

采访搁浅了。搁浅的还不止这些，我本想和卢扬交流时，征求他一点意见，我到老乡那里干是否合适。倒不是我自己拿不定主意，而是我妻子对我放弃现在的工作有想法：“你一个50岁的人了，你瞎跑啥？也许人家只是客气一下，你就当真了？”

但我的女儿坚定地站在我的这边：老乡是和我爸非亲非故，但是坐一趟火车来的，那个年代的老乡听说可亲了，人家就是想帮我爸的！咋啦？二十多年没忘，说明老乡人品极好！

在上班不到半个月的一次机关会议上，总经理王荣欣宣布，撤销每天上班报到的指纹打卡机！老乡王荣欣这超乎常人的胸怀气魄，把我的感动和敬意推到了空前高度！能在这个充满人性和信任的企业工作，实在是员工的大幸也！从此我就把老乡创建的地产公司当成了家！我心里想，一定要把这种正能量的温暖，以适当的形式传递出去！

我想描写自己身边的巨变，把那些从最基层打拼出来的，积累了财富的，仍然扎根国土并以传统美德、善良之心回馈社会的人，打造成中国的脊梁，民族的希望！

我在想：有些事并不是有希望才坚持，而是坚持了才有希望。克拉玛依，真是能让梦想绽放的地方。

钱伟明，新疆作家协会会员。作品散见于《中国文学》《当代文学》《工人时报》《新疆画报》《新疆石油文学》等报刊。

消失的小镇

离开喧嚣的市场，将鳞次栉比的楼房和路旁华丽的街灯抛在身后，我们进入青克斯山。

这是一座蕴含着丰富优质花岗岩的山，山体呈黛青色，表面植被稀疏。

车，沿着伸向青克斯山深处的柏油路行驶，蜿蜒盘旋的山路路况很好，车辆稀少。

克可乎拉牧场到了，我们习惯性称这里“三十八公里”，因为它距离克拉玛依市 38 公里路程而得名。

这是一片高山草原，一条美丽而神奇的峡谷贯穿草原，达尔布特河沿峡谷在数百公里的山中蜿蜒流淌，这里是克拉玛依人休闲避暑的好去处。

走出山路，视野变得广阔，车迎着太阳奔驰，秋天的色彩在路两边延伸，迎来送往的红柳、梭梭和其它灌木如被秋天的手抚摸过，斑斓如画。

一路向北，穿过铁厂沟，来到莫合台。

莫合台位于塔城地区额敏县东南部，有着古漠荒园的自然地貌，是北疆最大的狩猎场，分布着野生蹄类动物有盘羊、北山羊、鹅喉羚、野猪、狍和马鹿等。

更有原生植被近百种，以胡杨最有特色，在莫合台周边的野生胡杨林占地 5000 多亩，其胡杨大多在幼龄和生长旺盛期，郁郁葱葱，形状各异，给人以强烈的震撼。

淡蓝色的天空上骄阳似火，褐黄色的大地上笔直的柏油路通向云端，给人一种天接路尾路连天的感觉。

天路在一段一段地前移，路左面一排喷灌设施映入眼帘，啤酒花藤架整齐地排列着，我知道，这是莫合台的农牧民们挑战旱魃，治理荒漠，决心在这里创建一个屯垦戍边的新型农场。

一路上没有看到房屋、牛羊和牧帐，只有那绵延的乌克拉噶尔山伴随着我们前行，只有荒漠坦荡荡地展露着他的渴望和执着。突然，公路上有几只不知名的鸟儿在跳跃，此时的它们显得多么孤傲和可亲，一种寂静之美。

再一次翻越一个山坡，下山的刹那间，右手边有一片葱郁映入眼帘，那片传说中的小镇到了。

它曾经是一个生机勃勃的镇子，近百幢排列整齐的平房，外层是土坯，内层是砖。

镇子中央有一个广场，很平坦，没有任何物体，它的正面是一个有着俄罗斯风格的三孔大拱形门面的礼堂，主体已经不复存在了，爬上坍塌的废墟上，依稀可看见水泥地面，但是门面还保存完好，门前的台阶基本无损，门廊上黄色的漆仍然鲜亮，两旁的标语依稀可辨，不由得让人又想起了那些年月。

穿过广场，有一栋坐北朝南尖顶高高大大的房子，估计应该是当时的单位机关，但也已经倒塌。举目望去，残垣断壁，荒草凄凄。

信步走着，这面一间房子的外墙上写着“商店”字样，另一间侧面的墙面上写着“拌面、小炒、大盘鸡”，心里泛起一丝丝悲情。

走进一间没有了屋顶的人家，看见地上铺着浅绿色花边的瓷砖，那砖面光洁如新，房间里连一个蜘蛛网都没有。我极为怅然，难道是主人舍不得故土，还经常回来擦拭吗？

转到东北角，有一个独门独院的住宅，很有气派，领队说：“这是当地一个巴依家的住宅。”我问：“几十年前财主的居所，那这几十年间是他的儿孙在此居住，还是分给了其他人居住？”“应该是他的儿孙住。”

那饱经沧桑的院落里仍有高大的白杨树和几棵果树满面黄绿地矗立着，房屋完整，院墙完好。回望着，你不觉会遐想。如果它们有记忆的话，怕是会讲出若干鲜明诡谲的往事呢。

正午的太阳明晃晃地照在那些屋顶塌陷、门窗遗失，墙体被风雨长期侵蚀改变了模样的房子上，一片惨白，让你很容易就走进那悠悠岁月而不知道该何去何从。

走出镇子10米外是白杨河，河谷里白杨、红柳、胡杨、梭梭一片浓密翠绿，有的地方都看不见天空，谷底有一眼清泉汩汩地从地底下冒出来，冰凉刺骨。

走过河滩，白杨河河水优雅从容地流淌着，水面平坦，清澈见底，飞鸟掠水，鱼翔浅底，充满盎然生机。

闭目沉思，这小镇就像一颗镶嵌在白杨河河谷上的明珠，当年是何等的辉煌和繁荣啊！这时，领队说起他第一次来这个荒镇时正好是傍晚时分，那份凄凉和落寞使他突然间想起了家。

我听着更加黯然神伤，眼前出现那一抹夕阳下遍地是碎砖石砾，到处是断瓦颓垣，四面是死一般的寂静，一张张斑驳破败的面孔无奈地向着落日的余晖，“夕阳西下，断肠人在天涯”。

我不由得庆幸自己是在正午的阳光下走进它，虽然苍白，但不惨烈。

走出白杨镇，便又走进了荒凉的戈壁，一丝绿意也没有。

走了约10公里后，在左面的山根处，我看到了一丛孤零零的很矮的绿色植被，我心里直犯嘀咕，这样的地方能有野果林吗？恐怕只有稀稀疏疏的几颗野果树而已吧。

问领队，他神秘地笑着，只是说：“现在不说了，到那里给你一个惊喜吧。”

车停下后，我俯瞰沟底，白杨河从茂密的白杨林中穿出，然后右转滔滔而去，一人环臂才能抱住的白杨树高耸入云，原来我前面看到的只是树梢。

下到沟底，那座铁索桥已经被拆除了，两根拳头粗的锁链空空地横过河水。

漫过膝盖的水，车是不能前行了。我们便脱掉鞋袜，赤足过河，那坚硬的河石让我们美美地享受了一回免费的足底按摩，只是每个人的表情都呈现出无比痛苦状。

过河后500米，就到了那片野果林，霎时便被眼前的景象惊呆了，说奇迹一点也不夸张。只见一棵树挨着一棵树，有不同品种的苹果树、樱桃树、杏子树、石榴树，满树的果子在阳光下熠熠生辉，深红的、浅红的、青的、半红半青的，缀满树枝；单个的、并蒂的、成串的，压弯枝条；树底下铺着厚厚一层落叶和熟透落地的果子，让你都不知道怎样下脚行走。

面对满树的丰盈，你辨不出哪个好，你不知道该摘哪一个。亲手摘下一个苹果，用手一抹，便急急地放进嘴里，哦，真的很甜很甜。

大家不停地奔走相告，“我这里的苹果又脆又甜”“我这棵树上的又面又甜”“啊，这海裳果酸得牙要掉了”……看大家不停地摘着吃着，可把领队急坏了，大声对我们喊着：“这是野果子，千万不能多吃，会上火，会流鼻血的。”但是，沉浸在无比兴奋之中的我们，哪里能听得进去呢？结果晚上，我们好几个人都流鼻血了。

天渐渐晚了，我们恋恋不舍地离开了果园。来到白杨河边安营扎寨，你垒炉台，我捡柴火，你择菜洗菜，我剔肉切肉，一番忙碌后，我们围坐在地席上，吃麻辣可口的火锅，吃香飘四溢的烤羊肉，喝着啤酒，谈笑着，直到星星布满晴朗的夜空。

已经记不得上次仰望星空是什么时候了，只感到总是在城市钢筋水泥的森林里低首疾步。但今夜的我远离尘世，执一颗澄明的心，看繁星似锦，流星飞逝，听古树低吟，还有那河水和石头相拥时的欢歌，就让那些无常生活里的过往在我脑海中倏然而逝吧！此刻，我属于这山这水。

第二天，顺着来时的那条天路，我们带回了两天的惊喜、感动和悠然的心境。

石小勤，克拉玛依市作家协会、克拉玛依石油作家协会会员。作品散见于《铁人》《新疆石油文学》《克拉玛依日报》等报刊。

大唐四季

写近体诗很久了，唐诗最爱不释手，无论初唐的清丽、盛唐的恢宏还是晚唐的颓废，唐诗都展示了那个时代最为广阔的生活场景。在众多的唐代大诗人中，我偏重李白、杜甫、王维、李贺，尽管其他诗人百花齐放，姹紫嫣红都开遍，我却在岁月流转间，发现他们四人与四季有了一丝半缕的关联。

最是一年春好处——王维

历史拉开帷帐，春光烂漫，每一条柳枝，每一朵桃花，都滋润饱满得摇摇欲坠。一个男人走出来，白衣如雪，飘逸无尘，对着手中的红豆喃喃有词。

他，仪表丰俊，才华横溢，生活有情调，习惯多良好。

他，散淡英阔，恬然自得，能诗能画，亦禅亦道“相对两无言”。

他曾“单车欲问边”，吟哦“大漠孤烟直，长河落日圆”；也曾独坐幽篁，一任“明月来相照”；从一朵芙蓉，看到“涧户寂无人，纷纷开且落”的寂寞；拈一颗红豆，结出“愿君多采撷，此物最相思”的感慨。他是那个“相逢意气为君饮”的新丰少年，也是“劝君更尽一杯酒，西出阳关无故人”的知心朋友；他在缤纷桃花中窥到“看花满眼泪”的凄凉与悲哀，也在《山居秋暝》中记录“明月松间照，清泉石上流”的静谧和高洁。

盛唐诗人有多少，唯摩诘，从坎坷的仕途与官场的辗轧中走出，从爱情的遥不可及中走出，游历盛世繁华下急如管弦的灾难与衰败，终于在蓝田辋川落下最后一叶。王维，这位与生俱来便与我佛结缘的盛唐名士，被后世誉为“诗佛”，可见缘分之深。

相对于诗，王维对绘画的理论研究和技术探讨也同样深远影响了后世山水画，苏轼曾说：“味摩诘之诗，诗中有画；观摩诘之画，画中有诗。”今天当我们看到泛黄的历朝山水画名作，心头都会不由自主地想起王维的某句诗来，曲径、山涧、松林、明月，哪一样不是从诗中跌进画里？

我喜欢王维恬淡平静甚至有些空寂的诗后隐藏的一种情绪，一种态度，一种人生过程中交替进行的感悟和挣扎，“行到水穷处，坐看云起时”，更多的人在历经波折后，根本看不到天边的云卷云舒，体会不出“山路元无雨，空翠湿人衣”的宁静和自由。

男人多半都雄心壮志打拼碌碌世事，难得王维在打拼后全身而退，为无数喜欢唐诗的女性树立了一个可亲近的偶像。你可以陪他月下横琴，陪他花间品茗，在那些平淡无奇的山水中行走，用水墨记录人间烟火气下的禅意境界。就像春天，柔曼多情，又宽容平淡，最初的悸动慢慢变成春水，轻波宛转，为大明宫营造出最自然清新的背景。

如果能以绝世之姿、稀世之才博得摩诘诗中画中的永恒美丽，那一袭白衣上一定有掷果留下的芳渍香痕。

接天莲叶无穷碧——李白

三春去后诸芳尽，夏日阳光光芒万丈，热情奔放，极像天才的李白，纵横恣肆，才如谪仙。更巧的是他号“青莲”，正应了杨万里的描述，“接天莲叶无穷碧，映日荷花别样红”。

李白，“他的诗想象新奇，感情强烈，意境奇伟瑰丽，语言清新明快，形成豪放、超迈的艺术风格，达到了我国古代积极浪漫主义诗歌艺术的高峰”，这是评论家的话。而用小儿女心思概括，李白的才气与生俱来，是无数前辈才子的精华堆砌出来的一个人，在他笔下，才思无可阻挡，没有圆通，想怎么流就怎么流，冲出来的篇章照耀千年，任人评说，也任人步其后尘而不得。

散花道 :“写好诗，擅剑术，会弹琴，迷恋月亮。”只道出他的一半儿人生，在我看来，李白是诗人中最痛苦又最无力的一个。

他想学谢安石，“为君谈笑静胡沙”，就算皇帝用了他驰骋疆场，他真的就能成就一番事业？他想在朝廷的殿堂大展宏图，却只落得“大道如青天，我独不得出”；他崇拜管仲、乐毅，期待爱才的明君，“君不见昔时燕家重郭隗，拥彗折节无嫌猜”，可惜唐明皇让他做个诗文待诏，只相当于典籍搜索引擎。

他想高朋满座举杯共饮，但多半又月下独酌，“醒时同交欢，醉后各分散”，没有谁能与谁形影不离知心知肝。他自视甚高，怀才不遇，“天生我材必有用，千金散尽还复来”，能应和的有几人？李白把男儿性情发挥到了极致，与他相比，太多的诗人都多了些柔弱。

在他众多的诗篇中，基本看不到示儿、示内之类的诗，这个精力充沛、云游四海的人，为什么家庭生活若离若弃？他的婚姻与财产一样都是谜，传说中的“招赘”或许让诗人选择性遗忘了。他身后的荒冢无人祭拜，“白酒新熟山中归，黄鸡啄黍秋正肥。呼童烹鸡酌白酒，儿女嬉笑牵人衣。……会稽愚妇轻买臣，余亦辞家西入秦。仰天大笑出门去，我辈岂是蓬蒿人”，儿子甚至妻子在这首诗中只化作模糊的背景，“愚妇轻买臣”之典不言而喻，难道他对妻子隐隐有怨恨？

他冲淡宁静，然而出世的念头又每每作祟，就这样每天在选择中顾此失彼，在大笑中落泪，在沉醉中清醒，在无所顾忌的自由里一点点褪去政治的圆通、中庸，在渴望建功立业的热情中慢慢体会冷遇。甚至在他的晚年，为了曾经的理想和豪情，他走进了永王的帷帐，参与政治的结果就是被政治戏弄，站错队伍的诗人终于在 762

年走到了生命的尽头，最后的时刻，他还念念不忘“大鹏飞兮振八裔，中天摧兮力不济。馀风激兮万世，游扶桑兮挂左袂。后人得之传此，仲尼亡兮谁为出涕”！

李白就是这样的性情中人，对待生活的方式与常人迥异，只生活在自己的思想与诗歌里，朋友、酒、剑，还有炼丹，当安史之乱风烟正紧，这个最具豪情的诗人却不知在哪座山中参悟。

散花说“山花在身边层出不穷开着，多么美！诗里还有醉酒，有真率性，有豪侠气，有明天更美的期待。这时候青莲居士做情人，就再合适不过了”，我却以为李白天生是让人仰望的，切不可走近他的身边，就像飞蛾扑火一样没什么幸福结局，最好远远地站在安全地带，全方位打量这位横空出世的天才，读他的诗、他的痛苦与挣扎，最后在历史的星空中永恒。

夏日的灿烂热情中有疾风骤雨，有洪水汪洋，甚至可能大旱数月，颗粒无收，然而我却最爱夏日，就为生命中有一种无可阻挡的活力、精神、才情，李白恰恰不经意中契合。

无边落木萧萧下——杜甫

“秋花惨淡秋草黄，耿耿秋灯秋夜长。”林妹妹在潇湘馆中感怀秋窗风雨，千年前的老杜也正在秋风中为一卷茅草疾呼。

说唐诗，怎么也不能越过杜甫去。

就像四季，春种一粒粟，秋收万颗子。

老杜的诗真不是年少轻狂时能读的，没有一段半段坎坷经历、十年八载苦难人生，他在诗句中或压抑或喷薄的情感就等于肉包子打狗了。记得那些年我在野外值班，闲来带本宋诗辞典练仿宋，专抄七律诗，一首又一首，写着写着就觉得与《秋兴八首》“剪不断，理还乱”，宋人到底吃过苦，独尊杜工部就在所难免。

杜甫受儒家思想的熏陶实在太深，无时无刻不以天下为已任，以拯救苍生、致书君王为最高理想，这一点其实李白也有。诗歌对于杜甫，也许只是无可奈何落拓时抒发内心苦闷的方式，他的游走，不同于李太白仗剑去国、寻仙访道，不同于陆放翁微雨骑驴过剑门，倒更像憔悴的屈子在汨罗江畔独立，“路漫漫其修远兮”，他的求索并没有改变盛唐逐渐衰朽的必然，却在衰朽的途中领略了全部的饥饿、屈辱和死亡。

总感觉老杜的诗更适合男人看，适合那些胸怀理想、愿意报效祖国的男人看，适合那些忧国忧民、铁肩担道义的男人看。像我等蜗居于家的小女子，除了一篇《月夜》能藏到香奁内反复浏览，多数的篇章都会觉得太冷、太穷、太苦，没房、没车甚至没饭吃，颠沛流离，无人接济，那些艰涩、冷僻的字眼，纠结的却是一颗痴心，他没有更多能力照顾家庭，却将盛唐的衰朽记录在案，“烽火连三月，家书抵万金”，这样的诗人于国、于文为宝，于家、于妻儿老小恐怕有缺。

七律在老杜的笔下炉火纯青，无论意境还是字句，浑然天成中开阔寥落，与李白的拿手绝活古体诗尽得风流，“至甫，浑涵汪茫，千汇万状，兼古今而有之。他人不足，甫乃厌余。残膏剩馥，沾丐后人多矣。故元稹谓：‘诗人以来，未有如子美者。’甫又善陈时事，律切精深，至千言不少衰，世号诗史。昌黎韩愈于文章慎许可，至歌诗，独推曰：‘李杜文章在，光焰万丈长。’诚可信云。”这段评论虽不乏吹捧，也基本概括出杜诗在中国诗歌史上的地位。

十几年前我回故乡，站在船头，看冬日的长江两岸苍茫一片，忽然觉得“无边落木萧萧下，不尽长江滚滚来”是如此贴切，无数情绪涌上心头，或许千年前的杜甫也正是用这般的黑眸打量世界，我感受着他的感受，在他的诗中找到同样的焦点。

初秋风物宜堪剪，“碧云天，黄叶地，秋色连波，波上寒烟翠”。可深秋的风雨一阵紧似一阵，就像老杜的脚步，总在不停地奔波，最后休息的姿势就如落叶，飘零尘埃。

生活多种多样，诗人风格迥异，只是希望诗人不要再和他一个命运，不要文章苦而后工，不要文章憎命达，只要好好地活。

千树万树梨花开——李贺

新疆的冬天真长，绵延的寒冷和暗淡的天光越发让人窝在家里，没想到岑参用“忽如一夜春风来，千树万树梨花开”形容冬雪飘飘，简直是天才啊！

天才这个品种，一般来说恭维成分多于实际内容，天才本人往往生活得并不如意，多半还潦倒，十分贴近孟子“天将降大任”的科学论断。在繁星满天的唐代诗人中，符合“天才”标准的，窃以为是李贺。

我读小学时，没什么课外书，就看父母单位订的杂志《飞天》聊以解闷。《飞天》是甘肃文学的一块芳草地，有小说、散文、诗歌以及对敦煌艺术的介绍等（我所有关于敦煌的知识都从此起步），喜欢听故事的我自然对小说兴趣更浓。某期有篇小说便以唐朝诗人李贺为主人公，小说名叫什么已经记不清了，上来便是一首《开愁歌》，“我当二十不得意，一心愁谢如枯兰”，骑驴半醉，锦囊摇摇，小酒肆的老板心好，劝他少喝，“主人劝我养心骨，莫受俗物相填豗”，故事由此展开，老板的小孙女，一双水汪汪的大眼睛，折射出这位少年英才的仕途困厄和疾病缠身，却没能敷衍成一篇痴情大戏，可见那时候写小说的人没有八卦精神。

说李贺是天才，应该没啥问题，这位因父亲名晋肃（与进士同音）而终身不能参加进士考试的读书人，身体情况很糟糕，“细瘦通眉，长指爪”，可李唐宗室后裔的骄傲让他的腰杆挺得笔直，以“想象丰富奇特，幽深奇谲，句锻字炼，色彩瑰丽，富有浪漫气息”的特点在整个唐诗界卓然不群。他和李商隐都走唯美的路子，但李贺更有一种“超现实主义倾向”，幽冷怪僻不是什么人都喜欢的，李贺便成为另类，被誉为“诗鬼”，阴森森的，无形中印证了他英年早逝的收梢。

其实李贺的诗篇多以其中奇绝之句让后人念念不忘，比如毛主席就引用过“雄鸡一唱天下白”“天若有情天亦老”，他整篇让人记住的诗不多，《苏小小墓》《金铜仙人辞汉歌》算是个中翘楚。

> 幽兰露，如啼眼。无物结同心，烟花不堪剪。草如茵，松如盖。风为裳，水为佩。油壁车，夕相待。冷翠烛，劳光彩。西陵下，风吹雨。

通篇以三字句层层刻画苏小小的形象，虽是鬼魂，却带着屈原《九歌 · 山鬼》“被薜荔兮带女萝”“既含睇兮又宜笑”的影子，一个为爱倾注身心的女子得不到爱的呼应，“无物结同心，烟花不堪剪”，分明说的也是诗人自己空有一腔凌云志，却不能为与自己有着血缘之亲的李唐王朝出力，“在绮丽浓艳的背后，有着哀激孤愤之思”。

当然李贺堂堂须眉，也有一些不甘沉沦的豪言壮语，《致酒行》中“少年心事当拿云，谁念幽寒坐呜呃”两句，曾被我用来当作初中毕业留言四处乱写，半懂不懂中也晓得青春正盛时要胸有大志，不能婆婆妈妈“儿女共沾巾”，这事后来被高中语文老师知道，遂格外开“小灶”，整个夏日的晚自习基本都是老师给我一人讲中国古典文学史。

李贺还有“男儿何不带吴钩，收取关山五十州？请君暂上凌烟阁，若个书生万户侯”最为少年时所喜欢，那阵热衷武侠小说，特别有仗剑去国、杀富济贫的侠客情怀，自己混得野小子般风风火火，浑然忘却他还有“可怜日暮嫣香落，嫁与春风不用媒”的婉曲深沉。随着年龄的增长，《金铜仙人辞汉歌》更得青睐，“衰兰送客咸阳道，天若有情天亦老”，诗人站在汉家陵阙看夕阳西下，“三十六宫土花碧”，汉家风流已然尽付秋风，那唐之基业又待如何？家国之痛和身世之悲交织一起，怎能不让这位鬼才迸发出强烈的艺术深情？

司马光说“天若有情天亦老”乃“奇绝无对”，后被石延年（字曼卿）对出“月如无恨月常圆”，一语既出，技惊四座。不过依我看来，曼卿的对句境界偏小，不如长吉出句壮美宏大，一切的情与不情都包含其间。

李贺生活在中唐到晚唐的过渡阶段，当时藩镇割据、宦官当权、民不聊生，残酷的现实让疾病缠身的他更加深刻地领悟人生短促、世事无常，他把一生的才情都付给了诗歌，尤其擅长乐府诗和古体诗的创作，这个20多岁的愤青“借古寓今，或讽或叹，灵活多变，涣然有新意”，自创“长吉体”，把乐府诗继续推向新的高度。渐有李商隐、温庭筠步其后尘，并影响到贺铸、周邦彦、萨都剌、杨维桢、汤显祖，直至曹雪芹、姚燮。

然而天才的生活似乎都不尽如人意，病榻上的李贺安慰母亲，自己要去上天为新落成的“白玉京”题写楼记，这种解脱未尝不好，诗人之名已上达天听，为众神仙所喜爱，公元816年，李贺因病长逝，锦心绣口的天才终于回到了无情又不老的上天，永享清福。

漫长严冬中李贺宛如最瑰丽的一抹色彩，照亮了银装素裹的晚唐，也让他自己在整个唐诗世界独树一帜。冰雪可以覆盖大地，可冬天来了，春天还会远吗？

用四季来捕捉王维、李白、杜甫和李贺的神韵，无论对四季还是对四位杰出诗人，都感觉吃力。然而读书贵在揣摩思索，哪怕仅有一缕芬芳，也要想象出枝繁叶茂的后花园，一年好景君须记，莫待无花空折枝。

尹文忠，1973 年生，新疆哈密人。主编政协委员文集《雨润》《芳草地》《胡杨》，编辑出版《克拉玛依文史资料》等多部书籍。曾在《亚心报》《新疆石油文学》等刊物发表文章。

杏谷拾遗

苍茫的天山，高远而雄峙，绵延上千里，宛如一条巨龙横亘在祖国的西部边疆，并向西延伸到中亚。

而位于哈密境内的东天山，则是这条巨龙的龙首。

东天山南北两侧，物产丰饶，景象万千。每一处景点，都记载着不朽传奇；每一条山谷与沟壑，都埋藏着许多鲜为人知的历史故事。

盛夏的早上，酷暑难耐，我们驱车沿着崎岖的山路，一路辗转颠簸 70 多公里，来到哈密市西北地处天山南坡的西山乡杏树沟村的山谷里避暑。

东天山的南坡较之北坡，由于降水少、蒸发量大，植被相对较少，杂草稀疏、难见树木。只在有水的山谷，才绿色渐浓、生机无限。

杏树沟，说是沟，其实是一个山谷，内有一个名副其实的小山村，南北方向，长十余公里、宽一两公里不等的山沟里长满了杏树。

山村里住有汉、维吾尔、哈萨克、回等几十户农家，大小不一的山间田地里长着成熟待割的麦子。家家户户房前屋后都种着改良与嫁接后的杏树和山杨。时下是八月初，虽见不到粉白的杏花，但树上挂满了成熟的杏子，远远望去，一树金黄，大有满树尽带黄金甲之意！

这里野杏树尤多，棵棵枝繁叶茂，缀满了黄澄澄的果实，如茵的草地上铺了厚厚一层成熟后坠落的黄杏，使人无法驻足。此时此地的杏子，三分之二在树上，三分之一坠落于树下，完全是一个“杏”的世界。

农家乐的主人一再叮嘱我们，杏子随便吃，但是，走路尽量小心点，不要踩坏杏子，他们要晾晒杏干。遵照主人的吩咐，我拣树上最大最黄最软的杏子吃了两三个，杏皮毛糙，酸中带涩，口感不如家杏。

杏树沟与山谷周边的环境构成一种反差，呈现出一种别样的和谐与静美，活脱脱一个“世外桃源”。

谷底，被春季的冰雪融水和夏季的洪水冲刷得深浅宽窄不一，露出的巨石巉岩奇形怪状。岩石间有一条清澈的溪流欢快地流淌，使山谷有了生命的绿色和无限生机。

山谷里，树木葱茏，绿意盎然——杨柳成荫，山杨如阵，松柏舞于崖巅，榆树戏于水上，林下灌木、草丛、爬藤及石上苔藓，也都葳蕤茂盛，生机勃勃。

顺着山谷向北眺望，远处奇峰竞秀、雪山巍然屹立，背阴一面的山坡上长满了青松，笔直挺拔。山谷两边高山雄峙，山势绵延起伏，犹如一块天然屏障。

沿着溪水溯流踏石而上，见到的是令人震惊的景象。有的古木参天，有的匍匐倒地，有的横卧在溪流上，姿态各异，夺人眼球。树的根系或裸露石上，粗大、皴裂、沧桑、斑驳；或扎于石缝，虬曲遒劲；或抱于石身，盘根错节；或垂挂于崖壁，如藤如索，不弃不离，在坚石中寻找水土，于荒岩里觅取营养，生长着自己，装扮着山谷。

溪流西边是一处台地，牧草萋萋，没过人膝，行走不易。数只牛羊徜徉其间，悠闲地吃着肥美的绿草。牧草间矗立着许多巨大的岩石，有的经风吹日晒雨淋，颜色已斑驳陆离，有的岩石上面已遍布苔痕，表层已松软酥脆。

走着走着，一块巨大岩石上的图案犹如电光石火般进入我的视线，让我心头一怔。

啊！大头羊岩画！

快步走近，睁大眼睛仔细一看，确实是大头羊岩画。没错！那么逼真，富有动感！那么古朴，饱含沧桑！

扭头，再看旁边的一块岩石，上面还有岩画。画的是盘羊，羊角卷曲，抬头挺胸，呼之欲出，一眼便可认出。

一转身，刚才经过的岩石上赫然画着一只雄鹿，昂首挺立，威风八面，让人喜爱。

这里有岩画，简直令人难以置信！这里是什么地方，怎么有如此多的岩画？难道自己是在做梦或者进入时光隧道不成？

定定神，环顾四周，也不是进入梦境中呀！周围有人、有小车、有房子、有牛羊，根本不是在做梦。

好奇心驱使我不停地往前走，寻找更奇特的岩画。方圆两公里的草地上，目之所及，每一块较大的岩石上都刻有岩画，蔚为壮观。

对于“渐欲迷人眼”的大量岩画，我已不能逐一细细观看，只能走走停停看看，否则，根本无法看过来。

岩画区最多、最常见的要数盘羊和山羊。也许因为原始社会的古人类使用石块和木棒狩猎，最容易获得的猎物就是盘羊和山羊，对这两类动物的认识也非常深刻，所以，这类岩画单幅作品较多，而且表现出来的盘羊和山羊的角都非常大。

这里密集着上百幅岩画，内容丰富。有的是人物，有的是牲畜，有的是野兽。表现的主题也不同，有的是表现狩猎，还有的是表现生活……在一幅狩猎画中，猎人骑马手持弓箭，蓄势待发，前面的北山羊在拼命地跑，猎狗在旁边追赶。另一幅，三五个猎人纵马驰骋，弯弓射箭，旁边的大人小孩在呐喊助威，猎狗在一旁围堵，前面的鹿、野羊、野猪、野兔，有的狂奔、有的中箭、有的倒地，场景鲜活生动，画面形象逼真。还有一幅，给人印象更为深刻。画中的男女老少围着一堆捕获的猎物载歌载舞，欢呼雀跃，其喜悦幸福的美好情形，被凿刻得淋漓尽致。

面对这么多岩画，我有种一不小心进入外星球、置身域外文明的感觉。除了震撼，内心产生一种强烈的好奇，它们究竟由何人所作？何时所作？

月氏，中国新疆地区最早的开发者。

这个民族，留给后人太多的谜团。首先，月氏这个名称该如何发音（ròu zhī 还是 yuè zhī），就说法不一。

其次，关于月氏的由来，也莫衷一是。较为通行且认可的说法是，上古时代，在古印欧人浩浩荡荡的民族大迁徙中，有一支古提人在大约公元前 2300 年的伊朗高原上出现，并对当时两河流域的巴比伦王国造成过极大的威胁，后来翻越葱岭，一路东迁，经长途跋涉，在大约公元前 1000 年迁徙到了塔里木盆地边缘的绿洲，有的来到了东天山，有的甚至到了敦煌、祁连山，开始从游牧向半耕半牧生活转变，被希腊史学家称为吐火罗人。

但中国学者如梁启超、胡适等主张本地“土著”说。

虽然月氏在中国新疆生活的时间较为漫长，但历史久远，文献中留存的记述不是很多。经历史学家考证，月氏较为确切的历史记载在公元前 5 世纪才开始清晰起来。

秦始皇统一六国后，月氏在河西的统治臻于全盛，人口数十万，控弦十余万，统辖的部落从河西走廊一直延伸到青海湖一带的湟水流域。公元前 177 年，匈奴右贤王率匈奴精骑袭击了河西走廊的月氏国，这次出击给月氏带来了毁灭性的打击，月氏一战而国灭，所有被俘的月氏人被匈奴人屠杀殆尽。幸存的月氏人不得不离开生活千百年的家园，背井离乡，沿天山一路向西，开始了漫长而艰难的逃亡之路。

迁徙的月氏人分为两支，月氏主力离开甘肃与东天山，穿过戈壁沙漠，沿着他们祖先古印欧人开辟的道路，自东向西（与祖先自西向东方向相反）逃亡，他们被后人称为大月氏。少部分行动不便的月氏人，向东南方向迁入了陇南、青海一带，在羌人与吐蕃人生活的区域定居下来，并开始逐渐使用羌人或吐蕃人的语言，他们被后人称为小月氏。

西去之路，注定是漫长且心酸的。

大月氏沿天山一路向西，先来到现在的呼图壁、玛纳斯一带，再到赛里木湖。后又来到天山以北的伊犁河谷和伊塞克湖流域（今吉尔吉斯斯坦境内）。公元前 176 年，大月氏人来到该地后，击败了当地的塞种人部落，占据了伊犁河谷。

公元前 128 年，雄才大略的汉武帝为了打通西域，联合西域诸国对付共同的敌人——匈奴，派西汉伟大的旅行家、外交家张骞出使西域。张骞一行千里迢迢，长途跋涉，几度冒着生命危险逃脱匈奴，辗转访问了大月氏。这时的大月氏表示已找到了一大片水草肥美、可以安身立命的地方，无意东返。

虽然张骞的外交使命没有完成，但通过他的游历和叙述，让后人有幸得知当时大月氏人的具体情况。1 世纪中叶，瓜分巴克特里亚的大月氏五部落之中的一个——贵霜部落，征服了其余部落，统一了大月氏各部，建立了贵霜王朝。

贵霜帝国时代，佛教极其兴盛，大乘佛教在贵霜得到了广泛信仰。

公元 67 年，东汉明帝派出使者前往西天取经，途经贵霜帝国时，请来两位大乘佛教高僧来到洛阳，这就是中国历史上有名的“白马驮经”的故事。这是中国佛教传播史上的里程碑式事件。

从此，大乘佛教从贵霜帝国正式传入中国。

公元 241 年，贵霜帝国被波斯萨珊帝国皇帝阿尔达希尔一世征服。此后，大月氏人从历史中渐渐消失，逐渐融入印度民族之中。

时空转换，斗转星移，物是人非。

一路西迁、身在异国的月氏人，是否还能想起在“敦煌、祁连间”的生活，想起那曾经在东天山有过的安定、舒适的美好过往，以及遗留在东天山南坡几条长满杏树的山谷间的大规模岩画群?!

同我一样充满好奇的人们，肯定从内心深处也产生疑问，这些立于草丛之间、匍匐于大地之上的图案，为什么会在东天山大量存在？

据专家、学者考证，《史记》中记载的月氏人生活之地“敦煌、祁连间”的“祁连”，不是指现在的祁连山（匈奴语即天山的意思），而是指新疆的东天山，也就是哈密境内的东天山段。

哈密北部的巴里坤县、伊吾县是月氏人相对重要的两处夏季牧场，哈密南部的哈密市西山乡至沁城乡一带是他们冬季牧场的所在地。随着季节的更迭，月氏人在东天山南北来回转场、迁徙游牧。

清乾隆年间，巴里坤县北城门裴岑碑凉亭门厅柱子上有这样一副楹联：“坐镇前后蒲类国，奠定大小月氏城。”这是对生活在东天山南北月氏人较好的佐证，同时也较好地解密了游牧民族西迁的历史过程。

前些年，由新疆和哈密文史学者组成的哈密岩画调查组，对东天山岩画的分布进行了一次详细调查和拍摄。在短短的十几天里，调查组先后在哈密地区的兰州湾子、红山口、八墙子、西黑沟、东黑沟、石人子沟、乌拉台、沁城、屈尔沟、西山（其中，在西山乡杏树沟一带的多条沟谷里均发现有岩画）等地现场查看并拍摄了大量珍贵的岩画。东天山岩画，排列于东天山南北两侧，其规模之大、内容之丰富都是世所罕见的。

从东天山岩画分布情况分析，岩画大部分分布在古人类遗址附近的山坡和沟坎上，或者山谷河畔，多邻近古今牧道，这里水草丰盛，适宜居住和放牧。当然，有的刻画在悬崖峭壁上，有的刻画在洞窟的壁顶上，有的刻画在林下或草地的黑砂岩、花岗岩和板岩的巨石岩面上。岩面大多朝东向阳，岩画采用粗线条的阴刻，不一而足。专家们断言，凡出现岩画的地方，过去或现在都是优良的狩猎场或放牧场，都曾有较多的人群在此做过较长时间的停留。像杏树沟，就是一处非常适宜放牧、生活的地方。

近年来，考古学家和文史专家在东天山南北坡遗址区域的多处岩画里发现了双马图。从这些不完整的岩刻线条和造型上，我们能直观看出岩画的大致雏形。

新疆社会科学院仲高教授在做过大量的实地考证后说："月氏经过的地方，基本都有双马图的出现，双马图可能是月氏人的图腾。"这些双马图，有的四蹄对四蹄，有的背靠背，还有的上下布局，可能与月氏人部落之间的表现形式有直接关系。尽管种类较多、内容丰富，但基本没有离开双马图演变的特性。哈密地区东天山南北这些不同地方出现的双马图岩画，犹如一道密码，为历史学家和文史专家研究古代月氏人在东天山和新疆生活的故事和历史，提供了较为完整的资料和文字内容。

脚踏在没膝的茂密草丛中，我在思考、在凝视、在猜想：我无法将东天山岩画与其他地区的岩画相比，因为它们同为古代先民留下的珍贵且珍稀的文化与记忆。无论年代之远近，无论凿刻之人目的如何，刻法是否熟练、功底是否深厚，他们蕴藏胸中的心情、笔触间的执着与专注，确实费人琢磨。

当成百上千幅古朴简练的岩画暴露在天地之间、呈现在人们面前时，凝结的历史、远古的印记、封闭的空间似乎一下子又被完全打开，任由大家徜徉在现实与历史之间。

东天山的草原与沟谷所封存的记忆是永恒的，千年岩画真切直观地记录着这里曾经发生过的故事。这些灵动的岩画，只要看过一眼，便柔软地植入心里，永远难忘。

博大的东天山就像一本尘封千年的羊皮书，需要一页页地耐心读下去，用史料去印证、用感觉去体会。因为有了这数以千百的岩画，旷远的山谷，不再沉寂。这些岩画的存在，让数千年后偶然到来的游历者，依然能感受到它们超然物外的沉静与智慧。

日挂西天，山色渐暗，离开时，我不停地回头张望，总觉得身后的岩石间不时有人出没，待我们离开后，他们将在悦耳的叮当声中继续开始他们的劳作——雕琢那些不朽的神奇……

王咏剑，作品散见于《新疆石油文学》等报刊，经济学硕士。

我的“悦读”生活

中国的读书人中向来有入世、出世之说，说来惭愧，用这两个标准衡量自己，既少孔孟先贤修齐治平、兼济天下的家国情怀，更难以企及鲁迅先生眼中“简约云澹、超然绝俗”的魏晋风度和名士风范，所以，真不敢妄称自己是个“读书人”。这实在不是谦辞。

说起来，书读了几十年，以我粗疏的归纳，大抵分为三个阶段：第一阶段，为了文凭学位读书；第二阶段，为了消遣而读书；第三阶段，为了求知、做人而读书。这样划分，难免有交叉重叠之嫌。

先来说第一阶段。十几年求学生涯，应父母之命，被时代裹挟，带着三分混沌、七分惶恐——以致毕业多年，还会从“应考”的噩梦中惊醒。至于情节，考前丢了笔记、走错考场、临交卷才发现背面还有没做的题……不一而足。每每惊醒，方如释重负。偶一日将此类梦境叙于老友，听闻者竟全都颔首连连，大呼：“这梦我也做过！”多年以后，当读到老舍先生《考而不死是为神》开篇一句“考试制度是一切制度里最好的，它能把人支使得不像人了，而把脑子严格地分成若干小块块。一块装历史，一块装化学，一块装……”不禁心有戚戚焉，旋即哑然失笑，五味杂陈。不提也罢，反正这苦不堪言“第一阶段”已经挨过去了。显然，这一阶段的狼狈相，绝无半点传统读书人的担当与洒脱。

再说说第二阶段。为消遣而读书，在林语堂先生眼里，最能得之真味的，莫过于“千古第一才女”李清照与其夫赵明诚的读书生活了。两人经常典当质衣，搜罗古书残卷，回到家中，一面品佳茗，一面校经籍，神仙眷侣一般，那种清韵雅趣，远非我等凡夫俗子所能体会，自不待言。但凡俗如我者，也有一段为消遣而读书的日子——参加工作之后的七八年间。其间升学、应试压力全无，读书自然由被动转为主动，加之尚未成家，闲暇之余，文学随笔、小说杂文、科普文章随性而读，大部头、小豆腐块都有滋有味。那感觉，就像久被拴在马厩吃腻了乏味草料的马儿，甫一被放到开阔原野，得以纵情欢畅，直追鲁迅先生“随便翻翻”的境界。回想起来，这段时间读书有得有失，所得是读书毫无功利、率性而为、怡情冶心，所失是泥沙俱下、不求甚解、杂而不专。多年以后，当我再拿起《且介亭杂文》“随便翻翻”时，才发现鲁迅先生看“消闲的读书”是有前提的，那就是“往往在作文或看非看不可的书籍之后”！原来，他把消闲的读书当成佐料而已，而我，却当作主食了，虚掷了太多的光阴，这就是差距啊！当然，鲁迅的才情、抱负，是我辈难以望其项背的——只能这样安慰自己。

自然要引出第三阶段——为了求知、做人而读书。这里“求”者，追求、求索也，未必是要搞理论研究，仅强调读书要有方向、目的——“学然后知不足”；而做人，更是一个贯穿人生的严肃课题，所以要剔除一些消闲散漫的意味，以图学以致用，知行合一。这不是唱高调，而是自勉自励。

书籍是传承知识、增长才干的重要载体，读书更是陶冶性情、锤炼人格的不二途径。但前提是，一定要读到“好书”，或者说要读到鲁迅先生所称“非看不可的书籍”，正所谓开卷未必有益，选书才是关键：至于哪些是“非看不可的书籍”，则见仁见智。由此，我也不禁好奇，像鲁迅、胡适这样的大家到底都看什么书，或是建议看些什么书呢？遍寻《鲁迅全集》目录，《华盖集》中就赫然列着“青年必读书”之标题，翻看之下，不免失望——书名没列一个，倒讲了这么一句：“我以为要少——或者竟不——看中国书，多看外国书。”失望之余，仍不死心，终于又找到了鲁迅先生应好友许寿裳长子许世瑛要求而开列的书单，计有《唐诗纪事》《世说新语》等 12 册。这一点，倒是和他的论敌——胡适先生难得所见略同了一回。

宽容敦厚如胡适者，在评价中国经史子集时也曾说："中国书中有系统、有结构而可读的书，至多不过半打。"话虽如此，胡适之先生曾为清华学子开列过"一个最低限度的国学书目"，我曾逐一计数，竟达190余册，无怪乎学生们大呼太过繁多，强烈要求重列"一个最低限度的国学书目"。先生无奈，只好在原书目中又选了39种，逐一加上圈，在回信中再三叮嘱："那些有圈的，真是不可少的了。"讨价还价一般，适之先生率真、可爱的形象跃然纸上。当然，这组书目是为立志研究国学的学子而开列的，未必从"有系统、有结构而可读"着眼。总之，不管书单短也好，长也罢，纵是名家大家，在面对茫茫书海尚且踌躇再三，苦于抉择，可见择优而读，绝非易事。更何况，据报载如今全国每年出版的图书有三十多万种，每天近千种。这其中哪怕好书以千分之一计，每年也有三百多本值得研读。再加上前人留下的浩如烟海的古籍，更是加大了选书的难度。可再难，还是要去选。毕竟，"人生有涯知无涯"，有限的阅读时间里（倘若以每周一本的速度，五十年，也仅能读二千多本），多读一本"坏书"，就意味着要少读一本"好书"。

谈谈我的选书、读书心得。

心得之一：以兴趣为导向，定向阅读。兴趣是最好的老师，正如孔子所云："知之者不如好之者，好之者不如乐之者。"读书出于消遣，自然可随心由性，但出于求知，就不可涉猎过多、过杂，更切忌漫无目的，而宜于从自己既有兴趣、又有基础的领域入手。再则，兴趣虽多受个人经历、见识所限，因人而异，有时也是可以培养、借鉴的。比如，鲁迅、胡适都是我所仰慕的大学问家，毋庸置疑，二位又都从中国传统文化中汲取了大量学养。于是试着去读他们开列的书，只是这些经典太过艰深浩繁，加之自己古文功底稀松平常，只能望而却步。但从这些书目入手，仍不失为立志深入研读国学者的良策。

定向阅读，绝不意味着要画地为牢，自设藩篱。相反，要时刻保持对知识边界的敏感，善于通过量的积累，在知识的交叉碰撞中发现新的兴趣、扩充新的领域。学问是每每互相关联的，读书时多留意作者的知识来源、思想流派、师承关系，往往能由一本书而关联到几种、十几种书，如此循序渐进，日久自然可以升堂入室，触类旁通。我给这种不断扩充阅读范围的方法取了个名字，叫作“引申法”。比如，我在阅读经济学中奥地利学派的经典著作时，就是由一位哈耶克入手，进而引申到门格尔、庞巴维克、米塞斯、罗斯巴德等一众奥派代表人物的，就好似滚雪球一般，一发而不可收。

心得之二：择优而读，搜寻经典。确定领域之后，接下来就该精选书目了。大学者朱光潜说：“走进一个图书馆，你尽管看见千卷万卷的纸本子，其中真正能够称为书的恐怕又难上十卷、百卷。你应该详读的只是这十卷、百卷的书。”持同样想法的还有另一位大学者。据陈寅恪先生回忆，他幼年时去见历史学家夏曾佑，这位老人对他说：“你能读外国书，很好；我只能读中国书，没得读了。”言下之意也是说，书虽多，“好书”终究有限，是可以读尽的。话虽如此，但从汗牛充栋的书籍中找出这些“好书”，需要有超凡的鉴赏能力。这时从经典入手，不失为一条捷径。

所谓经典，顾名思义，是指那些经过时间沉淀和考验，成千上万人帮你遴选出的精华。前苏联作家扎米亚京所说的这句话，大概最能描述经典的威力：“有些书具有炸药一样的化学构造。唯一不同的是，一块炸药只爆炸一次，而一本书则爆炸上千次。”再让我们看看卡尔维诺对经典的解读。卡氏在《为什么读经典》中，一口气为“经典”下了14个定义，我也一口气读下来，直被卡老经典的“经典”定义炸得魂飞魄散，屁滚尿流。其中一个定义是这样表述的：经典是那些你经常听人家说“我正在重读……”而不是“我正在读……”的书。又说：一部经典作品是一本每次重读都像初读那样带来发现的书。紧接着又补充道：一部经典作品是一本即使我们初读也好像是在重温的书。说得多好啊，遇到这样的有生命的，能和你一起成长的书，不赶紧买而藏之读之，还等什么?!

择优而读，还需要对“畅销书”保持足够的谨慎。许多人抱定宗旨不读现代出版的新书，我深以为然。因为大多的新书一味迎合一时的社会心理，甚至是赤裸裸的出书、卷钱了事，粗制滥造在所难免。要相信，好书是不会被埋没的，历经大浪淘沙而巍然独存的书只会更有生命力，值得一读再读。

心得之三：选择适合自己的阅读方法。确定了读书的领域和书目，最后就剩下如何去读的问题了。就我而言，最受益于美国人莫提默在《如何阅读一本书》中介绍的“主题阅读法”。莫提默把阅读划分为四个层次：基础阅读、检视阅读、分析阅读和主题阅读。其中主题阅读又为两个步骤，一是针对要研究的主题，设计一份试验性书目；二是浏览所有的书，确定哪些与主题相关，并就主题建立自己清楚的概念。以我的理解，简单讲，就是“以我为主，为我所用”的阅读过程，通过阅读，让自己零散、模糊的知识条理化、系统化，进而形成完善的知识结构，让读过的书成为自己思想的一部分。

另外，爱因斯坦的“总分合”读书法、华罗庚的“厚薄”读书法，也都对我颇有启发，大受裨益。其详细内容，不再赘述。当然，读书没有最好的方法，只有最适合自己的方法，需要我们在实践中去发现、完善。

行文至此，讲的都是读有形的书——可以捧在手里翻阅的书。孟子说“尽信书不如无书”，同样，拘泥于狭义的、具体的书而忘了广义的、抽象的书，也极其不可取。其实，只要抱着求知的心态，读书无处不在。孔子曰“三人行，必有我师焉”——受教于师友训导，宋人刘彝所言“读万卷书，行万里路”——感悟于世事人情，陆游诗云“纸上得来终觉浅，绝知此事要躬行”——验之于人生实践，又何尝不是读书?!

读书使人受教，读书促人成长，读书让人开阔，读书令人谦卑。易卜生说过：“你要想有益于社会，最好的办法莫如把你自己这块材料铸造成器。”而铸造自己成器，恐怕再没有比读书更好的方式了。读书不能改变人生的长度，但可改变人生的厚度；读书不能改变人生的起点，但可改变人生的终点。

即将收笔之际，夜已极深，万籁俱寂。举目窗外看星光点点，内心中不觉升腾出万分虔敬之感，仿佛完成了一场与大师们的心灵对话。让我们把阅读当成一种习惯、一种生活方式，让书籍滋养我们的生命，丰富我们的内心——我想，这也是我们向大师们所能付出的最高的敬意。

殷亚红，1975年生于陕西咸阳。克拉玛依市作家协会、克拉玛依石油作家协会理事。已在多家报刊发表散文、小说若干篇。现供职于克拉玛依石化公司。

克拉玛依，水的变奏

九龙潭之美

来到九龙潭，扶梯而上，看克拉玛依河水顺流直下，磅礴的瀑布跌落，轰然落入水潭，巨大的冲击力使潭水翻滚激荡、浪花飞溅。瀑布前方，漫天的水雾在阳光映衬下形成七色彩虹，光彩夺目。旁边八尊龙口中粗大的水柱喷吐而出，与激浪汇成一首华美的乐章，让人有种梦幻的感觉。

站在水潭“回”字型栈桥上，近距离仰望着飞流倾泻的九龙瀑布从你眼前落入水潭，这一刻，除了视觉上的欢腾，还能体验到飞瀑溅起的如烟如雾的细密水珠打湿周身的那份清凉和惬意。面对如此壮观的场面，心会不自禁雀跃起来。

为衬托栩栩如生的九条龙，建设者还颇具匠心地修建了一组仿古建筑物：分列两边的两座八角厅、位于正中的一座门楼和连接凉亭与门楼的长廊。迈步其中，似乎进入古时的亭台楼阁之中，想要翩翩起舞，感受“轻风徐来，身轻如燕”。

每每到九龙潭时，我总会到那被绿草红花簇拥的引水工程纪念碑周围转上一圈。纪念碑有汉白玉栏杆基座，正面镌刻着“向引水英雄们致敬”的八个鎏金大字。背面是分别用维汉两种文字镌刻的《引水记》碑文，碑文扼要地介绍了带给克拉玛依福祉的引水工程及其伟大意义，以及为这项宏伟的惠民工程艰难探索、付出辛劳的建设大军的丰功伟绩。是的，如果没有他们的努力付出，也不会有克拉玛依今天的宜人气候。

《水来了》之欢

《水来了》是全国著名雕塑家潘鹤先生创作的一尊巨型人物的雕像：一位体态健美的维吾尔族石油姑娘，正端起舀满了水的铝盔，美滋滋儿地往自己的头上浇着……那憨态、那惬意，是在 2000 年 8 月 8 日，克拉玛依河贯通市区的那天、那时、那刻，克拉玛依人由衷狂喜、浪漫宣泄、肆意欢庆的真实写照。她位于克拉玛依河中心景区中段，也是连接南北两个新旧城区的枢纽。每当夜色降临之时，来自城区四面八方的人们涌向克拉玛依河中心景区，这里就会变成一个欢乐海洋。

音乐喷泉、水幕电影、激光乐舞等集声、光、水、图像于一体的高雅文化艺术精品，均汇聚在这里，淋漓尽致地把水的万千姿态集于一身了。于是，水的俏皮、水的灵动、水的飞舞、水的幻想、水的灵智、水的神韵……一览无余地展现在了克拉玛依人面前。

喷泉由大型音乐喷泉、水幕投影系统、激光表演和艺术灯光系统四个元素组成，整个系统一次性可提供“一路欢歌”“华尔兹”和“追风逐浪”等好听的名字代表的 17 个种类的水形变化。水流随着音乐或激昂或舒缓的节奏，时而像婀娜的少女翩翩欢舞，时而如鲲鹏展翅，时而似孔雀开屏，时而若长虹卧波……设置在河南岸的灯光也随着音乐的强弱不断变换色彩，一会儿霞光霓虹，一会儿荧绿碧蓝，一会儿紫霭缭绕，与喷泉呈现出的万千形态，交相辉映。

最令人惊叹的是水幕电影。在高水压下，水通过特制喷头高速喷射，形成一片 30 米长 15 米高的雾化扇形水幕，以此为背景，激光表演的各种图像、《哪吒闹海》等电影拷贝在水幕上播映，令市民赞叹不已。听说，克拉玛依市的水幕电影是继西安之后西北第二个、新疆唯一一个如此的景观，每周三套激光表演节目免费向全体市民及外来游客循环放映。

音乐喷泉、水幕电影、激光乐舞这些让欣赏过水景的克拉玛依人有了一种“此处之外不看水”的满足感。

河道之幻

华灯初上，克拉玛依河褪去了娇羞的面纱，在五彩斑斓的灯光下，释放出所有的华丽和妖娆，使得波光粼粼的水面更加如梦如幻……

河岸两道柔美的线条灯勾勒出克拉玛依河轻盈的轮廓，水平如镜的河面被热烈的灯光映照着，犹如洒落的点点繁星，仿佛遥不可及，却又近在咫尺。

克拉玛依河道两侧，由石材柱托起的圆球灯沿着长长的河道一字排开，分别以红、粉、黄、绿、蓝、白交相变色，整个河道水面浮现出不同的色彩，微风过处，一排排圆形灯的倒影，被吹皱的水波打碎，成了无数斑斓闪耀的涟漪。

在这条带状滨河公园里，还分段设有儿童戏水区，绿荫跳泉休闲区，幽山恋水、花篱台地、跃动音符长廊、梦幻魔方等景点，游人可静坐岸边，凭水临风；也可信步悠悠，尽情欣赏沿河两岸无限风光，感受戈壁油城美丽壮观的绿色长廊。

在全长8.51公里的河道上有20座形状各异、姿态万千的桥，其中友谊桥是这20座桥之首，它是进入克拉玛依中心城区的门户，其风格独特，既有气势又十分精巧，是目前国内最小的斜拉索桥。而油建桥以西的单臂斜拉钢索桥更是令人叫绝不已，听说这座桥是完全按1∶1比例从中共中央党校校园照搬来的，这座桥通体用钢架构成，一根类似倾倒灯塔的铁架斜置在桥梁中间的一侧，数根钢索向桥的一面斜拉。而桥面也呈弧状分布，从视觉上看，仿佛是钢索向一面斜拉吃力时造成的桥面变形错位。如此独特的设计造型，特别是在晚间灯光映射的效果下，更显得个性十足，美轮美奂。

阿依库勒之静

阿依库勒水库由于地处克拉玛依的西郊戈壁，克拉玛依河经过引水工程几百公里的跋涉，似乎知道自己就要流入栖息地，在阿依库勒水库的入流处变得异常欢腾喧嚣，之后湍急地荡漾开去，无声无息。此时在这里，你会进入一种物我两忘的超然境界。

暮色四合时，月亮早早地爬上来，仰望苍穹的点点繁星，独对一湖明镜孤芳自赏，此时，水库周边大大小小的景观灯光和满天的繁星交织在远处的地平线上，让你分不清到底是繁星洒落，还是万家灯火，这时，只一个“静”字沉淀于心。

现在的生活，让人变得浮躁，就如风将水平如镜的湖水面吹起阵阵涟漪般，无法安静下来。但这样的生活是我们需要的吗？它能够承载我们的梦想与希望吗？不，内心的想法在咆哮、在拒绝。那倒映在湖面的点点灯光仿佛听到我内心的声音而变得散落、跳跃，在能够倾听到自己心声的地方，才能够寻找到内心的想法。

阿依库勒以她的沉静，使我慢慢沉淀下来。

克拉玛依河以她别样的姿态守护着油城，无论喧嚣还是宁静，无论白天还是夜晚，无论寂寥还是热闹……她都默默地守护着。

入夜，我睡得特别香甜，安详的克拉玛依河，就静静地流淌在我的枕边……

张新兰，克拉玛依市作家协会、克拉玛依石油作家协会会员。20世纪80年代开始文学创作，多篇（首）散文、散文诗见于《绿风》《新疆石油文学》《中国风》等刊物。现为新疆油田公司输油公司职工。

皮箱里的记忆

每一次出行，我一定会带着父亲的皮箱，因为这是父亲留下的唯一念想。

正是秋末初冬雨加雪的时节，心中填满思念，坐在书房对着窗外发愣。看着雨中的女子打着伞拉着行李箱匆匆走过的情景，顿时感慨万分，不禁伤感起来。好久没有出过远门旅行了。眼前的此情此景让我想起父亲的皮箱。起身找出，打开了皮箱也打开我满腹思语。皮箱里装的都是父亲托付姐姐寄给我的明信片和纪念品。明信片上写的都是家里的变化。什么时候换了大房，搬至高楼。什么时候单位给安装了电话（自从家里有了电话，父母每天都会在我们约定的时间里等我电话，尽管这样父亲还会用明信片告知我家里的大事）。街上三轮车换成出租车。街道都加宽了路面，中巴换成大巴、公交车等等。最醒目的是一个喜帖上写着：克拉玛依被评为全国文明城市了，父亲参加全市退休工人象棋比赛获得第一名。姐姐说这几年的明信片都没得买，父亲让用这张喜帖发给我，说这也是喜事。看着这张喜帖，我的眼里笑出了泪花。我高兴是因为我们的城市、我们的家乡已走向了全国，而父亲也终于完成了他在我心目中高大的形象。一直以来他总以我为荣。他很想让我因他骄傲。记得一年冬天我回家探亲。天气很冷，刚吃过午饭，父亲缓慢地穿上大衣就要出门，我问他何事，他说："要去退休站排队，去晚了没位子，我老了出牌慢，旁人都不愿意要我，所以得先去占位子。"父亲年事已高，怎么可以在这寒冷的天气下在门外等一个休闲的座位？父亲的话让我眉头上的“川”字从心窝上狠狠地划了过去。父亲从来都是下棋的，怎么打起扑克了？母亲接过话说：“站里没人下得过他，所以都不想和他下，只好打扑克了。”我起身脱下父亲的外衣，用坚定的口气对他说：“下午我和您一起去，从今天起，会天天有人陪您下棋。”当天下午，我拉着父亲的手，和他一起迈进了退休站的门。活动室确实很小，三张桌，工作人员就占用了一张。有几个和父亲一样年迈些的老人也站在一旁看着，我走过去，站在正打着麻将的工作人员桌前，振振有词地说：“你们的工作是为退休老工人服务的，他们的快乐才是你们工作的主要内容，你们让他们站着，这是你们的工作职责吗？”在场的工作人员被我的气势震住了，立刻起身让开了位子。几个老人高兴地坐在了一起。父亲脸上洋溢着像孩子一样的快乐，我也笑了。随后，我走进站长的办公室里长谈。后来母亲在电话里说父亲去别的站下棋了，是站长让厂里安排车接送的。听到这些话，我倍感温暖。因为我相信，我们的城市一定会越来越好。这张喜帖就告诉了我一切。

此时，我能体会父亲的用心。每个明信片上的字虽然不多，家里的每一个变化，都是父亲唤我回家的声音。在我参加工作以后一个偶然的机会，我被调到了首府乌鲁木齐工作。儿时，女孩家都喜欢收藏糖纸，每一张糖纸上面就是一幅画，一个女孩家的梦。女孩子们将糖纸轻轻拨开，用清水洗净，铺展、擦干珍藏在书本里。而我收藏的糖纸都用来换了小人书，因为在我眼里这些小人书与糖纸上的画面就是一个天和地。我无比的珍爱。因为一时无法带走，装进纸箱，想着先暂时存放在家里的菜窖里。不承想此后家里搬迁时，父亲只看到箱子上铺了一些旧报纸，误以为是没用的东西，随手当旧报纸给卖了。我回家探亲时，翻遍了所有的纸箱，依然没有找到我珍爱的那箱小人书。父亲得知我要找的就是那个顶层铺着报纸的箱子时，顿时愣住了，一如做错事的孩子，低声说：“我以为是不要的旧报纸。”我几乎是怒吼着对父亲说：“这是我存了二十几年的小人书，是我全部童年回忆，你怎么不问我啊？”其实我已经看到了父亲充满内疚的眼神，但我还是一副不能原谅的架势，抹着泪冲出了家门，提前终止了探亲的时间。

大约过了两周，我收到了父亲邮寄的50元钱和一张明信片。明信片上面写着一行字：把丢失的书买回来。这50元钱是父亲半月的工资。虽然家里只有他和母亲，但母亲的身体一向很弱，家里一大半的收入都要给母亲就医。为了不让我们儿女分心，父亲还请了保姆来照顾母亲。所以这50元钱对他们来说是至关重要的。随之母亲打来电话斥责我说：“你父亲连日来吃不好睡不好，难道你父亲的身体，抵不过你那一箱书吗？”我听着，心里疼痛万分。其实我已经去书店收集了大约一半。没有买到的，是已绝版。我心里一直都生气着，但听母亲说着父亲的样子，我哭了，哽咽地告诉母亲让父亲不要难过了，这50元钱我收下。只要收下了钱，父亲心里必然知道我原谅了他，可我始终没有亲口给父亲一个道歉。也许就是这个歉意，让我常常携带父亲的皮箱来往于乌鲁木齐与克拉玛依两个城市之间，我把每一次回克拉玛依当成是对父亲的道歉。至到父亲去世我还留在他乡，含泪把父亲的记忆放在皮箱里锁住。

我第一次拎着皮箱远行是早在1986年去杭州团校学习。父亲平日里是最为开朗的人，在我临行前却没说一句嘱咐的话，只是将他的皮箱装了大半箱的新疆特产，亲手交给我，我带着亲人的一箱深情来到杭州。

杭州的景致远比戈壁小城更加秀丽。初到时，我把家忘了。学习之余，最忘情的莫过于把杭州的山山水水留在影像里，直到精疲力尽。回到寝室拿出皮箱里的特产充饥，才想起父母在做些什么．哥哥姐姐他们一定和父母一起围着餐桌，说着家长里短的事儿，这简单习惯的生活让我心里挂满了浓烈的乡思。我能感受父亲对我的牵挂，他从来都唤我“老疙瘩”。他说：“皇家爱长子，百姓爱幺儿。”在父亲心里我就是他放心不下的宝。想着父亲的样子，我心中无限依恋。我哼唱着父亲最喜欢听的一首歌《喊一声克拉玛依，我的亲爹亲娘》，这首歌是我参加职工文艺会演获得二等奖的作品。父亲说这是我演唱的最好的一首歌。记得父亲第一次听我演唱这首歌的时候，他来到后台，拥抱着我激动地对我说："谢谢我的'老疙瘩'"。我猜想这首歌一定让他想起第一代石油人进入新疆，进入克拉玛依的情景。我很多次听他提起当年的那些事。那时他们住的是地窝子，吃的都是大锅饭。父亲们为原油生产在前线不分昼夜地忙碌着。母亲们则是做着很沉重的城市建设工作。父母们为我们第一代石油子女建造了温馨的家园。父亲说："将来无论走多远都要记住克拉玛依是你们的根，是你们永远的家！"

在结业典礼上，"抓一把黄土飞沙捂在胸口上，喊一声克拉玛依我的亲爹亲娘"打开了我的心声，作为开场，我即兴讲演了一段《我的城市我的家》。一曲无伴奏的清唱《喊一声克拉玛依，我的亲爹亲娘》把全场学员带进了祖国的边陲。穿过广阔的戈壁，神秘的沙漠以及蓝天白云，你便看到了我的城市、我的家。在这里没有高楼大厦，没有钢筋水泥的桥梁；有的却是炊烟袅袅、安静的街道、高飞的风筝以及孩子们的欢笑。在这里，没有繁华的商城，没有喧闹的人群，有的只是默默耕作着的抽油机（我们唤它为磕头机）陪伴着无边的戈壁；矗立的井架与油罐之间的深情相望；还有在戈壁上奔走的石油人和小城里无数个温馨的家。就是这样一个不为人注目的小城却把难以计数的油气输往全国各地。她像一颗璀璨的明珠镶嵌在茫茫戈壁的黑油山上。这段真挚的讲演让我荣获了最佳即兴演讲的殊荣，也让我第一次站在远处，看到克拉玛依。我想起父亲的同时也想起了克拉玛依，才发现克拉玛依在我心里正如父亲一样刻骨铭心。

自从克拉玛依开通列车后，我很喜欢乘坐。每一次的往返都像一次远行。拎着父亲的那只皮箱，列车缓缓而行，时间好像蜗牛，让我看不够城市的风貌和远景。一路上从陌生的新区看到熟悉的家门；从一道道防风林看到麦田的成长和树叶的飘落；从穿城河的水我闻到了家的味道。繁华似锦的街灯让我抬头，仰望天空依然喜欢那一片星河，享受着满腹思绪的飞扬。克拉玛依啊，早已不是我讲演中的那个安静的石油小城，她的变化已是无数文人笔下壮丽的华章，是摄影人眼睛里收不尽的美景，更是画家心中多彩多姿的向往。她正用四季分明的美景，吸引着世界的眼球。此时，在这动人的秋季里又打开了窗，这让我如何不想去开那扇门？

我低头看着父亲的皮箱，眼睛里不仅是回忆这样的深沉，我知道，无论克拉玛依怎样变迁，不变的是父辈们留给我们石油子女记忆深处的家，这个家将陪伴温暖着我们的一生。

王芳，克拉玛依市作家协会、克拉玛依石油作家协会会员。上百篇散文、随笔在《新疆石油文学》《中国石油报》等报刊发表。

老王

周六早上，睡得迷迷瞪瞪，手机响了，我闭着眼睛摸到电话，老王的声音温暾暾地传来："还在睡觉吗？中午回来吃饭好吧？"

"不回了。"我想挂了电话继续睡。

"我炖鸡给你们吃，大农业买的土鸡，顺子喜欢吃的。"他不挂电话，等我答应。

"好吧，我们晚点回。"答应后，我准备挂电话。

"快 10 点了，起床吧，要让顺子养成早睡早起的习惯，我 1 点半开饭，你早些过来……"他仍旧不挂电话，嘟嘟囔囔地又说了一堆。

老王今年 61 岁了，近些年，突然变得婆婆妈妈的，我被他搅得睡意全无，懒洋洋地起了床。

老王曾经不是这个样子。

老王年少时不爱学习，不遵守学校纪律，是老师同学眼中永恒的"后进生"。老王擅长打架，他每天背着书包装模作样地去学校，晃过了我奶奶的眼睛后，便纠集村子里的一帮"愣头青"跑到邻村找碴儿打架，老王打遍全村无敌手，三四个人合力压不倒他，力大无穷。老王整天惹事，气得我奶奶天天拿着大棒子追着揍他。老王跑得快，大多时候都能逃脱，偶尔被活逮，必是一顿毒打，我奶奶打人没轻重，加上恨铁不成钢，啥顺手就拎啥往老王身上夯，锄头把子、铁锹把子之类劈头盖脸就是一阵子，老王不求饶，也不躲，我奶奶自己打怕了，停手后，老王便胳膊不是胳膊，腿不是腿了。

老王的少年时期是不堪回首的，至少我是这么认为的。

老王 17 岁应征入伍，起初他以为他能上战场，雄赳赳，气昂昂，手持冲锋枪，保卫祖国，可惜事与愿违，老王被分进汽车连，当了一名后勤兵，先是到炊事班喂猪，后又跟着班长学蒸馒头、花卷之类，好在老王适应能力强，加上勤快机灵，一年后又被选入连队学开车，学成后便一直开着解放车给部队运给养，天南地北地跑长途，吃苦受罪在所难免。那时条件差，交通通信都不发达，一次，老王从部队所在地河北邢台出发翻越太行山到山西潞安煤矿运煤，途中车坏在了距离左权县近百公里的深山里。当时天色已晚，因为地处偏僻，路况又差，这条路很少有车经过，老王等了 2 个小时不见任何车影，为了不耽误部队的运输工作，老王决定徒步到左权县寻求救援，近百公里的路，老王用双脚走了 10 个小时，用的是部队急行军的速度，急走的路上老王只喝了一壶水，当他坐上救援的车时双脚已满是血泡，袜子粘着血肉脱也脱不下来。

当了三年运输兵之后，老王被部队选为技术兵继续留在部队当教练。四年后，老王结束他的教练生活，同时也结束了他的部队生活，响应党和国家的号召，来到戈壁滩搞石油。

八年的部队生活，把老王锻炼成了一个钢铁一般的男人。转业到油城后，他依然是握着方向盘在戈壁滩上奔跑。一次，老王在回家路上意外受了伤，左手的虎口处被划拉出了一道又长又深的口子，刀口太深，肉都外翻了出来，因为附近没有诊所，老王让同行的李叔用白酒给刀口简单消毒后，又咬着牙让李叔用缝衣针缝了五针，随后，老王开着车行驶了近三百公里后回到了家。还有一次，老王出差时被大雪困在了通往伊犁的果子沟盘山路上。一周后，当公司的救援车救出一脸冻疮的老王后，我妈扑到他身上号啕大哭，老王见到我们后咧嘴笑了，干裂的嘴唇上沁出了细密的小血珠。

这些都是老王年轻时经历过的片断，特别的爷们，我妈和李叔他们讲起老王的这些辉煌过去时，我常常听得浑身起鸡皮疙瘩。

老王 24 岁时有了我，他不稀罕我，宁愿跟别人聊天侃大山或是跟邻居一起钻到车底下修车也不愿意抱我。我尿湿了裤子，他只知道帮我脱掉湿的，不知道给我换上干的，光溜溜的把我晾在床上，听我不停打喷嚏。我摔倒了，老王不仅不扶我，还对我吼，不准我哭，让我自己站起来。我上了学，每一个家长会，都不见老王的影子，不知道是真的没时间还是压根就不在乎。

对老王的这些行为，我一直耿耿于怀，时不时地跟他清算那些陈年老账，抱怨他不疼我。我妈替他辩护，说他其实挺爱我，小时候我数学考不及格，我妈看着我的卷子来气，想动手，他就护着，怪老师考题太难。

我不领情，因为老王上学时也总考不及格，每当我对着一堆数字发愁时，就恶狠狠地怪老王，怪他把不开窍的脑子遗传给了我。面对我的责怪，老王“嘿嘿”地傻笑几声混过去了。我总会在老王面前无理取闹，肆意发挥我的任性，工作上、生活上稍有不顺就朝他乱发脾气，每每这时，老王都很安静，任我发泄，随后会对我说：“你可不能这么对待同事朋友，这样大家就不喜欢你了。”

老王的容忍让我有些小内疚，想到他曾经也是江湖上混的人，脾气暴躁，天不怕地不怕，但他面对我时，温和忍让得像只老绵羊。我妈说，老王属于晚熟型的男人，他无法面对新婚后孩子的突然来临，不知所措，所以选择了暂时的逃避，当他逐渐醒悟时，我已长大，而他的头发也已花白。老王的头发不仅白了，身体也发福了，肚子微挺着，走路有些缓了。不知道什么时候，老王遇事开始和我商量，开始询问我的工作，为我的小成绩骄傲炫耀，也不知什么时候，他开始喜欢给我打电话，有事没事都打，问我在干什么，问我一家三口都在干什么，还会絮絮叨叨地给我告状，数落我妈的种种不是，我耐着性子听他发完牢骚后，劝他：“好了，我知道了，回头我打电话骂我妈。”他这才会挂电话。

我生了顺子后，老王的注意力全部转移到了顺子身上。顺子对小朋友说：“我的姥爷是不会生气的姥爷。”老王在顺子面前永远是笑眯眯的，顺子做错事，他也笑眯眯，顺子的所有要求，合理的不合理的，他都满足，人指使着他干这干那，他乐颠颠地忙乎，老王变成了老奴。

顺子被老王惯得没个人样，明明已过抱在怀里、背在背上的年龄，老王偏偏总要背着她，看着顺子趴在老王的背上，两条腿长长地耷拉在老王的膝下，我就一股股地冒气，给老王提过无数次意见，他表面上答应，背着我还是那一套。

那天，我出差时接到我妈的电话，说老王从幼儿园接顺子回来时摔了一跤，肩骨摔裂，脸也摔破了，我赶紧赶到医院，见老王脸上缠着纱布，右臂上也打着石膏，一副惨兮兮的模样。怎么可以摔成这样，我问老王，他含含糊糊随便应付我，不说实话。李叔来医院探望老王时，我听到了他们的对话。李叔说，上年纪的人，走路得小心，怎么会弄成这样？老王说，下着雨，路太滑，一不留神摔了。李叔又奇怪地问他，怎么会脸着地，为什么不用手撑一下，用手缓冲一下，结果就没这么糟糕啊。老王苦笑说，当时他背着顺子，整个人倒下去的时候只想着不能让顺子摔伤，就脸朝地倒了，手动也没动。

我知道真相后，一直垮着脸，不理老王，也不理顺子。一老一小见到我后都耷拉着脑袋，躲着我的眼神。给老王送来了饭，见他用左手笨拙地往嘴里扒拉饭菜，我看不过眼，开始给老王喂，老王不太习惯，想阻止，我扫了他一眼，他就乖乖张嘴了。我边给老王喂饭边数落他。我往老王嘴里塞了口饭，说：给你讲了多少次，顺子有腿有脚，让她自己走路，你就是不听，这下好了，出事了吧。我又往老王嘴里塞了口菜，说：“你这就是害人害己，溺爱就是伤害，顺子连自己都不会照顾，将来怎么懂得去照顾家人朋友。”又给老王灌了一碗汤，我接着说，“小孩子都是摔大的，顺子摔下怕什么，你一把老骨头，一摔就出大事，你这不是给我添乱吗？”

我说着，老王乖乖听着，没为自己辩护。在一旁站着的顺子看着我冲她姥爷嚷嚷，挺身而出了，小人儿说：“妈，我姥爷都摔这么疼了，你就别再说他了，是我错了，我以后再不让姥爷背我了。”

我听后停住了数落老王，盛完饭转过头时，看到老王竟然对顺子摆出了剪刀手的姿势，笑得那个灿烂呀。

护士来给老王的脸换药，动作粗鲁，贴着伤口的纱布用力一扯，老王疼得眉眼都皱在了一起，原本结痂的伤口又被扯得渗出了血，我气疯了，跟护士吵了一架，换药时，我对护士说，“我来”。

我小心翼翼地给老王换药，看着他脸上的伤疤，眼泪啪嗒啪嗒地就掉了下来。老王最害怕我哭了，他先劝我说："妮子，爸一点也不疼，真的，别哭了。”我不听，继续哭，老王又逗我说，“这点小伤算啥呀，想当年，你爸我在江湖拼杀的时候，那个刀光剑影呀。”我不理，继续。老王慌了，他认认真真地对我说，“妮子，爸错了，以后你说啥我就听啥。”我听后止住哭，问老王说话算不算数，老王说：算数。

老王住院，我忙坏了，妈身体不好，我要上班，要送饭，晚上还要陪护，每天累得气喘吁吁。出院那天，老王显得特别兴奋，我听到他对我说妈，“以后咱可要注意身体，这一住院，把咱家妮子都累瘦了。”

老王的话听得我心里酸乎乎的，我知道，老王是那么地爱我，只是，他是个粗犷的人，不太会用语言表达爱，他使用的方式都比较原始，比如为我做一顿好饭。

中午回到家，老王的清炖鸡已出锅，他正细心地往汤盆里撒香菜叶，满屋子弥漫着香味。见他慢悠悠地把汤盆端上桌，又连汤带肉给每人都盛了一碗。我喝了口汤，老王小心翼翼地看我，我明白他的意思，及时地送上了称赞："爸，您真有煲汤的天赋，水平越来越高了，大有超越我妈的趋势。”我妈听得在一旁猛劲朝我翻白眼珠子。

得到夸奖的老王眼角的皱纹顿时笑开了花。吃完饭，老王陪我们一起看李娜打球，跟着我一起瞎叫好，没多大会，叫好声就换成了呼噜声，老王歪在沙发上睡着了，他其实不喜欢看打球，他喜欢拳击和摔跤。

坐在沙发上打呼噜的老王，垂着脑袋，努着嘴，双手放在微挺的肚子上，身子半斜着歪在了沙发扶手上。看着睡熟了的老了的老王，我的眼睛里有一层层的雾气，我知道，其实，我也是那么那么地爱老王。

杨涵茗，生于陕西子长县。克拉玛依市作家协会、克拉玛依石油作家协会会员。在多家报刊上发表过小说、散文。现供职于新疆油田公司离退休管理中心。

在钻井队那些日子

那年有一大批军人转业到西部油田，大部分被分配到外探区钻井一线。我们在外探区接受了几天入厂前安全教育，然后点名排队，跟着一位红脸汉子坐卡车到了井队住地。

井队宿舍是简易红砖平房，八个人一间。吃过晚饭，我们第一次参加了新工人欢迎会，那个红脸汉子就是我们的指导员。他除了说，欢迎新工人加入钻井队伍，还简单介绍了井队的基本情况，提了几点希望，说了几句“向铁人学习，发扬铁人精神，建设一支过硬的钻井队伍”的话。之后，就让大家自报姓名，相互熟悉一下。会议结束后补充了一句，“井队过几天要根据个人特长安排岗位”。这也许是最重要的一句话，那几天有人开始与他交流。我感觉自己没什么特长，也就静等分配。

在等待分配期间，我们队开始准备搬迁钻机，指导员白天去看新井位，老工人开始带我们打土块。天气很寒冷，土层尚未解冻，只有等暖和点才开始挖土。一部分人去很远的地方提水和泥巴，另外一部分人将泥巴放在方木格子模具用抹子抹平，土块算打好了。

打土块的活很累。老工人说这次来井队的转业军人多，铁牛队长担心家属来井队探亲宿舍不够住，想多打些土块，盖几间干打垒（土坯房）让家属有个温暖的家。指导员的想法让我们深受感动。因为大家知道在我们队宿舍不远处全是盐碱地，盐碱地周围有不少转业军人还住在地窖子和帐篷里，就连每天打开水、上厕所都要走很远的路。

在老工人的带领下，我们打了一个星期的土块。几个工人家属已经来到井队。指导员忙着规划地窖子、紧急调剂帐篷。我们井队的井架已经搬到新井位，要开钻，人手不够，指导员晚上召集井队开会，就把我们转业来的新工人分配到各班。指导员说，这次打井任务重，地质条件复杂，正是锻炼钻井队伍的好机会。

第二天我们脱下军装，穿着棉工作服，戴着狗皮帽子，胳肢窝里夹着长方形的饭盒，跟着班长爬上了大卡车，指导员在驾驶室带路。

大卡车没有篷布，一阵阵寒风袭来，我们用狗皮帽子将自己的头捂得严严实实，脖子缩在棉衣领子里，每一个人戴着口罩，能看到对方神态的就只剩下一双眼睛，后来眼睛周围冒出热气冷凝出一层白色的霜。

大卡车离开了基地，不远处是白色石子路面，后来驶入茫茫戈壁荒原，沙尘开始飞舞，路越来越不像是路，只是车来车往在戈壁滩碾压下一些深深浅浅凹凸不平的辙印。

我们已经分不清东南西北，卡车围绕沙丘曲曲折折前行，车尾飞扬的尘土落在红柳或者梭梭枝条里。我们站在卡车车厢，手抓着车帮，在无尽的沙海里摇摇晃晃，没多久我们也和红柳、梭梭柴一样，灰头灰脸。

汽车行驶一个多小时，眼前依然是茫茫戈壁滩，我们不知指导员将我们带向什么地方。遥望四周，荒凉的戈壁滩只有车轮杂乱的痕迹，像相互交织的线条延伸到苍茫里。后来我们迷迷糊糊到了井场，最让人佩服的是指导员，不知道他依靠什么力量准确记着井场的位置。

我们井队实行倒班制，井场没有食堂，中午由基地食堂把饭送到井场，黄色的玉米面发糕，到井场已经凉了。大家围坐在“列车房”的火炉旁，将发糕一块一块摆在火炉铁板上，铁板上发出了声响，我觉得那声音很美妙，在“嗤嗤”的声响里释放出悠悠清香。那香味儿让人等不及烤出焦黄色，就急急忙忙用筷子夹起，放在嘴边大口嚼了起来。

天气逐渐开始转暖，井队的煤块烧完了，指导员从“钳工房”搬出铁皮焊接的小水箱。水箱在“钳工房”已经整整躺了一个冬天。铁皮周围仍然残留着火烤烟熏的痕迹，那痕迹又全部印染在指导员褪色的工作棉衣上，形成斑驳的颜色。我们新来的工人，看着指导员将水箱搬到远离井场的地方，就好奇地跟了过去。他返回井场，提来一桶清水开始清洗水箱内部锈迹。也许他觉得我们这样站着不合适，就说，“你们这牙子站着干什么？去废料场搬三个废钻头。”等我们搬回缺牙少齿的废钻头，指导员已经用铁锹挖好了一条小坑，把钻头摆成三角形，将水箱支撑起来，又去井场提水加满水箱，然后转身去了戈壁滩，没走多远突然回过头，向我们招手。我们跟着他去了戈壁滩，围着沙丘将梭梭柴捡回来，混合些废机油将炉火点燃。就这样，我们有了开水。

天气渐渐地炙热起来，我们喝水的量也开始增加，每人一个白班要喝几饭盒砖茶水，人多水箱小，有时口渴，开水还没烧开，大伙看着指导员被烟熏黑的脸，会心地笑笑，仿佛没有了口渴的感觉。指导员的口碑好，在正常钻井的空闲，老工人会津津有味地谈论指导员的一些事情。他们说指导员是我们井队有名的铁牛队长。铁牛队长是早期从部队转业来的，他吃苦耐劳，懂技术，在钻井关键时刻经常连班。别人一个夜班下来就没了精神气儿，可铁牛队长白班、夜班一起上，从不打一个盹。不知道他那股精神气是不是从部队站岗放哨练出来的。老工人还说，铁牛队长转业到井队，从钻工、副钻、司钻，一直提拔到队长岗位，铁牛队长的称号是用汗珠子砸出来的。铁牛队长曾经获得过局级奖励，在新工人到来的时候才担任指导员，他无论在什么岗位都很敬业。大家已经习惯叫他铁牛队长，当了指导员称呼也改变不了。

铁牛队长的传闻还有很多，但我真正开始熟悉他，也就是井队第一次支撑起开水炉的那一刻。我们一起去沙丘附近捡柴火，沙丘上有不少的梭梭柴。指导员手上黑乎乎的，是搬运开水炉时留下的痕迹，然后又去擦脸上的汗水，弄得满脸像包公似的。我们相视一笑算是彼此打了招呼。

在我们队，所有的人都说他很能干，据说我们队在八区钻井出现过井喷伤亡事故。后来铁牛当了队长，继续请求在这个区域。在他的带领下这个井队擅长在地层复杂的区块钻井。井队工人说，铁牛队长没有派头，凡是要求工人做到的事情，自己先带头。所以，不用行政命令，工人们就会积极主动完成任务。

铁牛队长是个闲不住的人，工作棉衣没几处干净的地方，我们队的钻机干净得可以照见他棉衣的影子。他不容许钻机不干净，稍微清闲一会儿就用大布不停地在井架周围涂抹。铁牛队长有关节炎，胃也不好，这与他生活工作习惯有关系。每次吃饭都是狼吞虎咽，有时他会跪在钻井平台擦抹那些油污和飞溅出来的泥浆，把棉衣棉裤染成斑驳的颜色，膝盖磨出的棉花团染成黑色，像打了一圈黑色的补丁。铁牛很平凡，用词最多的是“这牙子”(这个样子)。比如，“这牙子不行”，或者“这个牙子嘛，就这牙子吧”。我们也就“这牙子”和他一起清理钻井平台和场地，一起滚钻杆，虽然大家觉得累，但“这牙子”干活没有人埋怨，也没有人叫苦。

时间久了，我们知道铁牛的绰号不是上级授予的，是队员们送的。我们“这牙子”跟着他，对铁牛充满信任。铁牛喜欢钻井难度大的井位，他说，复杂井位才能体现钻井水平。

那时候八区地质构造复杂，容易井喷，我们就跟着铁牛上了八区。井场泥浆工最担心井喷，要提高泥浆比重。铁牛说，泥浆比重过高会引起井漏，“这个牙子”，会枪毙油层。在铁牛的坚持下，上级也同意铁牛的意见，不过我们井队还真的出现了一次井喷。铁牛第一个冲上站台，他用泥浆和黑色的液体美美洗了一个澡，安全帽流下的液体盖住了他的脸，只有闪动的眼球穿透黑色的液体。井喷被铁牛制服了，这次没有发生大事故，却意外地发现了油气层。铁牛虽然没有铁人的经典名言，但有铁人一般的精神。

在井队，我们就是这样每天站在大卡车车厢里跟着铁牛行进在茫茫荒原上。在认识铁牛队长的日子，本以为他只是会干活的牛，可没想到他在倒休的日子，到后勤称赞自己队出了哪些人才，不久这个人就被推荐出去。

在井队的第二年夏天，我也不知道指导员为什么推荐我去一个部门从事经济工作。我在离开井队时，不解地问指导员，“许多单位不愿意将自己队年轻人放走，您为什么却推荐年轻人去后勤机关？”铁牛微笑着说：“井队就是培养人才的摇篮，井队出人才越多，说明这个队有活力，有活力井队才会不断发展。”

铁牛迎来送往了许多钻工，自己却仍然坚守着“先生产，后生活”的信念，默默无闻地奉献着自己的青春。在我离开井队那一年，油田开始了大会战，此后，内地来了一批建筑队伍，也拉开了城市建设的序幕。井队员工住上了崭新的宿舍公寓，我们那个井队走向准东、走向火烧山、走向古尔班通古特沙漠深处，井队实现了公寓化管理，他们的生产生活环境得到了极大的改善。

我离开钻井队以后，井队、铁牛队长离我远了，只是在闲暇之际突然想到他们，想到那段让我最开心而有意义的工作，想起那个纯朴善良互助的团队。多年后，我在一次上班途中，无意间看到远处一个背影，极像铁牛队长。也许就是缘分使然，在克拉玛依茫茫人海里突然看见他。在那一刻，我非常惊喜，加快脚步走了过去。他听到急促的脚步声，迅速转过头来，我们对视了良久，那个曾经让我非常尊敬的汉子和他那“国”字形的脸还是那么的亲切。我喊了一声“指导员”，他眯缝着的眼打量了片刻，很快从我的一副近视镜片下认出了昔日曾经关心爱护过的那个年轻人。我们相互将手紧紧握在一起，在那一刻，彼此都很激动，他微笑了，微笑是他打招呼的习惯。只是他老了，岁月的车轮在他脸上碾压出一道道苍老的痕迹。他说他得病了，真的可以看出他的身体已经很虚弱，我怎么也不愿意相信昔日的石油老前辈，精力旺盛的铁牛队长竟然变成病怏怏的老人。他还是那么关心人，问了我的工作情况。然而，我要赶最后一趟车，他需要去医院看病，我们最终走向不同的方向。他迈着蹒跚的脚步向医院走去，不久，走过马路进入一片防护林带，消失在暖暖的夕阳里。

李媛，克拉玛依市作家协会会员。在《新疆石油文学》《远方》等报刊发表散文 10 万余字。现供职于中国石油工程设计公司新疆油建公司。

沉迷

那时候家里都没电话，想打电话必须走出房门穿过几个宽窄小巷，去小区保安室，不然只能步行到几公里以外的单位，打公用电话了。

小时候，看着方便面一样的电话线，脑子里一直打着问号，为什么电话线是弯曲的呢？座机电话是我接触的第一个电子产品。

不知道在内地电话是何时开始在老百姓家里普及的，至少作为偏远的新疆总是比内地节奏慢。爸爸在南疆出野外，为了能和爸爸联络，我给爸爸写了第一封信。信的内容依旧清晰记得，如今想想都是刺痛泪点的词语。“飞鸽传书”的土方法十天半个月才能把我对爸爸的思念传递到爸爸身边。为了能更方便和爸爸联系，妈妈决定“借用”保安室的电话。

记得那个看门的老大叔，身材极胖，长着和日本相扑一样的身材，黑黢黢的皮肤。我们每次去都看见他和另外一个大叔在聊天。不知是他们听不见，还是说话习惯问题，见到他们我就有些陌生的害怕——当然我们也没办法，妈妈白天上班，晚上才能回去给爸爸联系。所以夜间出门给爸爸打电话成了经常做的事。似乎怕妈妈保护不了我，似乎怕妈妈遇上什么危险，每次给爸爸通话几分钟了事。激动、兴奋、害怕、紧张，那些日子每次和爸爸通话都这样。

有一次，我又被妈妈拉着，唯唯诺诺地走进陌生的保安室。“妈妈，邮电局有长途电话，大街上也有电话亭，你干吗非要去那打呀？”

“省钱呀，那里不是公用电话，但是能打长途，这样可以省下一大笔长途话费呢。”

为了能保持长期不间断和爸爸通话，我每次进去都对那个老大叔毕恭毕敬。进门点头哈腰，没坐的地儿，我紧紧贴在妈妈旁边，听着妈妈跟爸爸每一句的关心和倾诉。要不了一会，老大叔的眼神就飘到了我俩身上。我浑身寒毛战栗，只因为他满口的黄牙、诡异的笑容和布满脸庞的烟味浓烈的油脂。

“晨，快，和爸爸说两句。”我惊恐的眼神突然被电话里爸爸的声音打破。电话那头是一股深沉而响亮的嗓音，我顿时找回了一些安全感，笑嘻嘻地说：“爸爸，我的信你收到了吗？赶紧回来吧，我和妈妈都很想你。”听不见爸爸的回应，只有断断续续的哽咽声在电话里传送。男儿有泪不轻弹，没想到我把爸爸“惹”哭了。一直在旁听的妈妈眼圈也湿润了。然而，那位大叔依旧堆满奇怪的笑容看着这对母女。

20 世纪 90 年代的一个夏天，爸爸调回克拉玛依工作。为了联系方便，他给自己又添了一样“土豪”的玩意，BP 机。这个小砖块在当时风靡一时，它体积小、携带方便。人们只要打个总机号进行号码呼叫，给接线员留言，所有信息顷刻传送到 BP 机的大脑中。它反应灵敏，接受消息毫无障碍，只要信号满格，瞬间收到呼叫人的信息，时间可以以秒计算。成年人喜欢用黑色，年轻人喜欢用彩色。那时家境好的同学，人手一部 BP 机，成天挎在腰上，不然就是上课放在铅笔盒旁边，非要以此显示一下其地位的尊贵。BP 机不仅能和人保持联络，更重要的是，它成了早恋对象之间最便捷的通信工具。不好意思当面表达的男生成天给接线员表白。接线员一时间见证了 90 年代一批又一批早恋同学的爱情故事。

高中时候，BP 机是同学眼中的作弊利器。那时的监考和现在相比，简直一个天一个地。老师对作弊者视而不见，充分展示了“多一事不如少一事”的处事精神。同学们也堂而皇之地流行揣着 BP 机进考场。他们考前提前“会晤”，定好接头密码，便风度翩翩走进考场。先做完卷子的同学将答案记录在小纸条上事先离场，走到街道上随便一个电话亭给总机去电。剩下的工作全权交给 BP 机大哥。冒死用 BP 机作弊成为 80 后作弊史上一项绝技，直至 BP 机下线停用，它才退出历史舞台。至今，BP 机作弊的段子还依旧在年轻人中传唱着。虽然不是什么好风气，但一起经历过的人彼此之间形成的默契，久而久之结成了深厚的友谊，至今十几年不会变。

一日爸爸咧着嘴高兴地告诉我，“晨儿，咱家要装电话啦”。那时装个电话，可以拥有像家里电视机那般尊贵的地位。

乳白色的皮肤，身子上 12 个淡蓝色方格按键整齐排列。机身上方还有两排小长格按键，很有现代气息。想必大家都有换电话号码的经历吧，谁还能想起家里的第一部电话号码呢？当初克拉玛依的电话号码有两种，一个是市政的，一个是矿区的。我家属于油建公司“地盘”，当然属于矿区号码。记得当时安装电话时，楼上楼下的邻居同时在那段时间都安上了电话。熟悉的几家的电话号码我都记得。

那时有一种家具因为电话应运而生——电话柜。窄长窄长的身躯配上四条小细长腿，两层木板的结构。上面放电话，下面放书本或者男同志的莫合烟。电话上还有情调地铺一块蕾丝白色盖布，生怕心爱的电话进入细菌。电话这个东西，瞬间成了家中的小红人一样，让主人们爱不释手，好像瞬间家里的一切和外界联系上了，疯抢着要和电话发生任何可能发生的事情。小时候不管去谁家，都能看到这样的摆设。电话柜两旁再摆上深红色皮沙发，那种坐时间长了能开线的皮，古典又上档次，真可谓高大上的搭配。那时的老爹老娘比现在的我老不到哪去，正是风华正茂的年纪。年轻时老爹最时髦的照片就是坐在皮沙发上，穿着喇叭牛仔，皮鞋擦得锃亮。跷着二郎腿，一手拿着电话仿佛聊得正火热的表情，另一只手神仙般的悠闲搭在大腿上，眼神里散发着暖意。“咔咔”来几张，感觉自己走在了时尚前沿。电话俨然成了那个时代最热门的拍摄道具。

能在一个神秘的空间，从耳边传来一种熟悉的声音，既神秘又陌生，我对电话喜欢得要命。电话对人的嗓音有过滤优化功能，和现实中听到的声音相比，更加细腻和深邃。这些电话的特质，让我对电话有了更想去接触的理由。学校旁边的精品店里畅销一种巴掌大的卡通电话记录本，下课时学生们就四处打听同学家里的电话号码，把所有号码写在本子上。放学了，一路奔回家，吃完饭，我开始每个电话打一遍。“人家不烦吗？”妈妈带着不满情绪对我说。“打几个电话，听听电话里同学的声音是啥样的呀。”真想不到，当时这是我痴迷于打电话的理由。

那时，油城的大街上每百米建一个公用电话亭。虽然没有英国的电话亭那样浪漫的红色，但我看到之后就有打电话的冲动。一下课，我便冲到学校对面的小商店买了一张电话卡，插进电话亭的卡槽就能打。妈妈接了电话，这谁啊，声音模糊到听不见。我大笑几声她才反应过来。回家就是一顿挨批：“没什么急事打什么电话，还浪费钱！”

话筒紧贴脸庞，仿佛两个人亲密耳语，就算打个哈欠，也呵气如兰。电话粥是非常女性化的东西。没见过两个大男人因为有空或者无聊煲电话粥的，他们的话总是比较简短。

人就是这样，欲望就像个大洞，永远无法填满好奇心。看着其他女同学成天放学就待在电话亭里不出来，我又羡慕又纳闷。她们哪有那么多电话打？打电话的又是何人？我多么希望每天都会有人给我也打几个电话，并不是吩咐或者问候，而是能圆我一个“煲电话粥”的愿望。可那时我的电话并不是很多，半个月接不到一个电话。

纸条，多么神秘的字眼。学生时代的我们不如现在的初中生，个个拿着手机显摆。我收到了一份小纸条，趁着老师背过我们在黑板写字的时候，弓着腰，把手伸进课桌把卷得像蜗牛一样的纸条打开看。借助教室灰暗的灯光，我隐约看到“喜欢”二字。抬头时余光看到某位男生转头朝我的方向瞄着我。那个时代的我们，交流止于纸条和眼神，没有更多。他焦躁不安，期盼的眼神等待着我的回复。我装作没看见。“你没感觉吗？”我闺蜜纳闷地问着我，“他那么帅。”

现在我回想起这句话，又幼稚又可笑。不知道谁发明的，喜欢谁或者不喜欢谁，都爱说个“感觉”。

初中时代是情窦初开的季节，男生喜欢女生羞涩到偷偷看，大胆一点的把自己的想法告诉身边的哥们，让他带话给那个女生。我就是这样被带话的。当晚家里突然间来了个陌生电话。“晨儿，你电话。”妈妈喊着我出屋接电话。但愿不要是他，我默默祈祷着。

“你在家呢？干吗呢？我问你道题好吗？”当初我的英语成绩还算名列前茅。借着问作业题的理由，我足足给他讲了十几分钟。那是我人生第一次打电话时长破纪录。其实早想挂，没想到他竟百般纠缠，拖延时间，问了一遍又一遍。正懊恼着，还没喘过气，电话又来了。“谢谢你刚才的讲解，解决了我的难题。为了表达我的谢意，我打算现在给你送个小礼物。”没等我讲话，他急忙挂掉电话。过了一会，便听到房间窗外有人喊我的名字。我探头望去，那家伙就站在我楼下路灯下。为了不惊动家长，我隔着窗户使劲摆手，让他回家。

第二天课间，他跑过来说：“昨天谢谢你，这是一点小心意，请你不要拒绝。”他从手背后递过一个精美的铅笔袋给我，这可是当时女生当中流行显摆的玩意。虽然不是什么大礼，但着实可以看出这个男生的心意和诚恳。

就这样，每天白天上课给我传纸条，晚上给我打电话。不被父母和老师发现的交流，在当时好像是中了头彩那样惊喜，聊得火热时彼此开怀一笑，舒心、畅怀，顿时觉得人生多么美好。

在当时，爱情再被人批判，也有人愿意尝试，更何况那些青春懵懂的我们？白天忙碌的课程，压得人喘不过气，我们无暇顾及对方，偶尔课间他帮我买个饮料。尽管日日相见，两人还要纸条往来。

那一段时间，我沉迷于煲电话粥的生活方式。那是一种极端的非理性思维，在精神学中有一个专门的术语，叫“非现实思维”。回到家里煲电话粥，粥煮烂了还要继续煮，偷着煮，夜里熬夜煮，白天大清早煮。

为了不让家人知道，每晚只要父母睡下，我就悄悄跑到电话旁边。零点一过，电话刚响起我立马接线，让家长听不到一点声音。我像一个盗贼一样蹑手蹑脚。一天、一个星期，我们跟着了迷一样，每天乐此不疲，不嫌烦恼，过着电话模式、纸条模式般的生活。我似乎习惯了每晚必须要煲一碗粥才能睡觉的模式。难道这就是恋爱了吗？我不停问着自己。

纸是包不住火的。

一天晚上，他家有事，我的电话没响。我的心跟猫抓的一样焦躁，坐在电话旁等他。妈妈半夜起来喝水，猛然看见一个鬼影一样坐在沙发上，顿时让她吓一大跳。“干吗不睡觉坐在这吓人！”

“没事，睡不着，想静一静。”我搪塞道。

“我知道你肯定有什么事。说来我听听。”

“没啥，就是考试没考好。”

“以前没考好也没见对成绩这么在意啊。”

妈妈似乎在我屁股后面追着，让我说出真相。

我半天不语。

“行了，别硬撑了。我早就发现了，一直没揭穿你而已。知道自己是什么身份吗？你觉得你这个阶段干这事合适吗？”

“就是打着玩，没啥呀。”我赖了又赖。

“没什么也不能打电话。从今往后，除了女生，任何异性都不能给你打！”

父母的命令就是圣旨，谁敢违背？打小，妈妈给我灌耳音：妈妈不允许做的事千万不能做，不听妈妈话要“挨打”。这话虽是骗小孩子的，但一直就像是一种恐吓伴随我度过童年。直到小学一年级，因为成绩没考好而第一次挨板子，我才知道长辈的严厉是会兑现的。

当晚的恐吓，生生让我害怕。

我的心被撕裂成两半，左手揣着一颗害怕的心，右手摇着一颗期盼的心，既矛盾又焦急。我被陷入一种莫名的悲伤里，悲伤的N次方。

发呆还没停止，我妈又冲出来：“从明天起，和那个男孩断绝关系，我不允许你们再继续下去。否则，你的成绩会更差！”

又一次“恐吓”来袭，我瞬间吓怕。然而却又不敢再继续这样下去。就好像父母无情地把我从梦幻中惊醒了一样，硬生生地要把我拽回来，我却迟迟不肯挪一步。之后每晚回家，老娘的眼睛就没从我身上离开。她甚至在晚上11点以后拔掉电话线。

“咋不跟我说话？是不是哪不舒服？怎么见你心情不好？”一上午，他传了七八个纸条，说的都是同样的问题。我装作没看见，但课也没有听进去，一个劲儿地发呆，一个劲儿地沉溺于自己的悲伤中。

课间休息。他径直向我走来，趴在我旁边，“你咋了？”

“没咋。”没吐俩字，我眼圈红了，好像被谁欺负了一样。吭叽半天，不知该怎么说。

他静静陪着我直到快要上课最后几分钟，“咱们停止吧。别再打电话了。”我凝重地望着他。

空气顿时凝固。“为什么？”

“不为什么，因为不喜欢。”我用简单粗暴直接的方式秒回了他，捏了一手汗。

上课铃响了。他转身走出教室，再没进来。那一整天的课因为我，都没听。到底是谁的错？我怎么违背自己的良心在说话？

那段日子，似乎有一种疾病的气息压在我身上，它巨大而无形，化作一种酷热使人的皮肤感到灼热和刺痛。连续半个多月，我睡不着，差不多要四五点才睡，整夜的失眠快要令我崩溃。早晨起来没发现我的思维有些混乱，神情日益飘忽。我对着镜子，看到镜中略显苍老疲惫的自己。伸出舌头仔细查看，发现舌尖是红色的，舌苔发黄。我猜，这一定是这连续多天的肝郁伤身所致。我像是一只沉睡的兽，等着有一天被唤醒。

问题男生后来找过我几次，均被我婉言回绝了。在此后，他转了学，去了很远的地方。我们也因此断了联络。但我似乎还没完全从悲伤中走出。我是不是生病了？茫然、失望、悲伤，各种负面情绪组团而来。我不愿和任何人说话。那段时间我过着自我封闭的日子。闺蜜跟我开玩笑，说我得了抑郁症。

现在看来，那不是什么抑郁，只不过一直处于一种情绪出不来，喜欢钻牛角尖而已。在父母的劝导和小伙伴的陪伴下，我又回到了最初的模样，只不过对恋爱又有了新的认识，而不再沉迷其中，无法自拔了。

而今想想，真不是因为喜欢他，而是喜欢上这种细声耳语的感觉。我不是和人谈恋爱，而是和电话谈恋爱？回首过去——哦！天，多么奇葩的恋爱进行时。

时间是什么？它绝尘一骑，像单向度的飞箭，像弥漫的晓雾，不断游离，悄然间空留澄明。

如今有了微信，大家的联系变得更为简单快捷。根据微信的系统通知完成版本更新，新的版本在第一时间给我发来大数据式的赞词："在过去的一年，您获得178个点赞。"我如明月，众星拱之，我们都有类似的矜持和幸福。没有哪个年代，能像现在这样依旧吞噬我们，它如此简单、空前一致。

夜已经深了，我们还在久久凝视着手机屏幕——我们差不多把生命都交付给这壮丽的信息互联事业。

我不想否认，互联信息业为现时代拍下了高像素的巨幅照片。但无论你是不是沉迷在其中，此刻你都要控制自己，为了自己，也为了家人。

《心经》里这样说道："心无挂碍，无挂碍故，无有恐怖，远离颠倒梦想。"人生中有太多的尘世的挂碍理应放下，才能担当人生应有的价值。

因此，挂碍不挂碍也好，沉迷不沉迷也罢，一念之间而已。但却可以生死两重天。

李春华，新疆作家协会会员。先后在《克拉玛依日报》《新疆石油报》《新疆石油文学》发表散文、小说、诗歌、多篇（首）。现为新疆油田公司重油公司职工。

扭曲的胡同

“锅台上种了二亩西瓜，瞎子看见了，哑巴就喊，聋子听见了，拖爬就撵。”

在我回味着老瞎话渐行渐灭的童年记忆里，村子里的胡同子是弯弯曲曲的。那时候，阳光撞你，槐香熏你，麻雀鸣你，屋檐夹缝里狗尾巴草上的露水涤你。我们都是无名的稚童，行在胡同子里看不到尽头的雾里。

一

“咱们的老八辈啊，当年就是一步三回头离开老疙瘩的。”

数不清的黄昏，放羊归来的老疙瘩爷爷总要在胡同子口的石磙上坐上好一会子，两下三下熟练地卷着旱烟。卷旱烟的都是胡同子里孩子们用完了的作业纸，他嘴里吐出来一圈圈的烟熏黄了我们的童年记忆，我们像老山羊一样在他身边转来转去，求他讲陈年的事。那些被岁月熏黄了的陈年的事，一遍遍在忆苦的时候被他惦记起：想当初，老八辈是被迫束手从老疙瘩来到这里垦荒种田的，这里都养活了八辈子人喽。

老人们都把老八辈之前生活的故土叫作“老疙瘩”。

中国农民是最浪漫的抒情诗人，只要拥有一块地去耕耘，就能颂吟出一篇感性的“嘿哟嘿哟”，五谷的生机盎然很快脱去了这片土地因连年战乱和自然灾害所带来的荒寥，在庄稼人的眼里，有了庄稼就有了村庄和家。老八辈把从老疙瘩带来的唯一的念想——沿途拽下来的槐树苗种在了村子通往外面世界的路上，村人叫它老槐路。每到清明祭祖的时候，槐树上就高高地挂起红灯笼，后人纷纷把手背在后面，据说这是当年老八辈被捆绑了一路所留下的习惯，大声呼唤着："问我祖先何处来，山西洪洞大槐树。祖先故里叫什么，大槐树下老鸹窝。"

陈年老芥菜疙瘩的腐酸味掺杂着新生葱苗的脆香，弥漫在整条老槐路上。我们挥舞着被春风裁剪过的柳枝，也加入了这一年一度思念老疙瘩的仪式中来。

"当年咱们的老八辈啊，就是一步三回头，老槐树下的老鸹窝慢慢就看不见了。"老疙瘩爷爷一遍遍重复着陈年的事，浑浊的泪眼婆娑，其实这些事情也是他从自己的老辈人那里听来的。

二

开村之初，每家要买宅基地的时候，也要为自己家买上一条出路，否则就会"没有出路憋死你"。当走了不打腔人家的路，脑袋都缩了衣领里去，生怕别人不让走。不让走的概率又是很低的，路本来就是让人走的，不让走，你有理都变得没理了，肚子大得能撑船了，你没理都能占上三分，这是村子人处理邻里关系的法则。冥冥之中，这条法则牵动着所有人的举止，不逾矩。

土夯起了几间坐北朝南的大屋，窗户和屋门都是木头的，上面请木匠刻了精致的花纹，用棉花棵拉起了篱笆院墙，丝瓜、豌豆很快就爬满了，种上一两棵槐树苗就做了大门。槐花开的时候，孩子们不顾裤子被磨破又被打上一个补丁的可能，爬上去，一把把槐花往嘴里塞。坐在槐树的枝腰上，可以看到整个村子的面貌，井均匀地分布在每条胡同子口，每家的院子尽收眼底。早晨就是比谁家媳妇勤快的时候，第一个桶子被扔了进去，井水打了一个机灵，村子的一天才正式宣布开始。

压垛的都是孩子，使出浑身解数，每个角落都踩结实了，麦秸垛就厚敦敦地堆在院子里，用一年见证着他的成果。鸡挠出来一个窝下蛋，猪拱出来一个凹槽，狗抬起后腿就在那里撒尿，娘在烧锅引柴的时候就拽上一把。一个麦秸垛拽完了，呼出一口气，才发觉，又到这一年的忙里了。

整个胡同子都沉浸在麦子的燥香里。中午时分，拉麦子的车轱辘碾压，石滚骨骨碌碌，抢牛粪坨坨、捡麦子的小孩子们光着小脚丫，很多尘埃从干裂的胡同子里跑了出来，整个胡同子就都蒙着烟尘。只有到了晚上，农忙的人都睡下了，它才得以休息。竖起耳朵，听着到院子里撒尿“哗啦啦”，回屋窸窸窣窣碰到了桌子板凳，年成不好了，还有自我安慰：十年河东，十年河西……

那时候，胡同子还是条条顺顺的，家与家之间鸡鸭之声是相鸣的，站在胡同子里就可以看到每家的光景。阳光毫无偏向地斜向每一家的房顶、屋檐上，剥落了墙皮的墙上，一片喧和的景象。

三

记事睁开的第一眼，我看到了一枚秋收后的柳叶，在空中，叹了一口气，然后悄无声息地落在了鸡圈上。被咕咕从田间地头衔来的麦种在屋顶上已经发芽，纤细的身体极力伸张向着太阳，并不知道，这温度不过是大自然的诱惑，不久，霜就劈天盖地打了下来，一切都是白费的，它们是熬不过一冬的。

就像村子里胡同子的命运，开始飘零。

秋收过后，砖砖瓦瓦碰撞的声音开始代替鸡鸣，唤醒人们沉睡的耳膜。

日子过得不孬的，用砖翻盖房子的时候就非要往胡同子里凸出来一个墙头，路是俺自家买的，愿意盖到哪里就是哪里，宅基也要比任何一家都高，他们眯缝着眼说是为了好排水。听的人嘴里也应声着，“那是，那是，可不就是嘛！”谁的心里都跟明镜似的，这不过是为了显摆自己家过得那可是高人一头的日子，多争那一拃的阳光罢了。把棉花棵的院墙拆掉了，土砌的，砖头垒的，总之要把自己家给严严实实圈起来不可，家里的家什才足够安全。

日子过得紧紧缩缩的，破旧的屋茬子是向自己家凹的，土墙上长了葱绿的仙人掌，长年累月，缩得自己的榆树好像都没有了精气神儿，连自己的房顶都蹿得不痛不痒，没有了主心骨，枝蔓散乱得很。

日子过得好的，像在青天白日下发酵着的面团，鼓涌得越来越大。日子过得孬的，像还没有成熟就被剖晒在阳光的黄豆，极不情愿地流失水分，形成了一层层皱纹。我每每走在胡同子里，看着白色的石灰砖接线把每家的墙壁分割成了数千万计的铁红色小抽屉，总感觉一旦拉开，里面就是说不完的家常里短，叽叽喳喳的。

就这样子，像是雨后漫出地面的蚯蚓留下的痕迹，凸一点儿，凹一点儿，胡同子被这过得好的和过得孬的人家给扭曲了。用手快速划过墙壁，都跟不上胡同子弯曲的速度，心惊胆战地扶墙赛跑，好似走过了一个世纪之长。

四

胡同子里的喜事总是在冬闲的时候来临，这样子就有时间置办嫁妆，翻修新房。红火的送亲队伍和洁白的胡同子形成了鲜明的对比，倒像是它带上了华丽雍容的头饰，鲜活了起来。

新嫁娘是临近中午的时候才进入胡同子的，我们就三五成群地跟在花轿后面，嘴里嚼着喜糖，一边用袖子挥舞着冻出来的鼻涕。新媳妇羞得脸都红到脖子根了，连从屋檐暗处流泻下来的日光都缠着她不放，映照得她像冬日里一朵红艳艳的牡丹。

吃大席的，看新媳妇的，占满了整条胡同子。把胡同子里的雪踩脏了不怕，热闹劲儿一过，第二天的新雪又会很快重新修葺胡同子。邻里邻外，不可避免地碰面了，谁和谁有间隙，也总会在这个时候一笑泯恩仇，都坐在一张桌子上吃席了，没有过不去的坎，没有越不过去的河。一胡同子两排靠墙的喜桌子也是弯弯曲曲的，胡同子中间的雪被杀鸡的热水给融化，成了水，水又结了冰，看起来像静止的小溪。喜宴散去后，人断断续续地离开的时候，看着这小溪，就像看到了春天里给麦地浇水拔节，秋天里玉米地放水防伏倒，又好像看到了自己的一辈子，在胡同子里，那么长那么弯弯曲曲的。

在以人丁多家方可兴旺的年代，老疙瘩爷爷就是因为家穷娶不上媳妇，没有儿子，一根麻线绳子打了一个结，被大家戏称为“老疙瘩”。我不知道“老疙瘩”是对他极大的不敬。但是，老疙瘩爷爷从来不恼我这么叫他，总是领着我穿过弯弯曲曲的胡同子，给我讲陈年的事情，一个孝顺的村妇落水被一只老鳖神仙给救了，宰牛的被一个倒地的扳撅子给搞得头破血流，自己家的锅被房上的砖头砸了一个大洞……总之都是“善有善报，恶有恶报”，充满了中国人传统文化精神的达观。

五

后来，买的私路渐渐变成了公用的，再也不是一家人的名堂的时候，胡同子却越发简陋和弯曲了。每家一年到头忙着往自家的房顶上添砖加瓦，可是从来不舍得往胡同子里铲一锨土。胡同子是公用的，他们都说这使当不上。下大雨的时候，雨水把胡同子冲得中间一条长长的沟壑，像一道伤疤糊在了弯弯曲曲的胡同子里。

那时候，胡同子里的阳光也是很破烂的，总是歪歪斜斜、趺趺撞撞，好像从来也不敢走个正道。“胡同子”三个字读起来也绕口得很，像是嚼田地里一块干透了的土坷垃一样涩涩无味。阳光歪歪斜斜、趺趺撞撞地照了进来，迎着光，可以看到漂浮不安分的尘埃，一刻也不得安静。当收破烂的在胡同子里喊“收破烂喽”的时候，总会让人产生“把这条胡同子也收走了吧”的念头。

每个人家的门前都晒着烧锅用的柴火，自家的鸡在里面挠来挠去，看家狗看着它们，生怕被别人家鸡在里面挠来挠去，生怕被别人家的鸡给欺负了。但是回了家，鸡就被狗追得满天飞了。

六

我们守护一片丰美的草地，一个人飞奔回家拿镰刀，总是害怕辜负了对方的信任，而另外一个人确实也正在焦急地等待着。跑到胡同子口，弯腰手支撑在膝盖上，头望向胡同子。一束光从这里出发，扭了好几弯，忽悠一下，掉了一个头，又折返了回来，逗得我们呵呵大笑，忘了自己的使命，非要和这束光玩乐一番不可。

再后来，胡同子拉起了电线，狗尾巴草也终于有了支撑，风吹折了，很快，依附着电线又直挺起来了。我家的在你家的屋檐下落落脚，即使两家吵得老死不相往来，但是电线从来没有被移动过。每家的大门底下在大年三十都挂起了大红灯笼，新漆的大门散发着新年的气息。我们都拿着自己爷爷和爹做的纸糊灯笼，从胡同子的这一头挨门叫到胡同子的那一头，大家一起去大街上，放从自己家鞭炮上偷来的几枚炮仗，把胆小的孩子吓得都尿湿了新棉裤。

那年，我要离开胡同子的时候，一切还没有要发生改变的意思。我是顺着老槐路离开的，村子里人都说：“年轻人要有遥远的前程”。他们说这话的时候，我感觉自己的决定和我们的老八辈当年的奔赴远方一样充满了伟大的悲壮，就那样，我练着老瞎话，就赴前程去了。

梦里，我走在弯弯曲曲的胡同子里，看见了一束光，在胡同子里转悠了一圈，就再也没有回来。

孙作兰，笔名春天，克拉玛依市作家协会会员。2009 年开始文学创作。作品发表于《文学家园》《新疆石油文学》等报刊。

老羊倌

那天的雪下得很大很大，雪花片子像是从天空中往下倒似的，用扫帚扫完脚下的，身后就已经落满了。我看着老爹把羊从羊圈里拖出来，先看见羊的身体，歪着的羊角，然后才看见跌跌撞撞的老爹。

也许是知道被宰，所以那只歪着角的羊羔子使出了浑身力气，拼命地挣扎，左右晃着往前跑去。情急之下，老爹一只粗糙的大手将羊的后蹄子抓了起来，歪角的羊受到了惊吓，眼睛忽的一下变红了，歪角抵着地面，死死地拖着不动，此时老爹的另外一只手也急于增援，双手将羊的蹄子抬高一米多。可羊的力气太大了，这是临死前的最后一次反抗，平时这只羊是很温顺的，老爹的心颤了一下，心中几许不舍，那是对于生命的怜悯。就是那瞬间的怜悯，让那只歪角的羊挣脱了，老爹年迈，一个趔趄摔倒在地上，鲜血染红了白雪。

记忆被白色的雪和红色的血慢慢浑浊，慢慢地向四周扩散，我双眼模糊，我眼前是婆婆忙前忙后地为老爹止血的情景，而此刻我却觉得脑子里一片荒芜，时光慢慢往后退，那是 1995 年，老爹背着行李带着老婆坐着火车来克拉玛依投奔他的姑姑。

没想到这一次的背井离乡一去便是匆匆几十年。半生的喜怒哀乐从此全部留在了这个城市。说是城市，其实老爹依然生活在农村，依然和羊有割舍不断的情感。要说区别，我常常听见老爹说这样的话，“新疆的羊肉鲜，甘肃的羊肉膻味大”。当然我猜想着老爹这句话也是道听途说，在老家的时候他应该吃不起羊肉。就好像现在他总是在电话里告诉那些老家的亲戚们，克拉玛依是一个石油城，戈壁滩上到处是抽油机。而事实上他的生活依旧是放羊、种地、吃饭和睡觉。本质上区别不大，内心深处却充满了骄傲和自豪，这还表现在老爹戒烟的问题上，从某种意义上讲，是这个文明城市赋予的，行为上的一种进步。

从甘肃的农村，那个四周被群山环绕的小村落，到克拉玛依一块地几百米长的小拐乡农场，然后到九亩地一户的大农业，收棉花的、收羊羔的贩子叫他“老板”。称呼上的巨大改变让老爹有了一种踏实的感觉，他感觉自己和克拉玛依又近了一步。

老爹对我说对于他而言全天下不就是一块黑土地吗，走到哪，哪都一样，一样种地、放羊。我从他深深的皱纹深处感受到的却是他对家乡的思念，那是一朝离别，几十载无处觅踪迹的惆怅，那一汪思乡的情愫是护城河给予不了的味道，那是一种叫作青春的印记，每每看见老爹用粗糙的手摊开那一张张写着老家电话号码的纸条，我便懂了，人老了，思乡的情结一日比一日重。

城市的灯红酒绿从来与老爹没有关系，高楼大厦也不曾常见。印象中，老爹一年里到市区的日子寥寥无几。“只有羊这样的生灵，或许在全世界都是差不多的模样。”老爹说。语气带着骄傲和专业性，在他心里养羊这件事情他是有话语权的，不但是糊口的营生，还是他一生的生活。

我一直想，要是有时间，一定带着他去看看黑油山的油泡泡、看看抽油机、参观一下炼油厂，再去油田作业区转转。老爹说，当时听人家说克拉玛依是石油城，可住了那么多年，石油是怎么回事，咋出来的，自己并不知道。要出远门，不行，羊要人喂。羊和狗、鸡、鸭子都不一样，它们知道饥饱，羊不知道。要是把苞谷放多了，羊吃了再喝太多水就会被胀死，所以要有人定时定量地去喂。

看着越来越年迈的老爹，我便有了卖掉羊群的意思。关于卖掉羊这件事，我说了很多次。“老爹，别养了，岁数大了养不动了。”

他总是笑着说不累，直到这次摔得牙血直流，他还是不肯将所有的羊卖掉，老爹不养羊谁来养他？我渐渐明白一个道理，老爹爱他的羊群是多么的睿智，年老的他，也要靠羊群养着。

羊群不仅给了老爹生存的食粮，还给了他精神的食粮。许久他才缓缓对我说："养着羊我还有个事情可以做，不养羊我还能做什么啊？"那一刻我的情绪再次掀起水花。人活着需要一份事业消磨岁月，没有羊群，老爹的余生如何消磨？

其实关于老爹和羊的故事，平淡得像一片闲云，淡得没有边际，普通得不能再普通了，就是这样的平淡也有潮起潮落的时候。多年前，小拐乡还有很多可以放羊的荒地和戈壁滩，那里生长着一种叫野西瓜的植物，可以治疗风湿。老爹放羊的时候就帮亲朋好友寻找野西瓜，乐此不疲。

每日，太阳刚露出尖尖一角，老爹就披着发白的中山装外套，拎着水葫芦赶着羊群出发了，中午回家总是会等到婆婆的一碗拌面和几盘子小菜。与老爹不同的是，对于婆婆来说，来新疆，简直就是翻身农奴把歌唱，不仅仅是从一个农村到另外一个农村。也不仅仅是生活质量和方式的改变，这是革命性的，是一个妇女生活的第二次的生命。

和老爹一起来克拉玛依的婆婆不仅在外表上渐渐蜕变成一个克拉玛依人，也从厨艺上打破老家的传统，做出一桌子像模像样的新式饭菜，绝对没有停留在当年炒土豆、煮土豆的水平上。在对待羊的问题上，一个新时代女性的人生规划是把羊卖掉开一个商店，这是她在甘肃老家的梦想，在克拉玛依，她迫切地想实现。所以，当老爹依旧爬山涉水寻找野西瓜的时间里，婆婆的商店也开起来了，商店里只有三样东西：啤酒，烟和火腿肠。

野西瓜治病的事情像流行歌曲，红得快，过气得也快，野西瓜的故事没有多久就淹没在门口的芦苇荡里，没有人需要他的野西瓜了，关于野西瓜的效果成了一个谜。这多少消弱了老爹起早贪黑的热情，消沉了一阵子，每天眼巴巴看着羊吃得肚儿圆，回家吃拌面。

每年养羊，每天喂羊，老爹就学会了去做记号辨认一百多只长得很像的羊羔子，划分它们的亲戚关系，照顾它们生儿育女。有了病闹肚子，或者是腿子折了、蹄子破了，都会耐心地照顾着，就像自己养的孩子，背着身子都知道是自己家的，羊也一样。

那是一个秋天的下午，收拾完地里的苞谷秆子，老爹就像往常一样靠着门口的木头桩子休息。木头桩子和老爹的脸一样黑，据说是有一次老爹喝醉了，不知道怎么门口的树林子混合着堆放的柴火起火了，树被烧得焦黑，老爹爱喝酒，即便是后来得了酒精肝，也没有戒酒。

太阳火辣辣的，把西红柿的叶子都晒得软绵绵的，火红的朝天椒像一簇簇红色的鲜花。那茄子长得太大了，裂开了口子，露出茄子籽儿。只有胡萝卜和甜菜的叶子长得那么茂盛，它们属于这个秋天。

老爹将那个大南瓜支起来，下面垫上了一块木头板子，这样看着南瓜舒坦多了。就在老爹拖着疲惫的身子想去睡个午觉的时候他愣住了，他听见一声“咩！”的叫声，那叫声孤独伴随着虚弱，一只羊。老爹将头歪过去就看见那只羊正在自己家的苞谷上吃。

“去！去！去！”这只羊不是自己家的，自己家的羊老爹都认识呢，或许是邻居家的。老爹将羊赶得远一点了，踢踏着布鞋回去睡觉，睡觉前情不自禁去羊圈里看了一下。小羊们见老爹来了，都骚动起来，以为有吃的了。老爹“嘿嘿”地笑笑回了房子，睡觉前他抿了一口酒，觉得不够拿杯子倒了半杯，喝过睡下了。

这半杯酒的味道似乎能追溯到他年轻的时候，那时候他可以喝完一瓶。酒精在胃里慢慢挥发，睡意很快袭来，他梦见自己在火车上，梦见自己骑着自行车从市区到农业开发区，梦见自己的儿子拜堂成亲，还梦见小孙女手舞足蹈地跳着舞，老爹在梦中笑着。

“不好了！羊吃着苞谷了！”婆婆尖尖的声音把老爹从梦中惊醒，一身汗水，也想起那只羊来。此时天色已经灰暗下来，婆婆拿着手电筒，灯光照在羊脖子上，才看见一块血迹。皮毛撕掉了一小块。“遇上坏人了。”老爹嘀咕着，“把它赶到院子里吧，别被人抓走了，不知道谁家的。你打电话问问。”得到老爹的指令，婆婆麻利地拿出手机给左邻右舍打了电话，大家都说没有丢羊。

“现在咋办？”婆婆问，说要是把羊赶到自己家院子里，万一别人找过来就不好解释了。

老爹只是瞪一眼婆婆，然后去屋里拿出来一包药粉，在羊脖子上抹上了。那羊温顺地用头蹭蹭老爹的腿表示感谢，“走吧！吃饭去！”婆婆拉拉老爹的衣角，内心却被这大老粗的细心和善良轻轻地打动了，晚饭是婆婆做的醋熘白菜和疙瘩汤，还有半杯酒。

“喝口酒吧！”婆婆说着就去添饭了，那盘菜怎么吃也没有味道，老爹心里惦记着那只羊呢。婆婆让老爹安心吃饭，自己去看看。这当儿里老爹又呷了几口酒。

“跑了！羊跑了！”婆婆胖乎乎的身体遮住了半扇门，老爹将帽子扣在头上就往外走，“也没有听见有响动啊！”（院子里有狗，只要门口路过路人都会发出叫声。）

“找！”老爹从牙缝里挤出一个字，婆婆瞪了一眼：“又不是我们家的羊，急啥啊你！”借着一股酒劲儿，老爹跌跌撞撞地向公路走去，婆婆也只能跟着去了。

老爹已经记不清楚多少年没有和婆婆这样并肩走在一起了，不知道从何时起，两个人都不怎么说话了，就像宋丹丹说的，“说话都是一个字一个字地往外蹦，或者问一句说一句。”

“羊找到了咱怎么办啊？”婆婆说一公斤羊肉 40 多块钱，那只羊起码有个 15 公斤。婆婆没有往下说，只是看老爹的意思，老爹将帽檐往后扯了扯，他已经估摸出羊的斤重了，可这毕竟不是自己家的羊，还受着伤，不知道咋整的！

半个小时过去了，一点影子都没有，婆婆依旧在耳边絮絮叨叨：“要是谁家的羊丢了一定着急死了！”老爹不说话，心里却充满了矛盾，这黑灯瞎火的，要是把羊找到了赶到自己家的羊圈里，那也是一件好事。不行，要是第二天人家要过来搜呢，谁不认识自己家的羊？管他呢，老子就不给他，一样的羊他能说出个弯弯道来？

“我们再到涵洞那边看看去，那里草厉害（茂盛的意思）！”“走！走！走！手机的手电筒打上。”老爹一把把手机按掉了。“你想让人看见我们找羊啊？勺子（傻瓜）。”老爹说。

婆婆“扑哧”一声笑出来：“你也想把这只羊赶圈里啊！”老爹白了一眼：“勺子！那还不让人搜了去了！”婆婆跟在老爹后面只为他的睿智感到佩服，心想老爹应该是晚上就想把羊宰了吧！不知道外面走廊里的灯够不够亮堂。

羊果然就在涵洞边上吃着草呢，雪白的一坨，在晚上远远地就看得见，老两口跑过去，都累得气喘吁吁的。两个人偷偷摸摸地拿出一截子尼龙绳，老爹熟练地打了一个活套子，往羊脖子上一套。

羊脖子上的伤口已经好多了，血已经凝固，此刻悬在老爹心里的一个石头终于落地了，经过刚才的紧张，现在两条腿都有点发软。两个人牵着羊一路上偷偷摸摸地进了院子，羊起初拴在门前的栏杆上，老爹不放心又出来将羊拴到后院里去了。一切准备妥当，老爹又拿出酒瓶子。

“再喝，喝死你，喝那么多！喝醉了吧！”

老爹回答：“不喝酒没有力气宰羊哩！”婆婆又把酒瓶子递过去了。咕咚、咕咚，老爹把小半瓶酒下了肚子，头开始有点发晕了，要忙着去准备刀子、绳子。

羊正安静地在后院里，温柔地看了老爹一眼，就是那一眼，老爹觉得头疼得厉害，晕了，腿也站不住了，晃悠着进了屋里。电视机正在播放韩剧，老爹问婆婆，“要是咱们自己的羊丢了你咋办呢？”

“哭呢！还咋办！一只羊养一年才长那么大，多心疼呢，你看你起早贪黑的，哪家养羊会松趟儿？还不急死个人哩！”婆婆扯过缝了一半的鞋垫，开始长篇大论，说一辈子不曾捡过东西占过人家的便宜。

“那么难的日子都过来了，现在还少一只羊？现在孩子们都成家了，我们还霸个啥劲头？”婆婆说着就伤感起来，她不知道老爹把羊牵进院子的那时候就已经想好了，第二天他就骑着车子去看看到底是哪个二杆子丢的。

婆婆还在慢条斯理地讲话，老爹早已经打起呼噜了，要不是因为想好了羊的去处，估计一晚上又闹腾得睡不踏实了，第二天太阳升起的时候，老爹踏着鞋跑进羊圈里，1 只、2 只、3 只……103 只，不对，少 1 只啊？

后院里那只羊见了老爹就“咩！咩！咩！”叫唤了，老爹牵过来一看傻眼了，那不就是自己的那只羊羔嘛！婆婆从屋里出来，远远地问：“看出来没有，是谁家的？”。

老爹低低地回了句：“做饭去吧！”那一刻他咧着嘴笑了，反复在回忆，却想不起什么，人老了糊涂了。

许璐，曾在《新疆石油文学》等刊物发表过散文数篇。

克拉玛依标签

和每个生长在克拉玛依的孩子一样，我们是“吹大”的一代。小时候这里的自然条件恶劣，刮个8级大风跟玩儿似的，我就是在风中呼呼“吹大”的，风沙就是标签，属于这个建设在戈壁上的城市。

幼年

在1984年搬进石油小区的楼房前，我的小记忆库里只有那个通讯新村的平房印象。吃水是要从一个井里打的，那时觉得爸爸特厉害，那么大的两个水桶，用一个扁担一挑就走，解决了全家一天的用水量。左邻右舍的小伙伴们相互攀比着谁背的唐诗多，其实全都不懂意思，只晓得背完后，大人们会夸聪明。为了满足虚荣心，小家伙们都特拼。当时一个最大的姐姐带着我们四处串门，一进去不管三七二十一叽叽喳喳地开背，弄得大人哭笑不得。人类的竞争和表现意识就是这么从小萌芽的。

在那个精神和物质同样匮乏的年代，每月去通讯连看露天电影，是一次真正的堂会。骑在老爸脖子上数着来看电影的人头（大家都是站着看的）是特骄傲的事情，因为结束后老爸都会问：“来了多少人啊？”我总会自信地报个数，显示自己在数学方面有好高的天分。当然，别的小朋友也是这样，所以相互争论谁数得准就成了之后好几天的话题，呵呵，不过老爸每次都说我数得对。

人民公园

石油小区旁边挨着的是人民公园，作为那个年代本地有名的三大公园之一，无疑给我们一群小捣蛋们留下了许多美好回忆。螺旋式滑梯、旋转木马、双杠……这些器械现在看来不算什么，当时却被我们喜欢得一塌糊涂。

公园里最有人气的该是电子游戏机，我还记得价钱呢，开局 4 毛，过一关加 2 毛。《魂斗罗》和《双截棍》是我们的最爱。可一般是没有钱玩的，就只能过去看。即使这样也会觉得其乐无穷。一台游戏机前围一群人，大家七嘴八舌地讨论如何打，可带劲了。这里要好好地夸下自己，凭借敏锐的洞察力琢磨出了个蹭机子的好方法。由于文化生活相对匮乏，那个时代男女谈恋爱只有三大项：聊文学、看电影、打游戏机。一瞧见有青年男女来打游戏机，我就飞一般赶过去，指手画脚地支招，男生一般都特笨，玩得巨烂。我就可劲地惋惜，表露出高人在此却报国无门的遗憾。女生往往也会笑我的认真和嗔怪男生好笨蛋，此时男生就会大无畏地一摊手，小兄弟你玩，我掏钱！啊哈哈，中计啦！

有那么两年，公园里常有一些江湖上的草台班子，表演杂技、魔术、硬气功等，蛮精彩的。记得一个老头可以张口舔火，还有人真的可以一指穿砖。一个小哥，还能让一条小蛇从鼻子钻进去，从嘴巴钻出来，让我明白了鼻腔和口腔原来是相通的。人民公园赐予我们太多快乐的童年回忆，不论酸甜苦辣，现在我都将其珍藏在心里。

儿童节

“六一”是绝对的狂欢节。五彩的游园券，是真正的硬通货，每次都是老爸变戏法似的弄出来的，让年幼的我总觉得老爸无所不能。

游园当天只能用人山人海来形容。印象里自己最擅长“盲打鼓”

这个游戏，把眼睛蒙上摸索着直走一段距离，然后准确地击打一面鼓。也许是我打小爱在马路牙上走道的缘故，无形中练就了平衡能力，就这个游戏还从没失过手。有成功就有失败，除了这个，无论是夹弹子、打气枪、吹蜡烛……从来没赢过奖品。

一小

克拉玛依市第一小学，我在这里度过了六年的光阴。好吃的娃娃头、酸梅粉、果丹皮；漂亮的变色尺子、贴画、按钮超多的铅笔盒，陪我度过那无忧无虑的小学时光。一小的乐土是露天操场旁的一片树林，一个浇树的水龙头源源不断地出水，而我们就把泥土筑成各种水坝，让水流改变方向，一会浇左边的树，一会又浇右边的树。看着流水在我们的努力下乖乖听话，每个小家伙脸上都洋溢出小小工程师的满足感。

红领巾、三道杠、小红花，这些精神奖励很能刺激我们。一年级的时候我有幸成为第一批红领巾。记得当天搞了个很庄严的宣誓仪式，还参观了克拉玛依矿史陈列馆，在一组描述石油人的浮雕墙前，我第一次开始懂了石油对这个城市意味着什么。而这次参观经历似乎在冥冥之中，预示了我未来的工作。

大蛋黄

中学校园和我家仅隔一条马路，走路也就 3 分钟，于是就羡慕家远的同学，因为他们上学都骑着自行车，特潇洒，可把我给馋坏了。初二暑假，我和家近的几个小伙伴们决定集体学车。链条在不停地旋转带动大小齿轮，我们就享受般地骑在这两个轮子上，满城乱窜。长这么大，我头一次对“风驰电掣”这个词有了感性认识。

一个太阳即将落山的傍晚，我们照例跨上自己的“战马”集体在大街上飞奔。本以为又是一次简单的速度与激情，但我们骑到了西大沟，见了一生中最美的夕阳。

又大又圆的落日像一个嫩得可爱的大蛋黄，金灿灿的在那里照耀，迎着这片金色骑行，双眼也变成了一片金红。晚霞毫不吝惜地照着大地的每个角落，戈壁石就像一枚枚闪烁的红宝石，使西大沟笼罩着一片迷人景象。公路忽然断了，形成一个小土崖，身后是被阳光拉长的影子和依稀可辨的城市楼房，而近处那一片低矮的平房，炊烟袅袅，犬吠声声，就像法国印象派的画风，宁静着、坦裸着，很美很美……

沐雨

因为爱雨，所以沐雨。

克拉玛依的降水以前并不丰盈，在引水工程竣工之前更是狂风不断，雨则少得可怜。也是物以稀为贵的法则吧，我就这么简单地爱上了雨。

“春雨贵如油”，记得这应该是在小学语文课本上接触到的佳句。打小就智商奇高的我，当时是这么理解的：“春雨就好比我每天早上擦脸的劳保油，具有防皴的功能！”在又一次被自己的天才解释自我征服后，我决定要抓住克拉玛依短暂的春天，进行一次免费擦“油”行动。

那是一个枝头刚刚吐绿的午后，我和另外两个自认为天资过人的伙伴静待那“油”快点下来。感谢科技，天气预报还挺准，春雨就这样如期而至。不大，第一滴就落在我的唇上，是雨在吻我。蛮凉的湿气伴着随后的雨滴不断划过我的脸庞，我们真的捕捉到了那种所谓擦“油”的感觉。其实，那只是伴随着年幼的无知和好奇，去找寻一些乐子。

高中过得非常迷茫。不知道学习的意义是什么，没有目标，上学对我来说就是到点后可以去踢球。在课堂上，我永远都愿意躲在一个角落里希望不要被老师点名提问，因为那样意味着我必须站起来，在众目睽睽之下，念“三字经”——不知道。

还有一天就要高考了，窗外下起了倾盆大雨。班里几个一起喜欢踢球的哥们，从后门溜走，可劲地在泥水里狂奔，似乎一切都被释放了。

秋雨是一种萧瑟。记得那年在步行街，一边灌着好喝的鲜橙多，一边漫无目标地游荡。那飘落的小雨似乎十分优雅，因为它是那么舒缓地抚摩着众生，我也很快融入那个画卷了。